人妻
肛姦籠城

結城 彩雨

フランス書院文庫X

人妻　肛姦籠城

もくじ

人妻と飢狼

人妻とスチュワーデス

247

フランス書院文庫X

人妻
肛姦籠城

人妻と飢狼

第一章　媚声　悲劇の白昼輪姦

1

谷沢は女子大生を犯しながら、両手でジワジワと首を絞めはじめた。

「う、うむ……うぐぐ……」

死んだようにグッタリした女子大生が、苦しげにうめいた。

「やめろ、谷沢。本当に死んじまうぞ」

煙草をふかしながら溝口が言った。

「それだけの女、まだ死なすのはもったいねえぜ」

「俺はもう一回は浣腸してやりてえしな。ほどほどにしとけよ、谷沢」

宮島も室井も言ったが、ニヤニヤと笑って本気でとめるふうではない。

昨夜、帰宅途中の美人女子大生を車に連れこみ、この倉庫で今朝までたっぷりと楽しんだ。凄惨な輪姦を物語るように、後ろ手に縛られた女子大生の裸身には、いたるところにキスマークや歯型、そして鞭で打たれたあと、熱ロウを垂らされたあとがあった。

まわりには鞭やロウソク、浣腸器などがころがっていた。

「たまらねえぜ。クイクイ締めつけてきやがる。これだからやめられねえよ」

谷沢は激しく女子大生の子宮口を突きあげながら、さらに首を絞める。

「好きだな、谷沢。大事の前なんでSの血が騒ぐってわけか。フフフ」

氷川が拳銃をいじりながら言った。

男たちは遊び仲間で、職にもつかず、恐喝や盗みをくりかえし、氷川はそのリーダー格だった。

五人は女を責め嬲ることをなによりも好む。とくに谷沢は女を犯しながら首を絞める癖があり、室井はすぐに女に浣腸したがる。サディストの変態グループでもあった。

これまでにレイプした女は二十人近くになる。

「たまらねえ、たまらねえ」

女子大生の首を絞めながら激しく腰を打ちこんでいた谷沢が、うなるようにくりかえし、不意に獣のように吠えて、ひときわ大きく腰を振った。ドッと白濁の精をほとばしらせる。

「おうおう、とうとう殺っちまったぜ」

「せっかくの上玉を谷沢もようやってくれるよな」

宮島と溝口が覗きこんだ女子大生の顔は、白眼を剝いて口の端から唾液を溢れさせ、もう息をしていない。

「いいじゃねえか、もうたっぷりと楽しんだんだからよ。それにもうすぐ大金を手に入れて高飛びだ」

リーダー格の氷川が、ニヤニヤと笑いながら言った。

「そりゃそうだ」

男たちはそう言って、皆ゲラゲラと笑った。

女子大生の冷たくなった裸身がころがっているのもかまわず、男たちは氷川を中心になにやら図面をひろげて相談しはじめた。拳銃やライフルが男たちに配られていく。

「女の次は金か」

「大金が手に入りゃ、女遊びも派手にできるってもんだぜ」

「そのためにもドジを踏むんじゃねえぞ」

男たちは銃を手に顔を見合わせて、ニヤリと笑った。

男たちが倉庫に火を放って出発したのは十三時五十分、五人の乗ったワゴン車が四友銀行横船支店前に停まったのが、十四時四十分。

「はじめるぞ。いいな、計画通りにやるんだ。ハプニングでも起こらない限り、五分で引きあげられるはずだ」

氷川の言葉に、男たちはうなずいた。

運転手役の谷沢を車に残して、あとの四人は頭からマスクをかぶると、銃を手にして、いっせいに銀行のなかへなだれこんだ。

「動くなッ。騒ぐ奴はぶっ殺すぞッ」

氷川は、天井へ拳銃を一発ぶっぱなした。

銀行のなかには十人ほどの客がいたが、室井がすばやくライフル銃を向けた。

「ほら、全員壁のところへ行って並ぶんだ」

室井は声を荒らげライフル銃でおどし、客たちを壁際に追いつめてひとまとめにする。

銀行員には溝口がライフル銃を向けた。女子行員は二十人で男子行員は六人、そのうちの次長が警察への通報ベルを押したのに気づいた溝口は、

「ふざけた真似しやがって、この野郎」

銃座で次長を殴り倒した。

次長は頭から血を流して、床に崩れた。

「いそげ。あと五分もすりゃサツがやってくるぞ」

氷川の声で宮島が大きなバッグを手に、いそいで金庫に向かう。

かまえられた銃が行員たちの抵抗を奪い、客たちも銃の恐怖に騒ぐ者はいない。不気味な静寂が銀行のなかをおおった。

「まだかッ」

氷川が金庫のなかの宮島に、苛立った声をあげた。

「思ってたより大金があってよ、へへへ、三億はあるぜ」

ようやく宮島が、札束でパンパンにふくらんだバッグと、さらに札束をつめた袋まで持って、金庫から出てきた。

氷川がニヤリとした。

「よし、引きあげだ」

そう言った直後、外でパトカーのサイレンの音と銃声がした。そして谷沢が銃を手に、ころがりこむように銀行のなかへ飛びこんできた。

「サツだッ」

谷沢はかなりあわてていた。

氷川の心配していたハプニングがついに起きた。

通報から警察が来るまで七、八分はかかるはずだったが、たまたま近くにいたパトカーがすぐに来てしまった。

あわてた谷沢が警察官に発砲、一人を射殺して銀行に逃げこんだのである。

「くそッ」

外を覗いた氷川は、道に警察官が一人倒れているのが見えたが、もう一人の警察官はパトカーの陰で銃をかまえているのに気づき、いまいましそうに言った。

そうこうしているうちに、次々とパトカーがやってきて、銀行はすっかり警官に取り囲まれた。

氷川たちが銃を持っていて、多数の人質を取っているので、警官は遠まきにするだけで、すぐには行動を起こさない。だが、もう氷川たちに逃げ道はない。

「畜生、おめえが通報ベルなんか押しやがるから、囲まれちまったじゃねえか」

溝口が床に倒れた次長に向け、ライフル銃を撃った。

「バカ野郎、無駄なことをするんじゃねえ。持久戦になったら弾は一発でも多いほうがいいんだ」

氷川が叫んだ。

次長は二度三度と痙攣して絶命した。女子行員や女性客が悲鳴をあげ、溝口と室井がライフル銃で黙らせた。

女性客と女子行員をひとまとめにしてカウンターの前に集めて座らせ、男性は壁際に後ろ向きで並んで立たせた。谷沢がすばやく男子行員と男性客をひとりずつ、後ろ手に縛った。

「おとなしくしてねえと、あそこにころがってる死体と同じ目にあうことになるぜ」

「おめえらは人質だ。サツが変な動きをすりゃ、ひとりずつバラすことになる」

溝口が男性の人質を、室井が女性の人質を見張る。

宮島は氷川の指示で出入口のシャッターを半分以上おろして、外の警察の動きを見張った。氷川は谷沢に手伝わせて、男子行員と男性客をひとりずつ、出入口の左右や窓のところへ連れていき、縄で柵や柱に縛りつけると、ダイナマイトを一本ずつ首のところに固定していく。

男性の人質の顔が恐怖にひきつった。

「フフフ、こんなこともあろうかと、ダイナマイトを用意して正解だったな」

「これでサツも簡単には手を出せないだろうぜ、へへへ」

氷川と谷沢は顔を見合わせてニンマリと笑った。

人質は行員と客とで三十五人もいる。

それを警察との取り引きに使い、逃げる方法を考えればいいのだ。

警察がジワジワと包囲網をせばめようとしたが、ダイナマイトといっしょに人質が縛られているのに気づくと、動きがとまった。

「それ以上近づいてみろ、一人ずつダイナマイトでぶっとばすぞ」

宮島がシャッターの陰から外の警官たちに向かって叫んだ。

「サツの動きをよく見張ってろよ」

氷川は宮島に向かって言うと、次はカウンターの前に集められて座らされた女子行員と女性客をジロリと見た。

「いざという時に、こんなところにこんなにいちゃ邪魔だな。室井、女の人質は二人ほど残して、あとは金庫のなかへ移せ」

室井はニンマリとうなずいた。じっくりと女性たちを見まわす。

若い女子行員が二十人、そして女性客は中年の女性が三人に赤ん坊を抱いた若妻が一人、女子大生が一人である。皆、おびえて身を寄せ合っている。

「おめえとそこの奥さんは残れ。あとは金庫へ移動だ」

室井が選んだのは髪の長い女子行員が一人に、赤ん坊を抱いた若妻だった。

二人とも室井好みのすごい美人だ。髪の長い女子行員は、ファッションモデルみたいで、はつらつとした美しさにあふれている。

赤ん坊を抱いた人妻のほうは、幸福いっぱいの若妻といったところで、ムンムンと色香が匂うしっとりとした美しさだ。

「人質のなかにこんな美人が二人もいるとは、ラッキーだぜ、へへへ」

室井はうれしそうに言って、ニンマリとした顔で舌なめずりした。

2

他の女性たちを金庫のなかへ移動させた室井は、金庫の入口で見張りながら、カウンターの前に座らせた美人女子行員と赤ん坊を抱いた美人妻をニヤニヤと見つめた。

すっかり二人が気に入ったらしく、室井は何度も舌なめずりした。

「名前はなんという、年は？」

室井はライフル銃でおどして、あれやこれやと聞いた。

髪の長い女子行員は、川奈理沙といい二十二歳、赤ん坊を抱いた人妻は夏木雅子、二十七歳とわかった。二人だけ別にされたことで理沙と雅子はおびえ、とくに雅子は赤ん坊を守るようにしっかりと抱いている。

「ほう、たいした上玉じゃねえか」

「お前はいい女を見つけるのが早いぜ、へへへ、人妻にＯＬか」

「昨夜の女子大生よりも上玉だな、こりゃ。どっちもいい女だ」

外の様子をうかがう宮島、窓やドアのところにダイナマイトとともに縛られた人質の男性たちを見張る溝口に谷沢、それぞれの持ち場についたまま、眼を細めて理沙と雅子を見た。

「こりゃ持久戦になっても楽しめそうだ、フフフ、金も女もというわけだぜ」

氷川も低くつぶやいてニヤニヤと笑った。

だが、今すぐにお楽しみというわけにはいかない。電話を使っての警察との交渉がはじまった。道路をふさいだパトカーをどけて包囲を解き、逃走ルートの確保を要求する氷川たちに対し、警察は人質の解放が先だと言って、交渉は平行線になった。

氷川たちは銀行内のテレビで警察の動きはおおよそわかっていたが、警察のほうはまだ氷川たちが何人で、人質が何人かも正確につかんでいないらしく、持久戦のかまえのようだ。

そうなると氷川たちはだいぶ余裕が出てきた。溝口がニヤニヤと笑いながら理沙と雅子に近づいた。

「ショータイムだぜ。カウンターの上にあがりな」

溝口はライフルの銃口で理沙をこづいた。

「あ、ああッ……」

理沙は、銃口に追いたてられてカウンターにあがった。

銀行の制服のミニスカートからのぞいた両膝がふるえ、ハイヒールがガクガクして、理沙はカウンターの上でふらついた。

「脱ぐんだ。ストリップショーの時間だぜ」

「そ、そんな……」

理沙はあまりの言葉に弱々しくかぶりを振るだけで、言葉がつづかない。

「さっさとしろ。それともこいつを使われたいのか」

溝口は銃口を理沙に向けた。

氷川も谷沢も宮島もニヤニヤとながめるだけだ。溝口をとめる者などいない。溝口が理沙のところへ行かなかったら、他の者が行ってストリップを命じるだけだ。

「ゆ、ゆるして……」

理沙は美しい顔をひきつらせ、ワナワナと唇をふるわせた。

「ゆるして……ああ、そんなこと、ゆるしてください……」

すすり泣くように言いながら、理沙は銃口の恐怖にふるえる手を制服のボタンにかけた。

上衣のボタンをひとつずつはずしていく。そして上衣を脱ぐと、次はブラウスのボタンである。

理沙の手がとまると、容赦なく銃口がこづいてきた。

ブラウスを脱ぐと、理沙の上半身はもうブラジャーだけだ。

「ああ……」

それ以上はできないというように、理沙は長い黒髪をゆらしてかぶりを振り、シクシクと泣きだした。

「もう、ゆるして……」

「つづけろ。ここでやめちゃストリップにならねえぜ。それともこいつのほうがマシか、へへへ」

「ああ……」

銃口におどされて、理沙の手が再び動きはじめた。

制服のミニスカートのホックをはずし、ファスナーを引きさげる。ミニスカートが理沙の太腿をすべって足もとへと落ちた。

そのまま理沙がしゃがみこもうとするのを銃口はゆるさず、さらにパンストを脱がさせる。まるで生皮を剝ぐように、パンストが太腿をズリさがった。

「あ、ああ……」

あとは理沙は、ハイヒールをはいて純白のブラジャーとパンティだけの姿だった。

「いい身体してるじゃねえか。こいつはたまらねえな」

「どこもピチピチのプリンプリンだ。ブラジャーはCカップってとこかな。パンティもはち切れそうじゃねえかよ」

谷沢や宮島のそんな声と、いやらしい視線が理沙を羞恥のどん底へと落とした。

「それも脱いで素っ裸になるんだよ」

溝口が命じても、もう理沙はすすり泣きながらかぶりを振るばかりだ。固く閉じ合わせた両脚は片脚をくの字に折って、両手でブラジャーとパンティを隠すようにする。

「それじゃ、あの世へ行くか」

溝口の非情な言葉に、理沙は泣きながらブラジャーをはずした。

ブルンとゆれる乳房を片手で隠し、もう一方の手でパンティを双臀のほうから剝きおろし、太腿をズリさげて脱いだ。

「よしよし、これでハイヒールをはいただけの素っ裸だな、へへへ、いい身体をしやがって」

溝口は理沙が脱いだ制服や下着をカウンターの上からゴミ箱に投げ入れ、ニヤニヤといやらしく笑った。

「しゃがむんじゃねえぞ。せっかくのいい身体を隠すなよ」

「ああ……ゆるして……」

理沙はカウンターの上で前かがみになり、両手で少しでも肌を隠そうとしながら、泣き声をあげた。

前からは氷川や谷沢、溝口の視線が、横からは宮島、後ろからは室井の視線が、痛いまでに裸身に突き刺さってくる。

それだけではなかった。ダイナマイトとともに縛られている上司の男子行員の眼にもさらされているのだ。

全裸でカウンターの上に立たされているなど、理沙は羞恥と恐ろしさに気が狂いそうだ。

「へへへ、やっぱりいい女は縛ったほうがいいぜ、溝口」

谷沢は縄の束を溝口の足もとへ投げた。いつでも女を責められるようにと、谷沢は縄や責め具を入れたバッグを、常時携帯している。

溝口は縄をひろいあげると、手でビシビシとしごいた。

そしてカウンターの上へ飛びあがると、すばやく理沙の両手を背中へ捻じりあげ、馴れた手つきで後ろ手に縛っていく。

「や、やめて……ああ、縛らないで……いや、いやです……」

「へへへ、いい女は縄がよく似合うんだよ。縛ったほうが味もよくなるしよ」

「ああ……やめて……」

たちまち後ろ手に縛られた理沙は、形のよい乳房の上下にも縄をまわされ、ギリギリと絞りあげられた。

後ろ手に縛られたことで肌を隠すこともできなくなって、理沙は泣きながら黒髪を振りたくった。

「へへへ、なんていい身体してやがるんだ。たまらねえぜ」

溝口は後ろから理沙を抱きしめると、上下を縄で絞られた乳房を両手でわしづかみにして、タプタプと揉みこみはじめた。

形がよくて肉がプリプリとはずむ理沙の乳房だ。乳首も綺麗なピンク色をしている。

「いやッ……ああ、いやあ……」

乳房を揉まれて、理沙は悲鳴をあげて溝口の腕のなかでもがいた。

「おとなしくしてろ。世話をかけやがると、ライフルをオマ×コに突っこむぞ」

「ひッ……」

溝口のおどしに、理沙は声だけでなく、あらがいも急速に力を失った。

「よしよし、すぐに気持ちよくしてやるからな、へへへ」

溝口は理沙の乳首をつまんでいびりつつ、首筋に唇を這わせた。

乳房をいじる一方の手が腹部へとすべりおりて、理沙の茂みをまさぐる。

「ひッ……いや……ああ、ゆるして……」

あらがいは弱かったが、理沙は腰をよじって溝口の手をそらし、泣き声をあげた。

逆らえばライフルの銃身を股間へ突っこまれる恐怖に、このまま犯されるという恐怖も加わった。

「ゆるして……」

理沙はブルブルとふるえながら腰をよじり、泣き声をあげることしかできない。

「溝口、独り占めにするんじゃねえ」

氷川に言われて、溝口はようやく理沙の身体から手を離した。

3

溝口が理沙をカウンターからおろすと、氷川がゆっくりと近づいた。

氷川は手に持った縄の先に輪をつくると理沙の首にかけ、グイと引きあげた。

「身体を隠すんじゃねえよ」

「ああ……」

前かがみの理沙の身体が、首にかけられた縄に引かれてピンとのびる。

その縄の端を溝口に持たせると、氷川は横から理沙の乳房をいじり、双臀を撫でまわした。

「いや、ああ……いやッ……」

後ろ手に縛られて、首の縄で裸身をまっすぐのばされていては、氷川の手から逃れる術はない。

「いい身体してやがる。バージンじゃねえが、まだあまり男の経験はねえな、フフフ」

「いや、いやッ……」

「恋人一筋ってところか。もったいねえことだぜ」

氷川は理沙の乳房を指ではじき、形よく張った双臀をビシッと張った。

ひいッ……と理沙は悲鳴をあげた。膝とハイヒールがガクガクして、首に縄をかけられていなければ、とても一人では立っていられないだろう。

「ほれ、股を開け。品定めだ」

氷川の手が理沙の茂みをいじって、内腿へもぐりこもうとした。

「い、いやあッ……」

理沙は悲鳴をあげて腰をよじり、いっそう固く太腿を閉じ合わせたが、氷川の指は強引にもぐりこんでくる。

理沙の膝がガクガクと崩れた瞬間、氷川の指先は媚肉をしっかりととらえた。

「ひいッ……」

理沙はのけぞった。

それをあざ笑うように、氷川の指は理沙の割れ目をなぞり、ゆっくりと分け入った。

理沙は悲鳴をあげながら腰をよじりたてた。

「いや、いやあ……あ、ああッ、やめてッ……ひッ、ひッ……」

「しっとりとしていい感じだぜ、フフフ、今にヌルヌルにとろけさせてやるからな」

氷川はゆっくりと柔肉をまさぐった。指を二本、理沙の膣に挿入させる。ひぃーッと悲鳴が高くなった。

そしてあとはショックに打ちひしがれたように、理沙はシクシクと泣くばかり。

「こりゃいいオマ×コしてるぜ、フフフ」

順番に品定めをさせてやるから、持ち場を離れるなよ……そう言って指を抜いた氷川は、理沙の首にかけた縄の端を、銀行の出入口のところで見張っている宮島に投げた。

縄は四メートルもあって、縄をつかんだ宮島は、うれしそうにグイグイと引いた。

「へへへ、こっちへ来るんだ」

「ああ……いや……」

縄に引っぱられて、後ろ手縛りの理沙の裸身が膝とハイヒールをガクガクさせながら、一歩また一歩と宮島のところへ引き寄せられていく。

腰を引いても、首に縄をかけられているため、いやでも進まされた。理沙の泣き顔が、恐怖にひきつり、唇がワナワナとふるえた。

あと数歩のところまで来ると、一気に縄を引かれ、宮島の腕に抱き寄せられて、理沙はひいッと喉を絞った。

「いや、いやッ……ああ、ゆるしてッ」

「へへへ、こんなプリプリの身体を見せられて、やめられるかよ。たまらねえおっぱいしやがって、それにこの尻」

宮島は理沙を抱きしめて乳房を付け根から絞りこむように揉み、乳首をつまんだ。さらに理沙の双臀を撫でまわしては、ピシッ、ピシッとはたいた。

「ああ……いやあ……」

理沙は泣きじゃくった。

「泣くのはまだ早いぜ。今にひいひい泣かなきゃならなくなる、へへへ、泣かせがいのある身体してやがるぜ」

「あ、いやッ……いやッ……ああッ……」

宮島の指先が股間にもぐりこんでくるのを感じて、理沙は泣き声をひきつらせた。逃れようもなく、柔肉がまさぐられて膣内にまで指が入った。理沙にとっては恋人にしかゆだねたことのない身体だ。

さらに理沙の首にかけた縄の端は、窓のところで見張っている谷沢に投げられ、理沙は引き寄せられて身体をまさぐられ、品定めをされていく。

そして最後は金庫の前で人質の女性たちを見張っている室井だ。

「へへへ、ようやく来たか。そばで見ると、また一段といい尻してるじゃねえか」

室井は理沙を抱きしめると、見事なまでに張った双臀だけを撫でまわしはじめた。

全体の形を確かめるように満遍なく撫で、肉量を測るように双臀を下から手のひらにすくいあげるようにしてゆさぶり、さらに弾力を味わうように臀丘をつかんだ。

「いや……ああ、いや……」

理沙は頭をグラグラとゆらして、うわごとのようにくりかえすばかり。金庫のなかに閉じこめられた他の女子行員たちにまで見られていると思うと、生きた心地もない。

理沙は後ろ向きにされているため、裸の背に金庫のなかから驚きや同情の視線が向けられてくるのが、痛いまでにわかった。裸の双臀を撫でまわされているのも、はっきりと見られている。

(た、たすけて……)

室井に抱き支えられていなければ、一人では立っていることもできない。

臀丘の谷間が割られる気配がし、室井の指先がすべりこんだ。

「ひいッ」

思いもしないところをまさぐられ、理沙は悲鳴をあげてのけぞった。

「そんなところを……いやッ、ああ、ゆるしてッ……ああ、そんなッ」

「へへへ、ここでいいんだ」

室井の指先はしっかと理沙の肛門をとらえて、ゆるゆると揉みこみはじめた。

「そ、そんなッ……いやッ」

理沙の泣き声は、ひいひいとほとんど悲鳴に近い。

室井が浣腸責め好きのアナルマニアであることを、理沙は知るよしもない。

「指先が吸いつく。へへへ、可愛い尻の穴してるじゃねえか。こりゃバージンアナルだな」

室井の指先は蛭のように理沙の肛門に吸いついたまま、ゆるゆると円を描くように揉みこんでくる。理沙の肛門がすくみあがるのを楽しむように、揉みほぐそうとする。ヒクヒクとあえぎ、キュウと引きすぼまるのがたまらない。

「いや……ああ、いや……」

黒髪を振り、腰をよじりつつ、理沙の泣き声がしだいに力を失っていく。あまりに異常ないたぶりにあらがいの気力も萎え、意識もうつろになっていく。理沙はすすり泣くばかりになった。

排泄器官としか考えたことのないところを嬲りの対象にされるなど、理沙には信じられない。

「品定めなんだから、そのくらいにしときな、室井。後でじっくり楽しむ時間はある」

氷川に言われて、室井はようやく理沙の肛門から指を離した。

氷川に首の輪を引かれて、理沙はフラフラとしながらカウンターの前へ連れもどされた。

「しっかりしろ。まだほんの前座じゃねえか、フフフ」

理沙を抱き支えて氷川はあざ笑った。

再び股間に手をもぐりこませて、理沙の媚肉をまさぐる。

次々と男たちに品定めをされた理沙の媚肉は、まだ濡れるところまでいっていなかったが、柔肉がねっとりと粘りつく。

「気分を出せよ、フフフ」

氷川はさらに媚肉をいやらしくまさぐって、乳房をいじった。

「ああ……いや……ああ……」

理沙は弱々しく身悶えた。もうあらがう気力もない。

「しようがねえな、フフフ、溝口、オマ×コをとろけさせてやれや」

氷川は後ろから理沙を抱きしめたまま、片脚を太腿の後ろから手ですくうようにして持ちあげ、横へ開かせた。

その前に溝口がしゃがみこんで、開いた理沙の股間をニヤニヤと覗きこんだ。

「いやッ……見ないでッ」

理沙はハッとして腰をゆさぶりたてて泣き声を高くした。

溝口の手がのびた。

媚肉の割れ目をつまんでひろげ、肉芽を剝きだした。

「綺麗なオマ×コだぜ。色も形もバージンみてえだ、へへへ、確かにまだそう何回も男を咥えこんでねえようだな」

溝口はニヤニヤと舌なめずりをして覗きこんでから、おもむろに舌をのばして口を寄せた。

「ひいーッ」

秘められた媚肉に吸いつかれたとたん、理沙は電気にでも触れたようにのけぞり、腰を振りたてた。

「いや、いやあッ……ゆるしてッ」

いくら泣き叫んでも、溝口のいやらしい口は理沙の柔肉に吸いつき、とがらせた舌が肉襞を舐めまわしてくる。

「ひいッ……いや、いやッ……ひッ、ひッ……やめてッ」

「気分出すんだ。オマ×コがメロメロにとろけるまでやめねえよ」

氷川はニヤニヤと笑って理沙の耳もとでささやいた。

4

もう理沙は泣き叫ぶ声も途切れ、頭をグラグラとゆらしながらすすり泣きに息を乱した。白い裸身は湯あがりのように上気して色づき、汗を光らせていた。

「ゆるして……もう、ゆるして……」

理沙はすすり泣きつつあえいだ。

足もとには三人目の宮島がしゃがみこんで、ゆっくりと理沙の柔肉を吸い、舐めまわしている。肉芽も舌で剝きあげられて、しつこくしゃぶられた。

ひーと理沙の口にかぼそく悲鳴があがり、氷川の手で持ちあげられた片脚が内腿を痙攣させる。

恋人にも直接口を触れさせたことはないのだろう。

「フフフ、俺がトップバッターでいいな」

氷川は後ろ手縛りの理沙の裸身を、カウンターの前の客用の長椅子の上にあお向けに横たえた。

ズボンのファスナーをさげた。人並み以上の肉棒は、よく使いこんであることを物語るように黒光りして、天を突かんばかりのたくましさだ。

「ひッ……」

理沙の美貌がひきつった。

理沙の両脚が持ちあげられて氷川の左右の肩にかつがれ、上からのしかかられて折れた膝が乳房に触れそうになる。

「いや……いやッ、ああ、いやッ」

たくましい肉棒の頭を内腿にこすりつけられて、理沙ははじかれるように悲鳴をあげた。

「あんまり大きい声を出すと、外のサツにまで聞こえるぞ、フフフ、それともいっそのこと、テレビで全国中継してもらうか」

氷川はからかいながら、二度三度と肉棒の頭で、開ききった理沙の股間をなぞった。

「ひッ、ひッ……たすけて、誰かッ」

理沙に悲鳴をあげさせてから、ジワジワと貫きはじめた。

「いや、いやあッ」

泣き叫んだ理沙だったが、その瞬間、グッとのけぞって絶息するような声をあげた。

「ひいーッ……う、うむむ……」

はじめて男を迎え入れるバージンのように、理沙の美貌が苦痛にゆがみ、腰がなんとか逃れようとよじれた。

「フフフ、俺のたくましいのが入っていくのがわかるだろ」

「うむ……うむむ……」

理沙はうつつのなかに、杭でも打ちこまれるように肉棒が押し入って、張り裂けんばかりに呑みこまされるのを感じた。

氷川が理沙の身体を二つ折りにしてのしかかり、太いものをえぐりこませてくる。身体が二つに引き裂かれる。

「できるだけ深く入れてやるからな。うんと気分出せよ」

「たすけて……」

理沙はもう氷川の声もまともに聞こえない。

肉棒の先端がズンと子宮口に達して、理沙はひいッと喉を絞った。そのまま気が遠くなった。

「どうだ、でかいからたまらねえだろうが。たっぷりと可愛がってやるぜ」

氷川はニヤリと笑うと、ゆっくりと腰を動かして、理沙を深く突きあげはじめた。両手は乳房をわしづかみにして、荒々しく揉みこむ。

「う、うむ……ああ……」

理沙はゆさぶられつつ、意識さえもうろうとして、苦しげにあえいだ。

「いいオマ×コしてるだけあって、よく締まりやがる。調教すりゃ極上品になるぜ」

リズミカルに腰をゆすりつつ、氷川は各持ち場についた室井や谷沢らを見まわして、ニヤニヤと笑いながら言った。

宮島らは外の警察の様子をうかがいながらも、氷川に犯されている理沙を何度も振りかえった。

「次は俺でいいな」

「それじゃ、その次は俺だ」

「外にサツがいちゃ、全員で寄ってたかって責められねえのが欠点だな」

「なあに、一人ずつ交代で休憩とお楽しみと考えりゃいいんだ、へへへ」

そんなことを言ってニヤニヤと笑った。

ダイナマイトとともに縛られた人質の男子行員や男性客は、はじめは理沙を見るどころではなかったが、いつしかダイナマイトのことも忘れ、くい入るように見つめた。

理沙の若く美しい裸身に魅せられないなどありえないことだ。

支店長や主任までが、犯される理沙に見とれた。

金庫のなかの女性行員たちには理沙の姿は見えないが、なにが起こっているのかは理沙の悲鳴でわかり、不気味なまでに静まりかえった。

「ひ、ひどい……」

小さくつぶやいたのは、カウンターの前で赤ん坊を抱いてうずくまった雅子だ。必死に理沙から背を向ける。

(あなた……たすけて……)

雅子は夫のことを思った。

他の女性たちは金庫のなかへ連れていかれたというのに、どうして犯される女子行員と自分だけが残されたのか。次に裸にされて犯されるのが自分ではないのか……。

恐ろしい予感に、雅子は赤ん坊をしっかりと抱いたまま、ブルブルとふるえだした。

「ああ、いや……も、もう、いや……」

背を向けていても、そんな理沙の泣き声がいやでも雅子の耳に入ってくる。

「いやと言う割にはクイクイ締めつけてくるじゃねえか。ほれ、遠慮せずに気分を出してみろよ」

氷川は余裕さえ見せて、グイグイと理沙を突きあげている。

「まだかよ、氷川」

宮島がじれたように言った。

「あわてるなよ。長い夜になりそうだからよ、フフフ、上玉はじっくり味わわなくちゃな」

そう言ってから、氷川は理沙の顔を覗きこんだ。

恐怖と絶望、そして時々見せるうつろな表情が、氷川の眼を楽しませた。犯される女の表情で、それが嗜虐の欲情をそそる。

「いや……もう、ゆるして……」

理沙は息も絶えだえにあえいだ。

めくるめく官能に翻弄されてドロドロにとろけさせられる。理沙は犯されながら氷川の動きに反応しはじめた。理沙の心とは無関係に、身体が勝手に応じてしまう。

「そりゃ、そりゃ」

氷川は激しく腰を打ちこんで、一気にスパートをかけた。

「ああッ……ひッ……ひッ……」

息も絶えだえだった理沙が悲鳴をあげて、生きかえったように悶えはじめた。

そんな理沙を見おろしながら、氷川は思いっきり白濁の精を放った。

「ひぃーッ」

理沙は喉を絞ってのけぞった。

すぐに氷川にかわって、宮島が理沙にいどみかかる。今度は理沙をあお向けからうつ伏せにひっくりかえし、両膝をつかせて双臀を高くもたげさせた。後ろから理沙の腰をつかみ、たくましいものでいっきに底まで貫いた。

「い、いやあ……」

理沙の悲鳴は、途中で内臓を絞るようなうめき声に変わった。

後ろから宮島に犯されながら、理沙は泣き、うめき、そして悲鳴をあげた。

前へズリあがって逃れようとしても、腰をつかまえられているので、すぐに引きもどされてしまう。

「ゆるして……ああ、死んじゃう……うむむ……ひッ……ひッ……」

「へへへ、そいつは谷沢の時に言うんだな。奴はすぐに女の首を……」

そこまで言って、宮島はやめた。教えないほうが、その時におもしろくなる。

宮島がなにを言いかけたのか考える余裕もなく、理沙は激しく突きあげられて、またなかば気を失ったようになった。

「まだのびるのは早いぜ。こっちは五人いるんだからよ」

氷川が理沙の黒髪をつかんでしごいた。

「ほれ、気分出さねえかよ」

宮島も激しく理沙を後ろからえぐりつつ、牝馬を追いたてるようにピシッ、ピシッと双臀を平手打ちした。

5

宮島につづいて溝口、谷沢と理沙を輪姦していく。

谷沢は相変わらず、白濁の精を放つ直前に理沙の首を絞めた。だが、いつも一回目は本気では絞めない。

それでも理沙は苦悶のうめき声をもらし、激しく咳きこんだ。本当に絞め殺されるかと思った。

ようやく谷沢が離れると、理沙は今度こそ完全に気を失った。汗の光る乳房から腹部をあえぎ波打たせていなければ、本当に絞め殺されてしまったのではないかと思うところだ。

「のびちまったぜ。どうする、室井」

最後の番だった室井に向かって、氷川は聞いた。気を失っている理沙を犯しても、おもしろくはないだろう。

「俺のやりたいことはわかってるだろ。それに俺の好みは」

室井はニヤッとして、赤ん坊を抱いてうずくまった雅子を見た。

「そう言うだろうと思ってたぜ、フフフ」

氷川も雅子をニヤニヤと見た。

ハッとして雅子は身体を固くした。赤ん坊をかばうようにして、おびえた眼で氷川を見あげた。

「フフフ、いよいよ奥さんの出番だぜ」

氷川は雅子を見おろして言った。

「い、いやですッ……そんなこと、絶対にいやです」

理沙が輪姦されるのを見せられたあとだけに、雅子の声はふるえた。

「ほれ、カウンターの上にあがって、ストリップだ」

「そんなこと、できませんッ」

「赤ん坊が殺されてもいいのか、奥さん」

氷川は拳銃を雅子の腕のなかの赤ん坊に突きつけた。

「やめてッ……赤ちゃんにはなにもしないでッ」

雅子の美しい顔がひきつった。

「だったらストリップだ。奥さんほどの美人の身体を見てみてえんだよ」

「そんな……ああ……」

雅子は唇を噛みしめて立ちあがると、カウンターの上に赤ん坊を寝かせ、自分も乗った。さいわい赤ん坊はよく眠っている。

「ずいぶん女遊びはしてきたが、人妻というのははじめてだな、へへへ」

「それにしてもすげえ美人だ。色気もあるし、どんな身体してるか楽しみだぜ」

「人妻なんだから、うんと大胆に頼むぜ、へへへ」

そんなことを言いながら、各持ち場から宮島や室井らの視線が、カウンターの上の雅子に集中した。

「ストリップをはじめろ、奥さん。赤ん坊が可愛けりゃな」

拳銃を赤ん坊に向けたまま、氷川は言った。

「ああ……」

雅子はワナワナとふるえる唇を噛みしめた。

「約束してください。赤ちゃんにはなにもしないと……」

「奥さんが俺たちの言うことに従っている間はな」

「………」

雅子は今にもベソをかかんばかりになったが、もうなにも言わない。

どんなことをしても赤ん坊を守らねばならない。

カウンターの上にまっすぐ立った雅子は、じっと赤ん坊を見つめながらスーツの上衣を脱ぎ、ブラウスを脱いでスカートを足もとにすべらせた。

下は薄いブルーのスリップで、同じブルーのブラジャーとパンティが透けて見えた。

「フフフ、スリップはそのままで、ブラジャーとパンストとパンティを脱ぎな」

氷川がニヤニヤと笑って命じた。

雅子はわななく唇を噛みしめて、スリップの下でブラジャーのホックをはずし、片方ずつ肩紐をはずす。さらにスリップがまくれないように裾から手をもぐりこませ、パンストとパンティをひとまとめにしてズリさげた。

「あ、ああ……」

赤ん坊を殺すとおどされているとはいえ、ストリップを演じている自分が信じられない。

それにストリップだけで終わるわけがなく、雅子は恐怖に腰とハイヒールをガクガクさせて、片腕で胸を、もう一方の手で股間を隠してカウンターの上に立ちすくんだ。

「人妻は色っぽいな。素っ裸になってねえのにゾクゾクするぜ」

「スリップ姿が色っぽいぜ。肉づきが透けて見えるのがたまらねえ」

「さすがに人妻は熟してるだけあって、いい身体してやがる、へへへ」

雅子を見つめながら、室井や谷沢らは口々に言って舌なめずりした。

見ないでッ……と言うように、雅子はかぶりを振った。

「スリップをまくって下半身を剝きだしにしな、奥さん」

「そんな……」

「聞こえなかったのか」

氷川の拳銃の先が眠っている赤ん坊の頰に押しつけられた。

「ま、待ってッ」

雅子はあわてて両手でスリップの裾をズリあげて、裸の下半身をさらけだした。

白くなめらかな腹部、真っ白な太腿の付け根に、茂みが鮮烈な黒を見せる。それは艶やかにもつれ合って小高い丘をおおい、妖しく女の匂いをたち昇らせる。しっかりと閉じ合わされた太腿は、ムンムンと官能味にあふれていた。

後ろの室井には、雅子の双臀がはっきりと見えた。ムチッと形よく半球のように張って、見事なまでの肉づきを見せ、臀丘の谷間は深く神秘的だ。その形のよさと肉づきは、室井でなくてもしゃぶりつきたいほどだ。

男たちは皆、まぶしいものでも見るように眼を細め、しばし雅子の裸の下半身に見とれた。

ピチピチとした肌の張り、若さでは理沙が上だが、雅子には妖しいまでの肉づきと色気があった。

「人妻だけあって、色気たっぷりのいい身体してるな、奥さん。尻だってたいした肉づきだ」

「………………」

雅子はキリキリと唇を噛みしめ、スリップをまくった両手がブルブルとふるえた。

「スリップをまくったまましゃがみな」

命じられるままに、雅子はカウンターの上へしゃがんだ。ハイヒールをはいた両足のかかとに尻を落とす格好だ。

「そのまま太腿を開くんだ。人妻のオマ×コというのを見せるんだ、奥さん」

「いやですッ」

「それじゃこいつを赤ん坊に使うしかないな」

「やめてッ、言われた通りにしますから、赤ちゃんにはひどいことをしないでッ」

叫びながら、雅子は閉じ合わせた両膝を左右へ開いていく。

内腿に外気がしのびこみ、氷川の淫らな視線がもぐりこんでくるのを感じ、雅子は弱々しくかぶりを振りながら、唇を噛みしめたままむせび泣いた。

左右へ開いていく内腿の奥に茂みがのぞき、そこから媚肉の割れ目が切れこんでいる。それはさらに内腿が開くにつれてほぐれ、しっとりとしたピンクの肉襞までのぞかせた。

「人妻なんだから、もっと思いっきり開くんだ。グズグズしてると赤ん坊の右耳がぶっとんでなくなるぞ」

「ああ……」

雅子はカウンターの上にしゃがんだまま、両膝がほぼ水平になるまで開いた。

(ああ、見ないで……見ては、いや……こ、これも赤ちゃんを守るためよ……)

気も狂うような恥ずかしさに必死に耐え、雅子は胸の内で何度も叫んだ。

「へへへ、これが人妻のオマ×コか……」

「どれどれ……いいオマ×コだ。とても赤ん坊を産んだとは思えねえ」

「理沙とちがって、毎晩亭主を咥えこんでいるせいか、熟しきったオマ×コだな。うまそうだぜ」

宮島や谷沢、溝口はかわるがわるやってきては、ニヤニヤと覗きこんだ。カウンターの上で雅子の股間が開ききっているのでよく見える。

「次はスリップをまくったまま、カウンターの上で四つん這いだ、奥さん」

氷川がまた冷たく命じた。

(いや、もう、かんにんして……これ以上は耐えられない……)

雅子は両手をカウンターの上についた。ひざまずいて双臀を高くもたげる。

「フフフ、室井、いよいよ出番だぞ」

氷川は金庫の前にいる室井を呼んだ。

6

四つん這いの姿勢は動物を思わせる。雅子のスリップは腰までまくれて、裸の双臀が丸出しになっている。

「ああ……」

臀丘の谷間をぴちっと閉じた雅子の双臀が、汗にじっとりと光ってブルブルとふるえた。

こんな姿勢でなにをされるのか、恐怖がふくれあがる。

金庫の出入口の見張りを溝口とかわった室井が、ニヤニヤとうれしそうに雅子に近づいた。

「こんなムチムチの色っぽい尻は見たことがないぜ」

室井はゆっくりと四つん這いの雅子の双臀を撫でまわす。

「もっと膝を開きな。尻を高くしろ」

「ああ……」

パシッと双臀をはたかれて、雅子の両膝がぐいっと開き、双臀が高くもたげられた。

室井はニヤニヤと笑うと、腰のサバイバルナイフを抜いて、雅子に見せた。

「赤ん坊の耳や鼻は、銃よりナイフのほうが綺麗に切り落とせるぜ、奥さん。忘れるんじゃねえぞ」

「やめてッ」

ナイフの刃の横で赤ん坊の頬をピタピタと叩き、雅子を見てニヤリと笑った。

「このままじっとしてろよ、奥さん。赤ん坊にナイフを使われたくなけりゃな」

雅子はもう、四つん這いで双臀を高くもたげた姿勢を崩せない。

室井はじっくりと雅子の双臀を撫でまわし、その見事な形と肉づきを指先に味わってから、おもむろに谷間を割りひろげた。

「あ、そんな……」

雅子は肛門を剝きだされて、激しく狼狽した。女の部分をいじってくると思っていた。室井の関心が肛門にあると知って恐怖心がつのる。

ひろげられた臀丘の谷底に、雅子の秘められた排泄器官がひっそりとのぞいた。それはなにをされるのか知らず、可憐にすぼまっている。

室井は手をのばして、指先に雅子の肛門をとらえた。

「ああッ、そんなところを……か、かんにんしてッ」

雅子はブルルッと双臀をふるわせ、戦慄の悲鳴をあげた。

「へへへ、亭主には尻の穴をいじられたことはないのか、奥さん」

「夫はそんなことはしません……あ、ああ、やめてッ……」

「これだけいい尻の穴をもったいねえことだ、へへへ、もっともそのお蔭で、奥さんもバージンアナルってわけだな」

「ああ……」

室井は指先でゆるゆると雅子の肛門を揉みほぐした。粘膜が指先に吸いつく。おびえてキュッ、キュウと引き締まるのがたまらない。

「ああ、そんなところ、狂ってるわ……いや、いやです……」

雅子は泣き声をあげて、高くもたげた双臀をふるわせながらも、室井の手を振り払ったり、四つん這いの姿勢を変えようとすることはしない。赤ん坊が見えない枷となって、雅子のあらがいを封じている。

「我が子を思う母は強しか、フフフ、普通の女なら室井に責められて、とても耐えられねえぜ」

氷川が覗きつつあざ笑った。

雅子は唇をキリキリと噛んでかぶりを振った。

（こんな……ああ、こんなことって……いや、いやよ……たすけて……）

肛門をいじられ、揉みほぐされていくおぞましさに、雅子は総毛立った。

噛みしめた歯がガチガチ鳴ってとまらない。背筋に悪寒が走る。

「あ、ああ……」

唇を噛みしばってもいやでも声が出て、雅子はハァハァとあえいだ。

もう雅子の身体はじっとりと汗が滲み、スリップが肌にへばりついた。

「へへへ、尻の穴がヒクヒクしてるぜ、奥さん。感じるのか」

雅子の肛門を揉みほぐしつつ、室井がせせら笑った。室井はよほど雅子の肛門が気に入ったのか、もう一方の手で臀丘の谷間をひろげたまま、眼を離そうとしない。

「もう、かんにんして……」

「やっぱり感じるんだな、奥さん」

「ああ、誰がそんなこと……あ、ああ……」

雅子の狼狽が大きくなった。

揉みほぐされる肛門は、いくら引きすぼめようとしても、いつしか柔らかくとろけてフックラとしはじめた。そのほぐれとろけさせられていく感覚が、いっそう雅子をおびえさせる。

「見ろ、尻の穴がとろけだしたぜ、へへへ」

室井はいったん雅子の肛門から指を引くと、妖しげなクリームを人差し指に塗っていく。

「尻の穴に指を入れるからな、奥さん」

「そんなッ……いやッ、そんなこと、かんにんしてッ」

信じられない言葉に、雅子ははじかれるように叫んだ。

「じっとしてろよ、奥さん。逆らったら可愛い赤ん坊の耳や鼻がどうなるか」

室井はたっぷりとクリームを塗った指先を、再び雅子の肛門へ押しつけた。

「あ……いやッ……やめて……」

「へへへ、尻の穴はヒクヒクして俺の指を咥えたがってるぜ」

室井の指がジワジワと埋めこまれはじめた。ゆっくりと円を描くようにして、雅子の肛門を縫っていくのだ。

「いやッ……ああッ、ひッ、ひッ……」

雅子の双臀がよじれ、前についた手が室井の手を振り払おうと後ろへまわった。だが、宙をかくように動いただけで、雅子の手はもどった。

「いやッ……いやッ……」

雅子はカウンターについた両手を固く握りしめ、その上に顔を伏せるようにしては、次には顔をあげて、のけぞらせるようにして黒髪を振りたくった。

排泄器官としか思ったことのないところを貫かれるなど、とても耐えられない。

「ほうれ、俺の指が奥さんの尻の穴に入ったのがわかるだろ、へへへ」

室井は指の付け根まで埋めた。

えもいえぬしっとりとした緊縮感が、室井の指の根元をおそってくる。しっかり食い締めて、ヒクヒクおののく。

そして奥には、熱くとろけるような禁断の腸腔がひらけていた。

「尻の穴に指を入れられて、どんな気分だ、奥さん」

「………」

氷川が聞いても、雅子はキリキリと唇を噛んでかぶりを振るばかり。

「尻の穴に指を入れられても逃げねえとは、さすがに人妻だな、へへへ」

「人妻でなけりゃ、いきなり最初から尻責めには耐えられねえよ」

「赤ん坊を守るためだとか言っても、結局は奥さんは尻を責められるのが好きなんだぜ、へへへ」

宮島や溝口、谷沢がゲラゲラと笑った。

雅子はそんなからかいに反発する余裕もなくなった。

「う、うむ……」

もう身動きすることもできない。少しでも動くと、肛門を深く縫った指を、いやでも感じ取ってしまう。

「へへへ、もっと尻の穴をとろけさせてやるからな、奥さん。いい声で泣くんだぜ」

室井はゆっくりと指をまわし、腸襞をまさぐりながら抽送した。

「あッ……いや、動かさないでッ……あ、ああッ……いやッ」

雅子は黒髪を振りたくって泣き声をあげた。とてもじっとしていられず、ガクガクと腰をゆすった。

「いい声で泣くじゃねえか、奥さん。尻の穴を責められるのが、そんなにいいのか」

「いや、いやです……ああ、あむ……」

「じっとしてろッ」

室井は雅子の肛門をこねまわした。

指を出し入れし、肛門を押しひろげるようにして、さらに少しでも双臀の位置が低くなると、肛門のなかで指先を曲げて雅子の双臀を吊りあげるようにした。

「あ、ああッ……」

雅子はひいひい泣いた。もうスリップは、肌にへばりついて透けた。

「も、もう……かんにんして……」

「奥さんはじっとしてりゃいいんだよ。そうすりゃ、室井がいろんなことを尻の穴にしてくれるぜ」

雅子の顔を覗きこんで、氷川が言った。

「もっとも縛られてねえんじゃ、どこまで耐えられるかな」

「耐えられなくて逆らえば、赤ん坊の耳を切り落とすだけのことだぜ、へへへ」

「ますますおもしろくなってきやがった」

谷沢と宮島と溝口も意地悪くあざ笑った。

その間もこねまわされる雅子の肛門は、ますますフックリととろけるようだ。時々おびえるようにキュウと収縮を見せるが、すぐにまたフッとゆるむ。

「まったく妖しいアナルをしてやがるぜ、へへへ、そろそろ指だけじゃ物足りなくなってきただろうが」

室井が意味ありげに言った。

「ああ……もう、かんにんして……」

雅子は肛門をとろけさせられ、指が出入りする感覚に、すすり泣きをくりかえすばかりだった。

「ここで一度浣腸してやるぜ、奥さん」

「……………」

「本当ならまずオマ×コを犯るんだが、奥さんの場合は最初に浣腸だ、へへへ」

雅子はすぐには室井がなにを言っているのかわからなかった。肛門をこねまわす指が、雅子の思考を混乱させる。

「へへへ……」

室井はうれしそうに笑って、バッグのなかから長大な浣腸器を取りだした。注射型のガラス製浣腸器だ。

雅子はその長大さゆえに、それがなにかまだ理解できなかった。

第二章　美肌　人妻凌辱中継

1

銀行強盗が発生して何時間にもなるのに、銀行のなかの様子がわからず、警察もマスコミもだいぶあせっている。

犯人たちが銃で武装し、人質の男性たちがダイナマイトといっしょに出入口や窓のところに縛られていては、うかつに手が出せない。

人質の女子行員が犯人たちに凌辱され、赤ん坊を抱いた人妻もてあそばれようとしているなど、わかっていないようだ。

（た、たすけて……ああ、早く、たすけに来て……）

雅子は胸の内で祈りつづけた。

薄いブルーのスリップ一枚の姿でカウンターの上にあがらされ、四つん這いの格好をさせられている。スリップの下はブラジャーもパンティも脱がされ、スリップを腰までまくって、雅子の裸の下半身が剝きだしになった。

ムチッと形よく張って高くもたげられた双臀は、汗でヌラヌラと光っている。

「ああ……」

雅子はさっきから肛門をいじくりまわされ、恐ろしい銀行強盗たちの関心が排泄器官にあることを、思い知らされている。

(いや……たすけて……)

赤ん坊にナイフを突きつけられていては、雅子は四つん這いの姿勢を崩すこともできない。

巨大な注射器のようなガラスの筒に液体を吸引しつつ、室井が雅子の顔を見てニヤリと笑った。

「こういうのをされたことはあるか、奥さん」

「………」

雅子は、それが浣腸器であるとはすぐに理解できなかった。筒は一升瓶ほどもある。

「それだけいい尻にもったいねえ話だぜ、へへ、この俺がたっぷりとしてやるからな」

「こうやって奥さんの尻の穴にグリセリン原液を入れるんだ」

室井は長大な浣腸器のシリンダーを少しだけ押して、ノズルの先端からグリセリン原液をピュッと宙に飛ばした。

「ああ……なに、なにを……」

雅子の総身がヒッと凍りついた。浣腸など信じられない。

「そんなことッ……いや、いやですッ、絶対にいやッ……」

美しい顔はひきつり、身体のふるえも大きくなる。

「そのままじっとしてろ。逆らうと赤ん坊の耳を切り落とすぞ」

「いやッ、赤ちゃんには、なにもしないでッ」

赤ん坊にナイフを突きつけられ、雅子は、四つん這いの姿勢を崩すことができない。

顔をひきつらせ、唇をワナワナとふるわせるばかりだ。

「ああ、どうして……そんなことを……ああ……なにがおもしろいの……」

雅子はそう言うのがやっとだった。

「へへへ、奥さんみたいにムチムチの尻には浣腸器が似合うんだよ」

長大な浣腸器を雅子に見せつけつつ、室井はあざ笑った。

「ああ……そんなこと……狂ってるわ……」

この銀行強盗たちは恐ろしい変質者なのだ。身体がブルブルとふるえ、歯もガチガチと鳴りだした。

「おめえらにもおもしろいショーを見せてやるからよ、へへへ」

「美人女子行員の川奈理沙のレイプショーにつづいて、美人妻の浣腸ショーだ、おめえらは人質になってついてるぜ」

溝口と宮島が窓や出入口に縛りつけた男の人質に向かって言った。

男子行員たちはダイナマイトといっしょに縛られて生きた心地もなかったが、その眼はみんなカウンターの人妻に向いた。裸の双臀を剝きだしにしている雅子の美しさと色香に、ひとりでに眼が吸い寄せられる。

金庫のなかの女子行員たちからは、カウンターの上の雅子は見えない。だが、ただならぬ気配はわかる。皆、身を寄せ合って静まりかえった。

氷川が雅子に近づいて、黒髪をつかんで顔を覗きこんだ。

「奥さん、浣腸の途中で逃げたり逆らったりしたら、赤ん坊の耳がどうなるか、そのことを忘れるなよ」

ドスのきいた声で言うと、雅子の黒髪をしごいた。

「尻の穴で一滴残さず呑むんだ。赤ん坊が可愛けりゃな、へへへ」

谷沢も意地悪くせせら笑った。

「ああ……」

雅子は恐ろしさに言葉も出ない。

「それじゃはじめるか、へへへ、浣腸してやるぜ、奥さん」

室井は一度ピシッと雅子の裸の双臀を平手打ちにしてから、長大な浣腸器のノズルをゆっくりと臀丘に這わせ、谷間へとすべらせていく。

「いやッ……ゆるしてッ……」

雅子は悲鳴をあげて双臀を振りたてた。だが、四つん這いの姿勢を崩したり、浣腸器を振り払ったりはしない。汗でヌラヌラの肌に、さらに汗がドッと噴きだす。

「や、やめてッ……ああ、そんなこと……」

「へへへ、尻の穴は浣腸されたくてヒクヒクしてるぜ、奥さん」

「かんにんしてッ……ああ、ゆるして……」

雅子をあざ笑うように、ノズルの先端が肛門に触れ、ゆるゆると揉みこむように動いた。

雅子の肛門がおびえてキュッ、キュウと引き締まる。

「ほれ……へへへ、ほれ……」

室井は雅子の肛門がキュウと締まるのを楽しみつつ、何度もノズルを出し入れした。さらにノズルを円を描くように動かし、肛門をこねまわす。

「いやッ……ああ、いや……」

雅子は泣き声をあげ、歯をキリキリと噛みしばって黒髪を振りたくった。

「まだ入ってねえというのに、いい声で泣くじゃねえか。そそられるぜ」

氷川がニヤニヤと笑って舌なめずりをした。

「室井の浣腸にどこまで耐えられるかな、へへへ、赤ん坊のために必死に耐えてる姿がたまらねえぜ」

宮島と溝口もニンマリと顔を崩した。その眼は嗜虐の欲情でギラギラと光った。

室井はノズルで雅子の肛門をさんざんこねまわし、雅子に泣き声をあげさせておいてから、長大なシリンダーを押しはじめた。

「ああッ……ひいーッ」

ドクッ、ドクッとグリセリン原液が肛門から入ってくる。雅子は総毛立った。

「こ、こんな……あ、ああッ、あむッ……」

思わず押しとどめようと肛門を引き締めても、キリキリとノズルを食い締めるだけだ。ドクドクと得体の知れない生物みたいに入ってくる。

雅子は歯がガチガチと鳴って、背筋に悪寒が走るのをとめられない。

「い、いやあ……」

「ああッ……ひッ、ひッ……入れないでッ、あ、あむむ……」

雅子にゆるされるのは泣き声をあげて黒髪を振りたくり、双臀をうねらせることだけだ。カウンターの上についた両手が、とてもじっとしていられないように、固く握られたり開いたりをくりかえした。

「奥さん。尻の穴からドンドン入っていくのがわかるだろ、へへへ」

「かんにんしてッ……こんな……ひッ、ひッ……ああ……」

「いい呑みっぷりだぜ。泣き声も色っぽくていいしな」

室井はうれしそうに言い長大なシリンダーをジワジワと押しつづけた。

ガラスがキィ、キキーと鳴って、雅子のひいひいという悲鳴と共鳴する。

雅子の官能味あふれる双臀がブルブルとふるえ、シリンダーを押すたびに肛門がキュウとノズルを食い締めてくるのが、室井にはたまらなかった。

「がんばるじゃねえか、奥さん。普通の女ならとっくに逃げだしてるところだ」

氷川は雅子の双臀を覗きつつ、せせら笑った。

「浣腸されるのが、本当は好きなのか、奥さん」

そんなからかいも、もう雅子にはまともに聞こえない。

2

溝口と宮島、谷沢もそれぞれ持ち場からニヤニヤと雅子を見つめた。

人質の男子行員たちも、息を呑んで浣腸される美貌の人妻に見とれた。

そんな視線を気にする余裕もなく、雅子はすすり泣くばかりになった。

「あ、あ……もう入れないで……ああ、うむ……うむ……」

グリセリン原液のおぞましさに、便意の苦痛が加わりだした。

(ど、どうすればいいの……ああ、このままでは……)

恐怖と絶望もさらにふくれあがる。

「も、もう、いや……これ以上は……ああ、入れないで、ううむ……」

「どんどん入っていくってのによ。全部呑むんだ、へへへ」

「ああッ……う、うむ……うむむ……」

五百CCも注入されると、雅子はまともに口もきけない。ブルブルとふるえる肌はもうあぶら汗でびっしょり。スリップをへばりつかせ、さらに玉の汗をツーとすべらせる。

（ああ……た、たすけて……）

少しでも気をゆるめると、便がドッと漏れそうで、雅子はキリキリと歯を噛みしばった。

「奥さん。もっといい声で泣かねえかよ」

「声も出ねえほど、浣腸が気持ちいいのか、へへへ」

からかわれても、雅子はうめくばかりだ。

注入されるグリセリン原液が千ＣＣを超すと、雅子の身体のふるえが大きくなった。今にも駆け下ろうとする便意を押しとどめるのでやっとだ。

「う、うむ……」

グリセリン原液の刺激と荒々しい便意とに、雅子は内臓がキリキリとかきむしられる。

（も、もう、やめてッ……ああ、うむ、漏れちゃうッ……いや、いやッ……ううむ、かんにんしてッ）

動くことも、まともにできなくなる。

「へへへ、一滴残らず入れてやるからな。まだ漏らすんじゃねえぞ」

室井はうれしそうに舌なめずりしながら、さらにグイグイと長大なシリンダーを押しこんでいく。

「うむ……ううむ……」

悪寒が総身を駆けまわる。雅子は眼の前が暗くなった。

「も、もう、駄目ッ……かんにんしてッ、我慢が……」

雅子はあぶら汗にまみれた美貌をひきつらせて、ひいひい喉を絞りはじめた。

「なんたっていきなりグリセリンの原液浣腸だからな。普通の女ならとっくに漏らしてるところだぜ」

「奥さんの尻の穴の締まりがいいってことか、へへへ」

谷沢と宮島、溝口が感心したように言った。グリセリンの原液では半分の九百ＣＣももてばいいと思っていたのに。

その間にも室井は長大なシリンダーを押す力を強くして、残りのグリセリン原液をドッと注入していく。

「ひッ、ひいーッ……」

雅子は総身を激しく痙攣させた。四つん這いでカウンターについた両手が、ガクガク崩れそうになる。

「全部入ったぜ。途中で漏らさねえとは、さすがにいい尻した人妻だけのことはある」

長大なシリンダーが底まで押しきられても、雅子はグッタリとすることはゆるされない。苦痛と恐怖のはじまりである。

「う、ううッ……お、おトイレにッ……ああ、早く……」

雅子は泣き声をひきつらせた。

氷川が雅子の黒髪をつかんで、四つん這いの上体を起こした。

「その前に素っ裸だ、奥さん。おっぱいや尻をゆすって、うんと色っぽく脱げよ、フフフ」

「ああ……」

雅子には躊躇している余裕はなかった。一時も早くトイレに行かなければ。わななく唇をキリキリと噛みしめ、ふるえる手をスリップにかけた。

「もっとおっぱいをゆすれよ、奥さん」

「尻も振らねえか」

宮島や谷沢からそんな声が飛んだ。

雅子は命じられるままに身体をうねらせた。露わになった乳房は豊かで形がよく、双臀とともに成熟した人妻の官能味にあふれ、ブルンとゆれた。ヌラヌラと光る汗が飛び散る。

「は、早く、おトイレに……」

カウンターの上で一糸まとわぬ全裸になっても、雅子はそれを羞じらう余裕さえない。蒼ざめた美貌を力なく振り、おそってくる発作を必死に耐えていた。

「両手を背中へまわしな」

室井が縄を手にして、ビシビシしごきながら言った。

「い、いや……」

「ここで垂れ流すか、奥さん」

「………」

雅子は言葉もなくかぶりを振り、両手を背中へまわした。

室井はすばやくハァハァとあえぐ豊満な乳房の上下に縄をまわしていく。

「は、早くッ……」

雅子の声がひきつった。

「ここまで我慢するとは、ほめてやるぜ、奥さん、フフフ、すぐにさせてやるからな」

「奥さんのトイレはこれだ。思いっきりひりだしな、へへへ」

氷川と室井は雅子をカウンターの上にあお向けにすると、左右から足首をつかんで開き、上へ持ちあげた。赤ん坊のオシメをかえる格好だ。

室井はもう一方の手でバケツを雅子の双臀にあてがった。バケツは銀行のトイレの用具室から持ってきたものである。

「ひいーッ」

男たちの意図を知って、雅子は悲鳴をあげた。

「いや、いやあッ……」

便意は耐える極限に達している。雅子は肛門の痙攣を自覚した。

「いや、いやあッ……ここじゃ、いやッ……」

「へへへ、いやでも人妻がどんなふうにひりだすか、じっくり見せてもらうぜ」

「いやあ……」

雅子がいくら泣き叫んでも、後ろ手に縛られて足首をつかまれていては、どうにもならない。

「いや、ここでは、いやッ……ああッ……う、ううむ……」

雅子の身体の痙攣が大きくなったかと思うと、肛門が内からふくらむようなうごめきを見せた。

「ひッ、ひいッ……いや、見ないでッ……」

雅子の悲鳴がほとばしった。

同時に、耐える限界を超えた便意が、ショボショボと漏れはじめた。

「あぁッ……いや、あぁッ……」

一度堰を切ったものは押しとどめようもなく、たちまち激流となってバケツのなかへ流れこむ。雅子の喉を号泣がかきむしった。右に左にと黒髪を振りたくり、足首をつかまれた両脚をうねらせた。

「こりゃすげえ」

「色っぽい顔して派手にひりだすじゃねえかよ」

3

排泄を見られてしまったショックに、雅子は顔をカウンターにうずめ、シクシクと首をふるわせてすすり泣いた。

「みんな見てるってのに、ずいぶんと出したな、奥さん」

氷川がせせら笑えば、

「ひいひいよがりながら出すんだから、あきれたもんだぜ」

「そんなに派手にひりだすなら、カメラに撮らせてもよかったな」

「実況中継か、へへへ、テレビを見て亭主が腰を抜かすぜ」

谷沢と宮島と溝口も雅子をからかった。

冗談のつもりが、どうせ包囲されて、すぐには逃げられない、それなりに楽しまなくてはというわけだ。

雅子はすすり泣くばかり。

室井は雅子の裸身をカウンターの上にうつ伏せにして、ティッシュで肛門の汚れを拭いた。

「いい尻しやがって。気に入ったぜ」

室井もまた、氷川や谷沢たちの話が耳に入っていない。

雅子の肛門を綺麗に拭くと、指先になにやら妖しげなクリームをすくって、ゆるゆると塗りこんでいく。

「あ、あ……」

雅子は小さく声をあげたが、されるがままだ。

クリームを塗られる雅子の肛門は、浣腸と排泄の直後とあって、生々しく内襞までのぞかせた。それが室井の指の動きにヒクヒクうごめいた。

「へへへ、柔らかくとろけて、指が吸いこまれるようだぜ」

室井は雅子の肛門をまさぐりつつ、肉棒をつかみだした。欲情の昂りを物語るように、天を突かんばかりのたくましさだ。

「どうだ、亭主のよりでかいだろうが」

「ああッ……」

雅子の美貌がひきつった。

(いや……あなた、たすけて……いや……)

胸の内で激しく叫びながら、雅子はただ唇をわななかせるばかり。

カウンターから下半身だけおろされ、上体はカウンターに伏したまま後ろから細腰をつかまれる。雅子は悲鳴をあげて腰をよじった。

「いやッ、いやあッ……や、やめてッ」

「ひりだすところまで見せといて、やめてもねえもんだ。へへへ、肉がとろけて今が一番食いごろなんだよ」

「たすけてッ……いやあッ……」

灼熱を臀丘にこすりつけられ、雅子はひいッと喉を絞った。

恐怖と絶望のなか、夫の面影が雅子の脳裡をよぎった。

（あ、あなたッ……ゆるして……）

灼熱はピタリと肛門に押し当てられ、ジワジワと沈んできた。

「あぁッ……そこ、そこは……」

「奥さんの場合はここでいいんだ」

「そんなッ……」

雅子は絶句した。

「いやあッ……そこは、いやッ……ああ、そんなところ」

「ほれ、尻の穴をもっとゆるめねえか」

「いや、いやあッ」

雅子は泣き叫んで、後ろ手縛りの裸身を揉み絞った。

めりこんでくる肉の頭に、雅子の肛門はジワジワと押しひろげられた。

「いや……ああ、痛いッ……う、うむ……」

激痛がおそった。いっぱいに押しひろげられた肛門の粘膜が、ミシミシときしむ。

肛門から背筋、脳天へと激痛が貫いた。

限界まで拡張された粘膜をひきずりこむように、肉の頭がもぐりこんでくる。

「うむ……裂けちゃうッ、ううむ……」

雅子の抱きこまれた双臀が硬直してブルブルと震え、あぶら汗がドッと噴きだした。

「ううむ……」

キリキリと歯を噛みしばっては口を開き、雅子はそれでも耐えられずに口をパクパクとあえがせた。

「見事に呑みこんだじゃねえか、奥さん」

たくましいものが深々と貫いたところを、氷川がニヤニヤと覗きこんだ。雅子の肛門は、まさに串刺しだ。

「どうだ」

「たまらねえぜ。熱くてとろけるようで、クイクイ締めつけてきやがる」

「そんなにか？」

「あとで味わってみりゃわかるぜ」

宮島や溝口らと話しながら、室井はすぐには動きだそうとはせず、じっくりと雅子の肛門を味わった。

「う……うむ……たすけて……」

雅子はうめき、ブルブルと裸身をふるわせつづける。

室井が少しでも動くと、肛門に激痛が走った。

「あ、ああッ……ああッ、ひッ、ひっ……ひいーッ」

雅子は泣き叫んだ。

「いい声で泣くじゃねえか。やっぱりアナルセックスはそうこなくちゃ」

室井は、一気に動きだそうとはせず、少しだけ動いて雅子に悲鳴をあげさせては楽しむ。

そのくりかえしのなかで、雅子の肛門がしだいに押し入ったものになじみだした。苦痛ばかりでなく、その動きを感じ取ってしまう。なんという女肉のたくましさ。

(そんな……)

それがまた恐ろしく、雅子をさらに泣き叫ばせた。衝きあげられる肛門から背筋へと走る苦痛に、灼けただれるようなしびれが加わって、雅子をおびえさせるのだ。

「フフフ、尻の穴にぶちこまれて、気持ちよさそうな顔してやがる」

氷川がカウンターの上に伏せた雅子の顔を覗きこんで言う。黒髪をつかんで雅子の顔を上向かせた。

「室井、この色っぽい顔をみんなにも見せてやれ」

「へへへ」

舌なめずりをしてニンマリした室井は、女の双臀をいっそう深く抱きこみつつ、カウンターの雅子の上体を徐々に起こした。雅子の肛門を貫いたまま、立たせる。

少しずつ向きを変え、雅子の体を窓や出入口で見張る宮島のほうへ向かせた。

「あ、ああ……いや……」

雅子は狼狽したが、肛門を貫かれていて力が入らない。

顔を伏せようとしても、氷川に黒髪をつかまれて正面を向かされてしまう。

「色っぽいぜ、へへへ、人妻でなけりゃこの色気は出ねえな」

「あとの味見が、ますます楽しみになってきたぜ」

「これだけ美人でいい身体してて、色っぽい女もめずらしいぜ。室井、早いとこ楽しんで、こっちへまわせよな」

宮島や谷沢は舐めるように雅子の裸身をながめて、さっき女子行員の理沙を楽しんだくせに、もうズボンの前を硬くしている。

「オマ×コでもアナルでも、どっちでも犯り放題だぜ、フフフ」

氷川は雅子の股間へ前から手をもっていき、媚肉をまさぐってから、指先を見せた。

指先はヌラヌラと光り、蜜が糸を引いた。

「好きなんだな、奥さん。それじゃお楽しみといくか」

室井がゆっくりと腰を動かし、リズミカルに雅子の肛門を突きあげる。

「あ、ああッ……ひいーッ……」

双臀からゆさぶられつつ、雅子は狂ったように黒髪を振りたくった。

4

「ほれ、気分を出さねえか、奥さん。尻の穴で気をやってみろ」

室井は容赦なく責めた。

はじめはひいひい泣き叫んだ雅子も、いつしか気を失ったようになった。

「奥さん。まだのびるのは早いぜ」

氷川に頬を打たれ、雅子はうつろに眼を開いた。

眼の前に氷川のたくましい肉棒が剝きだしになっている。雅子はハッと身体を固くした。

「人妻のくせして室井ひとりを相手にしたくらいで、だらしねえぞ。まだこれからじゃねえかよ」

氷川はニヤリと笑って、たくましく屹立をゆすってみせた。

「ああ……もう、かんにんして……」

雅子はハァハァとあえぎつつ、ふるえる声で言った。

「なに言ってやがる。こっちは五人全員楽しませてもらうぜ、へへへ」

「それだけいい身体してるんだから、五人くらい楽なはずだ」

「へへへ、次はどこにぶちこんで欲しいんだ、奥さん」

谷沢と溝口、宮島もニヤニヤと笑った。

「ああ……」

雅子は弱々しくかぶりを振った。

すぐ横のソファでは女子行員の理沙が後ろ手に縛られ、グッタリと気を失っていた。

「奥さんは簡単に気を失わさせねえぜ、フフフ、アナル責めも人妻のハンディと思うんだな」

氷川が意地悪く言って、雅子の黒髪をつかんでしごいた。

(た、たすけて……)

唇がワナワナとふるえただけで、雅子はなにも言わない。

「フフフ、どっちの穴にぶちこんでやるかな」

氷川は後ろから雅子の腰をつかんだ。

そして、一気に雅子を貫いた。

「あ……ひいーッ……」

雅子は白眼を剝いてのけぞった。

室井に犯された直後とあって、雅子の肛門はとろけるような柔らかさで受け入れ、たちまち氷川の灼熱はその根元まで深々と沈んだ。

「ああ、死んじゃう……あ、ああ……ひッ、ひッ……」

「死ぬほどいいのか、奥さん。それでこんなにクイクイ締めつけてるんだな」

氷川があざ笑って、ゆっくりと腰を動かして雅子を突きあげようとした時、

「クソッ、サツが動きだしたぞ」

出入口で見張っていた宮島が叫んだ。

「お楽しみの最中だってのに、サツの奴、ふざけやがって」

氷川がいまいましそうに言った。

「やめることはねえよ。そのままだって指揮はとれるだろうが、へへへ」

室井が氷川にかわって出入口の宮島のところへ駆けつけた。

出入口はシャッターがおろされ、シャッターの小さなドアから外を見張れるようになっている。

室井が覗くと、何台かのパトカーを中心に、警察官がジワジワと包囲網をせばめて

くる。

「こっちへ来るんじゃねえ。人質を殺すぞ」

室井がシャッターのドアから叫んだ。

パトカーめがけてライフル銃を一発撃った。警察官たちの動きがとまった。

『君たちは完全に包囲されている。撃つのはやめて人質を解放しなさい』

パトカーのスピーカーが声高に叫んだ。

すぐに強行突入してくる気配はなく、包囲網をせばめながら様子をうかがっている。

説得役のベテラン刑事らしき二人が、警察官たちのなかから出てきて、ゆっくりと近づいてくる。

「室井、あれを見ろ」

宮島が正面のビルの二階を指差した。

窓にライフル銃を持った特殊班の警察官の姿が見えた。一方で説得しつつ、もう一方でいつでも狙撃できるようかまえている。

「ふざけやがってッ」

近づいてくる刑事に向けて室井と宮島は銃をぶっぱなそうとしたが、氷川がとめた。

「ここは俺にまかせろ、フフフ、もっとおもしろい方法がある」

氷川は後ろから雅子を抱きしめたまま、室井と宮島のところまで来た。雅子の肛門を貫いたまま、一歩また一歩と後ろから雅子の脚を前へ押しだして歩く。

「あ、あぁッ……そんな……あむッ……」

歩かされるたびに肛門で肉棒がこすれ、雅子は泣き声をあげた。膝とハイヒールとがガクガクして崩れそうになる。

だが、雅子の身体は肛門を貫いた肉棒と腰を抱いた手とで抱き支えられ、さらに歩かされた。

「いよいよテレビの実況中継だ」

氷川は室井と宮島に向かって片眼をつぶった。

室井と宮島は氷川の考えていることがわかって、ニンマリと顔を崩した。

ちょうど銀行内のテレビは、警察がジワジワ包囲網をせばめているところを、望遠レンズでだがはっきりと映しだしていた。

だが、雅子はまだなにをされるのかわからず、泣き声をあげ、うめき、ハァハァとあえいだ。

「フフフ、サツに引くように言うんだ。言う通りにしないと赤ん坊が殺されるとな」

氷川は雅子の耳もとで言った。

「単なるおどしじゃないぜ、奥さん」

宮島がライフル銃をかまえ、カウンターの上で寝ている赤ん坊に狙いを定めた。

「いやッ……赤ちゃんにはなにもしないでッ」

「だったら俺の言う通りにするんだ」

赤ん坊のほうを向いて泣き声をあげて身を揉む雅子を、氷川は強引にシャッターのドアの前へ連れていった。

室井がドアを大きく開いた。

「あ……ああッ……」

雅子の正面十メートルほどのところには、何台ものパトカーとその陰に隠れる無数の警察官の眼があった。遠くにはヤジ馬の群れも見える。

雅子は総身が凍りついた。雅子は全裸で後ろ手に縛られ、氷川に肛門を貫かれた姿をさらされるとは……。

「い、いや……」

雅子は思わずあとずさって、銀行のなかへ逃げこもうとした。

「赤ん坊がどうなってもいいのか。サツに向かって言わねえかよ」

氷川が雅子をがっしりとつかまえ、あとずさることをゆるさない。

「へへ、実況中継だぜ」

銀行内のテレビに眼をやった谷沢が言った。

テレビには後ろ手縛りの雅子の全裸がはっきりと映しだされていた。後ろにぴったりとついた氷川も映しだしたが、氷川は顔にマスクをかぶっている。

アナウンサーが驚き、興奮した声をあげたが、氷川は服を着たままズボンの前から肉棒だけをつかみだして雅子を貫いていたので、まさか雅子が氷川に肛門を貫かれていようとは、夢にも思わない。

「おめえらが変な真似をしようとするから、人質がこういう目にあうんだ」

氷川は警察官に大声で叫ぶと、次には雅子の耳もとで、

「ほれ、サツに言わねえか。グズグズしてやがると、尻の穴でつながってることがバレちまうぞ」

「ああ……来ないで……赤ちゃんが、殺されます……来ないでくださいッ……」

雅子は泣きながら叫んだ。

『人質に危害を加えるのはやめなさい。すぐになにか着せてあげなさい』

パトカーのスピーカーが叫びながらも、警察は人質の女性が全裸にされていることに、そして人質のなかには赤ん坊までいることに動揺を隠せない。

近づいてきたベテラン刑事も引きさがり、包囲網も遠まきの状態にもどった。

「フフフ、奥さん、色っぽい顔を全国の男たちに見せてやれよ」

氷川は勝ち誇って、雅子の黒髪をつかみ、遠まきの警察の後ろにいるテレビ中継車のカメラに向けた。

雅子は自分がさっきからテレビに撮られていることを知って、

「い、いやあッ……」

魂消えんばかりの悲鳴をあげた。

5

さすがに途中からテレビは人質のプライバシーを考えて、雅子の映像をぼかしたり、顔や足もとだけを映したりするようになったが、かなりの時間、雅子の全裸が全国ネットで流れた。

「ああ、ひどい……ひどすぎます……いっそ死にたい」

ようやく銀行へ連れもどされた雅子は泣きじゃくった。

「尻の穴にぶちこまれているところや、浣腸されたことをバラされなかっただけでも感謝するんだな」

「へへへ、奥さんのことを知ってる連中は、びっくりしただろうぜ。それとも大喜びしたかな、奥さんの素っ裸を見れて」

「亭主がテレビを見てたら、おもしれえんだけどよ」

谷沢や室井、溝口らは口々に言って、ゲラゲラと笑った。

雅子は黒髪を振りたくって、いっそう泣き声を大きくした。

それをあざ笑うように、氷川はゆっくりと雅子の肛門を突きあげはじめた。

「思いっきり気分出せよ、奥さん。さもねえと、またテレビカメラの前へ出すぜ」

「ああッ、かんにんしてッ……もう、い、いやあッ……ひッ、ひッ……」

直腸を深くえぐられて、雅子の叫びは途中から悲鳴になった。

あとは氷川にあやつられるままに泣きじゃくる。

「どうだ、二度目なんでだいぶ感じがわかってきたんじゃねえのか、奥さん。今度は途中でのびるなよ」

「いや、もう、いやあッ……ああ、あむ……ゆるしてッ……」

「フフフ、クイクイ締めつけてくるのにか。いい味してるぜ、奥さんのアナル」

氷川は満足げに何度も舌なめずりをした。

さすがにアナル好きの室井が眼をつけただけあって、雅子の肛門の粘着力と収縮力は得も言われない。

外ではまたパトカーのスピーカーが騒がしくなった。女性と赤ん坊だけでも解放しろと言っている。

「ふざけるなッ。ワゴン車を一台用意するのと、前の通りをあけるのが先だ」

シャッターのドアから宮島が怒鳴った。

警察は人質全員の解放から女性と赤ん坊の解放へと条件をさげてきたが、氷川たちは呑まない。警察も人質の救出なくして、犯人たちの逃走をゆるすはずはない。

このままでは交渉はラチがあかない。

「しようがねえな。もうちょいサツをおどして圧力をかけるしかねえか、フフフ」

雅子を責めたてつつ氷川がつぶやいた。

室井や溝口、宮島、谷沢は顔を見合わせてニヤリと笑った。

「さあ、またテレビ出演だぜ、奥さん」

氷川は雅子の耳もとで言った。

リズミカルに突きあげられて泣きじゃくる雅子の裸身が、ビクッとふるえた。

「いやあッ……そんなこと、もう、もう、いやですッ……」

「いやなら早いとこ俺たちの要求を呑むようにサツに頼むんだな」

「かんにんしてッ……こ、こんな姿を、見られてしまいます……」

「テレビに映りゃ見られるわな。それも全国ネットだ」

氷川は雅子が哀願するのもかまわず、両手で雅子の太腿を後ろからすくいあげるように抱きあげた。

太腿は左右へ大きく割りひろげる。

「いやッ……こんな格好は、いやあッ……かんにんしてッ」

雅子は氷川の腕のなかで身を揉んで泣き、抱きあげられた両脚の膝から下を振った。

こんな浅ましい姿でテレビカメラの前へ連れていかれるのだと思うと、雅子は気が遠くなる。股間はあられもなくひろげられ、肛門はまだ氷川の肉棒で深々と貫かれたままだ。

「奥さんがサツを説得しなきゃ、赤ん坊を殺さなきゃならなくなるんだぜ、へへへ」

「赤ん坊を殺されたくなけりゃ、俺たちに協力することだ」

谷沢と溝口があざ笑った。

「ああ……」

「奥さんがおとなしくしてりゃ、尻の穴でつながってることまではバラさねえぜ」

氷川も意地悪く雅子の耳もとで言った。

雅子の泣き声が急速に力を失い、身体からあらがいの力が抜けるのを見てから、室井はシャッターのドアを開けた。

「いつまでもこっちの要求を呑まねえと、女は裸になるだけじゃすまなくなるぞ」

室井は警察官たちに怒鳴った。

そして氷川は雅子の裸身をさらした。

ひいーッと雅子は泣いて、隠すように顔を伏せた。だが、上下を縄で絞られた豊満な乳房や、抱きあげられて左右へ開かれた内腿の奥は、隠しようもない。

警察官たちは一瞬ギョッとした。テレビの現場リポーターも絶句し、テレビカメラまでが釘づけになった。雅子の開いた裸身がはっきりとテレビに映しだされた。

「早いとこ要求を呑まねえと、人質はこういうことになるんだぜ」

室井はライフルの長い銃身の先で、雅子のあられもなくさらけだされている媚肉の割れ目をなぞった。

さらに銃身の先端を媚肉の割れ目に分け入らせていく。

「ひいッ……いや、いやあッ……ああッ、ひッ、ひッ……」

雅子は黒髪を振りたくって身を揉んだ。

「泣いてばかりいねえで、早く要求を呑むようにサツに言わねえか、奥さん」

氷川に耳もとで命じられても、従うどころではなかった。

割れ目に分け入った銃身の先端が、ゆっくりとさらに膣まで入ってきた。

「あ、ああッ……ひいーッ……」

後ろから氷川に抱きあげられ、肛門を肉棒で貫かれていては、腰をよじって避けることもできない。

『そのような行為はゆるさない。すぐに人質を解放しなさい』

パトカーのスピーカーから流れる声が大きくなり、怒りと動揺が入り混じる。

警察官たちはジワジワと包囲網をせばめようとした。

「動くんじゃねえ。人質が死ぬぞ」

室井は叫んで、ライフル銃の引き金に指をやった。

警察官の動きがとまり、それをあざ笑うように、室井は銃身で雅子の媚肉をこねまわした。肉襞をまさぐり、女芯を剝きあげる。

「あ、あ……やめて……ああッ……」

雅子は右に左にと頭を振り、豊満な乳房から下腹をハァハァと波打たせた。

身体の芯が灼ける。膣に深く挿入された銃身が粘膜をへだてて肛門の肉棒とこすれ、雅子はひぃーッと喉を絞って白眼を剝いた。

「ワゴン車をこの前へもってこい。俺たちの逃げる道を保証するんだ。さもねえと、こんなことじゃすまなくなるってもんだぜ」

室井は大声で叫び、銃身で雅子の媚肉をいびりつづける。

「ほれ、奥さんもサツにしゃべらねえかよ」

氷川が命じても、雅子はひいひいと泣くばかりだ。

「しようがねえ奥さんだぜ」

「気持ちよくて口もきけねえということか、へへへ、みんなに見られてテレビにまで撮られているのが、そんなにいいのか」

氷川は雅子をすばやくシャッターの陰へ隠し、室井がドアを半分以上閉めた。

あとは警察がどう動くか、待てばいい。

「またお楽しみのつづきだ。今度は気をやれよ、奥さん」

氷川はせせら笑って、再び雅子の肛門をリズミカルに突きあげはじめた。

今度こそ直腸深くおびただしく白濁の精を注ぎこまれた雅子は、ようやく氷川が離れると、グッタリと死んだようにソファの上へ崩れた。

もう気を失っているように両眼を閉じ、唇を半開きにして、汗にヌラヌラと光る乳房や腹部を波打たせている。

6

隣りのソファには、理沙がまだ気を失ったまま、後ろ手縛りの裸身を横たえていた。

雅子と理沙、女体が二つ並んでいると、どちらも見事なまでの曲線美だけに、圧倒される。

若い理沙の曲線美がピチピチとした肌にくっきりと浮かびあがるのに対し、人妻の雅子の曲線美は成熟した肉にボウとけぶる。

「人妻もいいが、俺はやっぱり若いほうがいいな、へへへ」

「オマ×コだって締まりがよくていい味してるしよ」

谷沢と宮島が言えば、

「楽しむなら人妻だぜ。見ろや、このムチムチの身体。熟れきって色気たっぷりじゃねえかよ」

溝口と室井は雅子のほうを気に入っているようだ。

氷川はゲラゲラと笑いだした。

「若い理沙に人妻の雅子、どっちがいいかって。どっちも楽しめばいいんだよ。若いのも人妻も食い放題なんだからよ」

もっともだ……皆、ゲラゲラと笑いだした。

そろそろ一時間がたつが、警察は前の通りをあける様子もなく、ワゴン車も来ない。そしてワゴン車の手配に時間がかかっているとか言いわけをして、明らかにひきのばしをはかっていた。

もう外はすっかり夜の帳におおわれて、警察の投光器のライトが銀行を闇のなかに浮かびあがらせた。

「クソッ、なめやがって」

溝口が吐くように言った。

「こりゃ持久戦だな。長い夜になりそうだぜ」

「その長い夜を楽しめばいいじゃねえか。へへへ、人妻にしたってまだ室井と氷川しか味わってねえんだしよ」

「どれ、俺は奥さんのオマ×コを味見するかな、へへへ」

そんなことを言って、男たちはニヤニヤといやらしく笑った。

まず室井と宮島、そして氷川が見張りをすることになり、溝口と谷沢はお楽しみだ。

「しっかりしねえか。人妻のくせして、これくらいで音をあげるなよ」

「ほれ、眼をさまさねえかよ。もう充分休んだろうが、へへへ」

溝口が雅子の身体に手をかければ、谷沢は理沙をゆり起こす。

「も、もう、かんにんして……」

雅子は長いソファの上にひざまずかされ、上体を前へ倒して双臀を高くもたげさせられながら、弱々しくかぶりを振った。

浣腸と排泄、そして室井と氷川に肛門を犯され、しかも裸身をテレビカメラにまでさらしたショックに、もうほとんどあらがいは見せない。気力も体力も萎えてしまったように、されるがままだ。

「う……」

理沙のほうはゆり起こされて、うつろに眼を開いたが、しばし放心状態だった。

だが眼の前でニヤニヤと笑っている谷沢に気づくと、これまでのことがドッとよみがえってきて、

「ああッ……ひいー……」

理沙は悲鳴をあげ、ジクシクと泣きだした。

谷沢がソファに腰をおろして、膝の上に抱きあげようとすると、

「いやッ……ああ、いや……」

理沙は泣き声を大きくして、逃げようと身を揉む。だがそれも力が入らず、谷沢にかかっては赤ん坊がダダをこねているようなものだった。

谷沢は理沙を後ろ向きに膝の上へ抱きあげると、両脚を割って自分の膝をまたがせた。そうしておいて、下から灼熱で理沙を貫いていく。

「ああッ……いや……ひぃーッ……」

「あ、ああッ……あむ……」

理沙の口から悲鳴があがるのとほとんど同時に、雅子も泣き声を露わにした。

雅子もまた、後ろから溝口に貫かれはじめた。

「ああッ……ああッ、死にたい……」

ひざまずいて高くもたげさせられた雅子の双臀が、ブルブルとふるえてとまらない。

肛門につづいて膣を犯されるという異常さが、雅子の感覚をも異常にするのか。犯されているというのに、媚肉は熱くとろけて濡れそぼり、肉襞をヒクヒクうごめかせて押し入ってくる凶器にからみついた。

「そ、そんな……ああ……」

雅子はいくらこらえようとしても、身体が勝手に反応してしまう。

「なんてオマ×コだ。思った通り、いや、それ以上のよさだぜ。とても赤ん坊を産んだとは思えねえ」

溝口はできるだけ深く入れると、雅子の腰を抱きこむようにして乳房をつかみ、上体を引き起こした。

谷沢の上の理沙と同じように、膝の上に抱きあげ、両脚を大きく開いて溝口の膝をまたがせた。

「あ、あ……ひッ、ひッ……」

自分の身体の重みで結合がいっそう深くなり、肉棒の先端で子宮口を突きあげられ、雅子はひいッとのけぞった。

理沙のほうも深々と貫かれ、肉棒の頭で子宮口をこすられて、泣きながらグラグラと頭をゆらした。

「どっちもいい声で泣くじゃねえか。そんな声を聞かされるとたまらねえぜ」

「フフフ、こうやって見てると、どっちも甲乙つけがたいな。両方とも味わうのが一番だぜ」

「こうなりゃ、どっちが先に気をやるか楽しみってもんだな」

見張りをしている室井と氷川と宮島が、チラチラと雅子と理沙を見ながら言った。

縛られた人質の男子行員たちも、圧倒されて我れを忘れたように見とれた。

「奥さん、人妻なんだから若い女に負けるんじゃねえぞ。うんと気分出して、思いっきり気をやるんだ」

溝口が雅子の乳房をわしづかみにして耳もとでささやけば、谷沢は理沙の首筋に後ろから口を這わせつつ、

「人妻に負けるなよ。なんたってこれだけ若くてピチピチしてるんだ、へへへ、すぐにイケるはずだ」

そんなことをささやきつつ、溝口と谷沢は向きを変えて、膝の上の雅子と理沙を向かい合わせた。

「いやッ……いやあ……」

「あ、ああ……かんにんしてッ……」

理沙と雅子は互いにハッとして、狼狽の声をあげて顔をそむけた。

互いにまともに見られる姿ではなかった。一糸まとわぬ全裸を後ろ手に縛られ、男の膝をまたいで股間を開ききった格好で抱かれ、媚肉を深々と貫かれている。眼の前

のそのあられもない姿は、自分自身の格好でもあり、まるで鏡を見るようだ。

「ほれ、眼をそらすと仕置きするぞ」

「いや、いやッ……ゆるして……」

「どんなふうに反応するかよく見ろ。奥さんは人妻なんだから、手本を見せてやれよ」

「ああ、そんなこと、いやです……ああ、やめて……」

理沙と雅子の泣き声も、谷沢と溝口がゆっくりと突きあげはじめると、ほとんど悲鳴に近くなった。

「あ、ああ……いや、ああッ、ひッ、ひいッ……ゆるしてッ」

「そんなッ……あ、あああ……いや、いやッ」

理沙と雅子ほどの美女が二人、同時に犯されながら男たちの上で泣き悶えているなど、めったに見られるものではない。

「ほれ、人妻のオマ×コがどのくらい濡れて反応してるか、よく見るんだ」

「いやッ、見たくないッ……ああ、いや、いやッ……」

理沙が黒髪を振りたくって泣けば、溝口は、

「しっかり見ろ。若いオマ×コがどのくらい反応してるかをよ。クリトリスはどっちが大きくなってるかな、へへへ」

「いやあ……こんなこと、狂ってるわ……ああ、かんにんしてッ……」

雅子は理沙に負けじと泣き声をあげる。

だが理沙も雅子も、リズミカルに突きあげてくる肉棒が送りこむものに、いつしか泣き声は勢いを失って、弱々しいすすり泣きに変わっていく。二人とも汗まみれの裸身が、匂うようなピンク色に染まりだした。

「あ、ああ……あうう……いや……」

やはり先によがり声をあげたのは人妻の雅子だ。いやいやと言いながらも、一度声をあげてしまうと、もう抑えられない。

「ああ、駄目……あ、あああ……いや、いやッ……あうッ……」

すぐに理沙もよがり声を抑えきれなくなった。

あとは雅子と理沙のあえぎとすすり泣き、そしてあられもないよがり声が入り混じって、妖しいデュエットを奏でていく。

「フフフ、人妻の雅子と若い理沙、どっちが先に気をやると思う」

氷川が縛られている人質の男子行員に聞いた。氷川はなにを考えているのか。

「見事に当てたら、お前にも楽しませてやるぜ、フフフ、どっちだ」

「ひ、人妻……」

男子行員はつぶやくように言った。その間も眼は犯される雅子と理沙から離れない。氷川の真似をして、宮島と室井もそれぞれの持ち場で人質の男子行員や男性客に、同じことを聞く。

なにかが狂いだしているのか、それとも雅子と理沙が美しすぎるのか、人質の男たちは皆、雅子だ理沙だと答えた。

「フフフ、今夜は退屈しないですみそうだぜ。人質までお楽しみに協力してくれるからな」

氷川はニンマリと笑った。

そんな恐ろしいことが準備されているとも知らず、もう雅子と理沙はめくるめく官能の渦に翻弄されていた。

「ああッ、もう、もう……」

やはり先に音をあげたのは、人妻の雅子のほうだった。

第三章　恥肉　悪夢の連続絶頂

1

　人質の男子行員たちはダイナマイトといっしょに縛られている恐怖も忘れ、くい入るように雅子と理沙を見つめた。

　人妻の雅子は溝口の膝の上に、女子行員の理沙は谷沢の膝の上に、それぞれ抱きあげられ、互いに向かい合わされていた。雅子も理沙も両脚は男の膝をまたいで開ききり、下からたくましいもので貫かれている。

「あ、ああ……いや……ああ……」

「ああ……も、もう……あああ……」

　理沙も雅子も今では男たちの送りこんでくる官能に翻弄され、すすり泣くばかりになった。

人妻の雅子は、室井と氷川に肛門を犯され、つづけざまに溝口に媚肉を貫かれたとあって、今にも気がいかんばかりになった。こみあげる肉の快美をこらえきれない。

氷川がニヤニヤと雅子の顔を覗きこんだ。

「人質の野郎どもはみんな奥さんが先に気をやると思ってるぜ、フフフ」

「い、いやッ」

「思いっきり気をやって、みんなを喜ばせてやれよ、奥さん」

「いや……かんにんして……」

雅子の言葉はあえぎとすすり泣きに呑みこまれた。

いやいやとかぶりを振る。いくら耐えようとしても、雅子の成熟した人妻の性はふくれあがる官能の波をこらえられない。溝口の膝の上であやつられる白い肉に、小さな痙攣が走りはじめた。

「おお、人妻のほうは気をやりそうだぞ。若くてこんなにいい身体をしてるくせに、人妻に負けるんじゃねえよ」

氷川が谷沢の上の理沙の顔を覗きこんであおる。人妻が相手とはいえ、理沙にそう簡単に負けられては、おもしろくない。

「もっと気分出せよ、川奈理沙」

「ゆるして……いや……いや……」

「人妻に負けたら恥ずかしい仕置きをするぜ、フフフ、ほれ、気をやるんだ」

氷川といっしょになって、宮島も理沙をあおった。

谷沢も下から肉棒で理沙の媚肉を突きあげた。動きを激しくして、追いこみにかかった。

「いやッ……あ、あああ……ひッ、ひッ……」

谷沢の膝の上で理沙の裸身がうねり、のけぞった喉からひいひい声がもれた。

「へへへ、熟した人妻が若い娘に負けられるかよ。ほれ、ほれ」

溝口が負けじと激しく雅子を突きあげる。

「あああッ……あうッ、あああ……あうッ……」

雅子はもうまともに口もきけずに、半狂乱にのたうった。成熟した人妻の肉体は、たちまちめくるめく官能の絶頂へ向けて暴走していく。

人妻の雅子と若い理沙のよがり声が共鳴し合い、えもいえぬ快楽の二重奏を奏でた。

「どっちもそんないい声で泣かれるとたまらねえな、へへへ」

「これだけいい女が二人も手に入るとはついてるぜ」

室井と宮島が目移りするように雅子と理沙を交互に見つめた。

外の警察はスピーカーで人質を解放するよう言ってくるだけで、動きだす気配はない。しばらくはじっくりと雅子と理沙のよがりようを楽しめそうだ。

「あ、あああ……もう、もう、駄目ッ……」

雅子の声がひきつった。身悶えが一段と露わになり、身体に走る痙攣が生々しさを増した。

「なにが駄目なんだ、奥さん、へへへ」

溝口が意地悪くからかう間にも、雅子は絶頂へと昇りつめる。

「あ……ああッ……」

溝口の膝をまたいだ両脚をピンとひきつって、雅子はガクガクとのけぞった。

「い、イッちゃうッ……ひッ、ひいーッ」

雅子の総身が恐ろしいばかりに収縮し、肉奥が突きあげてくる肉棒をキリキリと食い締め、絞りたてた。

「おおッ、すげえ……」

さすがの溝口も思わずうなった。

その妖美できつい収縮に、溝口は耐える気もなく最後のひと突きを与えると、ドッと白濁の精を放った。

「ひいッ……ひいッ……」

雅子は灼熱のしぶきを感じて、さらに痙攣を激しくして、ガクガクと腰をはねあげた。そのまま意識が痙攣のなかに吸いこまれた。

そんな雅子の激しさにつられるように、理沙もまた官能の絶頂へと昇りつめる。理沙の上体が谷沢の胸に倒れこむようにのけぞり、突っぱった両脚が痙攣しはじめた。

「あ、あああッ……いや……ううむッ……」

理沙は白眼を剝いて、のけぞったまま総身を揉み絞った。

「フフフ、これで二人とも気をやったが、勝負はついたな」

氷川がニンマリと笑った。

「奥さんのほうは、奥さんが先にイクと当てた人質たちとのお楽しみだ、フフフ、理沙のほうは負けた仕置きだな」

氷川はあざ笑うように言ったが、もうグッタリしてハァハァと肩であえぐばかりの雅子と理沙には聞こえていない。

「へへへ、おめえから人妻の身体を楽しませてやるぜ」

宮島が窓のところにダイナマイトを抱いて縛られた一番若い男子行員に向かって言

った。

銃で男子行員をこづきながら、ベルトをゆるめてズボンを脱がせる。さっきから犯される雅子と理沙を見せられていた若い行員は、

「や、やめてくれ……」

と言う口調も弱く、肉棒はもうたくましく屹立していた。

「銀行員のくせして立派なのを持ってるじゃねえか。奥さんも悦ぶぜ」

宮島は銃で屹立をしごきながら、ゲラゲラと笑った。

そこへ溝口が雅子を運んできた。後ろ手に縛った雅子を幼児におしっこをさせる格好に後ろから抱きあげ、太腿の裏側をすくいあげた両手で、両脚を左右へ大きく開いている。そのために開ききった雅子の股間は、赤く充血した媚肉も露わに、まだヒクヒクとさせて、注ぎこまれたばかりの白濁をゆっくりと吐きだした。

「先に気をやったほうびじゃねえが、もっと楽しませてやるからな、奥さん、へへへ」

溝口は雅子を抱きあげてゆさぶった。

「ああ……」

雅子はうつろに眼を開いた。

すぐには状況がわからないが、眼の前に屹立した男子行員の肉棒が見えた。それに

向かって近づけられていく開ききった自分の股間……雅子はハッと我れにかえった。

「い、いやッ……」

思わず逃げようとした雅子だったが、かぶりを振り、腰をよじることしかできない。

「かんにんして……も、もう、いや……」

「なに言ってやがる。奥さんが先に気をやると当ててくれた連中を楽しませてやるんだよ。あんなにおっ勃ってるんだからよ」

「そ、そんな……」

雅子は信じられない。どこまで辱しめれば気がすむのか。

「いや、もう、いやです……」

泣き声をあげた雅子だったが、男子行員の肉棒の先端が媚肉のひろがりに触れると、ひいッと抱きあげられた裸身を硬直させた。

男子行員は窓のところに立ったまま縛られていて、その肉棒に向かって抱きあげられている雅子の開ききった股間が、ゆっくりと押しつけられていく。

「い、いやあッ……」

ジワジワと媚肉を貫かれながら、雅子は溝口の腕のなかでのけぞった。

溝口に抱きあげられて宙に浮いたまま、雅子は若い行員とつながらされていく。そのために、溝口の両手で抱きあげられた雅子の両脚は、行員の左右の肩に乗せあげられる格好だ。

「ああ……う、うむ……」

灼熱がまだ火照りのおさまらない柔肉を巻きこむようにして入ってくる。雅子はのけぞったまま溝口の腕のなかの裸身を揉み絞った。

貫かれる媚肉から背筋へと灼けただれるような感覚が走った。その感覚にさっき絶頂を極めさせられたばかりの官能の残り火が、また燃えあがる。

「ううむ……ああ……ひぃッ」

肉棒の先端が子宮口に達し、ズンと突きあげられて、雅子はひいっと喉を絞った。

人質とつながらされているというのに、身体の芯がひきつるような収縮をくりかえすのが、雅子にはわかった。成熟した人妻の肉が、ひとりでに快感をむさぼろうとうごめいてしまう。

「フフフ、見事につながったじゃねえかよ、奥さん。もうオマ×コをヒクヒクさせて、さっき気をやったばかりだってのに、好きな奥さんだぜ」

氷川が結合部を覗きこんでせせら笑った。

そんなからかいに反発する気力もなく、雅子の腰はブルルッと痙攣しはじめた。

「かんにんして……ああ……」

雅子はもうまいりきったように、すすり泣きをくりかえすばかり。

若い行員は顔を真っ赤にして、快感のうめき声をあげた。

「あ……ああッ……」

我れを忘れた行員にグイグイと突きあげられて、雅子は泣き声を高くした。

「へへへ、うんと気分出せよ、奥さん。何回イッてもいいからな」

溝口はせせら笑うと、若い行員の動きに合わせて、抱きあげた雅子の身体をリズミカルにゆすった。

「いや……ああ、やめて……あ、あああ……」

いやいやと泣きながらも、雅子はなす術もなく再び追いあげられる。雅子の身体からあらがいの気配が消え、めくるめく恍惚に翻弄されるすすり泣きとあえぎがもれはじめる。

「身体は正直だな。相手が誰だろうと感じてやがる、へへへ、この分なら四人や五人は楽に相手できそうじゃねえか」

「ああ……あああ、あう……」

宮島に意地悪く言われても、雅子の口から出るのは悩ましいよがり声だ。ただれるような官能の快美に巻きこまれていく自分を、もうどうしようもない。

「奥さんが先に気をやると当てた奴は全員楽しませてやれ」

氷川は溝口に命じてから、理沙のほうへ向かった。

ソファにうずくまってすすり泣いていた理沙は、ひいッと後ろ手縛りの裸身をこわばらせた。

2

氷川は理沙の黒髪をつかんで、美しい顔をあげさせて覗きこんだ。

「人妻に負けた仕置きをしなくちゃな、フフフ、さて、どうしてくれるかな」

「ゆ、ゆるして……」

理沙は声もかすれ、唇がワナワナとふるえた。

「うんと恥ずかしい仕置きをしてやるからな。覚悟しろよ」

氷川はあざ笑うように言ってから、室井を振りかえった。

「室井、支店長の椅子を持ってこい」

「へへへ、おもしろいものがあったぜ。預金の景品らしいが、こいつは使えるぜ」

室井はロウソクをかざしてみせた。パーティーなどで使う捻じりの入った先細の三十センチほどの長さ。

それを五、六本手にして、室井は支店長の席から椅子を氷川のところへころがしていく。支店長用の椅子は左右に肘掛けがあって、ひと眼見て、室井はどう使うかわかった。

「さあ、こいつに座って股をおっぴろげるんだ、フフフ」

「たっぷりと恥ずかしい仕置きをしてやれるようにな」

氷川と室井は左右から理沙を抱きあげて、椅子の上に乗せあげた。

浅く座らせて、両脚を左右へ割りひろげて肘掛けに膝をかけさせ、足首を縄で椅子に固定する。

「いや、こんな格好……ああ、いやッ、ゆるしてッ……」

理沙は泣き声をあげて、黒髪を振りたくった。

股間はあられもなく開ききり、犯されたばかりの媚肉も肛門も剝きだしだ。充血した肉襞がヒクヒクとうごめいて白濁の精をしたたらせ、肛門がおびえるようにキュウとすぼまった。

「ああ、いや……も、もう変なことはしないで……もう、もう、ゆるして……」

「フフフ、パックリと剝きだしだな。思いっきり仕置きしてやれるってもんだぜ」

氷川はニヤニヤと覗きこんで舌なめずりした。室井が捻じりの入ったロウソクを見つけたことで、もうやることは決まっている。

だが、いきなりロウソクを使うのではおもしろくない。

「まずは小便するところから見てやるぜ、フフフ、さあ、出してみろよ」

氷川は指で理沙の媚肉の割れ目をひろげて、ニヤニヤと覗きこんだ。

ひいッと理沙は悲鳴をあげた。

「いやッ……」

「溜まってるんだろ。思いきってシャーと出してみろ」

「いやですッ……ああ、そんなこと、できるはずないわ……」

「それなら、いやでも小便するようにしてやるぜ、フフフ」

差しだす氷川の手に、室井がロウソクを一本握らせた。

「………」

なにをされるのか……理沙の瞳が不安と恐怖にひきつり、唇がワナワナとふるえて、すぐには言葉も出なかった。

「このロウソクにはいろいろ使い道があってよ。いやでも小便させることもできるんだぜ」

室井が意地悪くネチネチと理沙をいっそうおびえさせる。

氷川はロウソクを理沙に見せつけてから、その太い根元の部分から理沙の媚肉に埋めこみはじめた。

「あ、そんなッ……いや、いやあッ……そんなこと、やめてッ……」

はじかれるように理沙は悲鳴をあげた。異物を挿入される恐ろしさに、理沙は腰をよじり、黒髪を振りたくった。だが、後ろ手に縛られ、肘掛けをまたいで足首まで縛られていては、逃れることはできない。

「いやあッ……ひッ、ひッ……そんなこと、しないでッ……ああ、ううむ……」

たちまちロウソクの根元を深々と埋められて、理沙はひいーとのけぞった。

三十センチもあるロウソクは半分近くも挿入され、理沙の媚肉に突き立てられた。

だが、それで終わったわけではない。

「ロウソクを立てたら、次は火をつけなくちゃ、へへへ」

「ひいーッ……こわい、こわいッ」

不気味にゆれる炎が、理沙の恐怖をあおる。熱ロウもゆらめいて、ゆっくりとしたたる。

「いや、いやあッ……ああ、こわいッ……消して、消してッ」

「自分で消せばいいんだよ。小便ひっかけてな、フフフ」

氷川が愉快そうに言った。

「そ、そんな……」

理沙は絶句した。

「いや、いやあッ……ゆるしてッ……」

「フフフ、早いとこ小便しねえと、オマ×コが焼けちまうぞ」

「いや、いやッ」

理沙は黒髪を振りたくって泣きじゃくった。

「しようがねえ。ロウソクの別の使い道を教えてやるしかねえようだな」

「どれだけ熱いかを教えてやりゃ、小便する気になるだろうからな」

氷川と室井は顔を見合わせて、ニヤリと笑った。

そして別のロウソクをそれぞれ持つと、先端に火をつけた。

「ああ、なにをするの……もう、もう、ゆるして……もう、いやです……」

二人の持つロウソクの炎に、理沙はさらにおびえた。

氷川と室井はニヤニヤと笑うだけで、ロウソクの根元にたっぷりと熱ロウを溜め、理沙の上でロウソクをかたむけた。

ポタポタと熱ロウが理沙の形のよい乳房の上へ落ちた。

「あ……ひッ、ひッ、熱いッ……」

理沙は悲鳴をあげて、ビクンと椅子の上で裸身をはねあげた。

つづいて理沙の開ききった内腿にも、熱ロウがポタポタとおそった。

「ひッ、ひいッ……」

理沙の内腿がビクビクと痙攣して、腰がよじれた。

「どうだ、オマ×コのロウソクが短くなりゃ、こんなもんじゃねえぞ」

「なんなら尻の肉でも少しあぶってやろうか、フフフ」

室井と氷川はゲラゲラと笑い、さらにロウソクをかたむけた。

今度は熱ロウが理沙の乳首と下腹を同時におそった。

「ひいッ……やめてッ、熱いッ……いやあッ……熱ッ……」

椅子の上で理沙の裸身がのたうった。

熱ロウが乳房や下腹、内腿に白い花を散らせ、たちまち理沙の裸身は汗にまみれた。

まるで油でも塗ったようにヌラヌラと光って、それがポタポタと落ちる熱ロウにジュ
ーと音をたてんばかり。

「ゆるしてッ……」

理沙が泣き叫ぶと氷川と室井はゲラゲラと笑って、さらに熱ロウを垂らした。

理沙の白い肌がロウにまみれると、それを払って肌を露出させ、再び熱ロウを垂らすというしつこさだ。

「ああ、もう、ゆるして……言われた通りにしますから……」

理沙は熱ロウに耐えられず、屈服の言葉を口にした。しだいに短くなってくる股間のロウソクも恐ろしい。

「小便するだけじゃ駄目だ。見事に火を消さなくちゃよ」

ようやく氷川と室井はロウソクを理沙の上から離した。

そしてニヤニヤと理沙の股間を覗きこんだ。媚肉がロウソクを咥えこみ、その先端に炎をゆらしているのが、なんとも嗜虐の欲情をそそる。

「ああ……み、見ないで……」

「さっさとしねえと、またロウを垂らすぞ」

「ああ……」

理沙の汗まみれの裸身がブルブルとふるえ、媚肉が収縮してロウソクを食い締めた。ロウソクまでが大きく炎をゆらした。

理沙はキリキリと唇を嚙みしめ、両眼を閉じた。

「あ、ああッ」

泣き声とともに、理沙の股間からチョロチョロと恥水が流れでた。

それは次第に勢いを増して奔流となってほとばしり、理沙の泣き声も大きくなった。

3

氷川や室井はゲラゲラと笑った。

「しっかり狙わねえか。火を消すんだ」

「それじゃ勢いが強すぎるぞ。派手に出しゃいいってもんじゃねえ」

意地悪く理沙をからかう。

一度堰を切った流れは押しとどめようもなく、理沙は身を揉んで泣くばかり。ロウソクの炎を狙えと言われても、おぞましい排泄行為を見られている恥ずかしさと恐ろしさに、とても余裕などない。

「ああッ……ああ……」

ほとばしる流れが床にはじける音が、理沙をいっそう羞恥と屈辱にまみれさせた。

雅子もまたひいひいと泣きながら、狂ったように身悶えた。三人目の人質の男子行員とつながらされているのだ。

後ろから雅子を幼児に小便させる格好に抱きあげ、男子行員とつながらせているのは、溝口から谷沢にかわった。

「三人目となると、ずいぶん気分が出てきたな、へへへ、たいした感じようじゃねえか」

谷沢は耳もとでささやいて雅子をゆさぶる。

三人目の男子行員も雅子の媚肉の妖美な感触に、今では我れを忘れて自分から腰をゆすって雅子を突きあげていた。

「あ、あうッ……あうう……変になっちゃう……ああ……」

たてつづけの行為に、雅子はわけもわからなくなって、その眼はうつろで口の端からは涎れも溢れさせている。

一度昇りつめた絶頂感がおさまる間もなく次の男性とつながらされ、絶頂感が強弱をくりかえしながら持続している。

「あ、あッ……ひッ、ひッ……」

早くも雅子は小さく昇りつめる。汗でびっしょりの裸身がブルブルとふるえ、とろけきった肉に何度も痙攣を走らせる。

「ああッ……イクッ……うむ、ううむッ」

また雅子の裸身が、谷沢の腕のなかでガクガクとはね、総身がキリキリと収縮した。

「なんだ、もうイッたのか、奥さん。今度はやけに早いな、へへへ」

谷沢はあざ笑いながら、雅子の身体をゆすってあやつるのをやめない。

グッタリとなることもゆるされず、雅子は黒髪を振りたくった。

「ああ……も、もう、かんにん……」

「相手がまだイッてねえのに、かんにんもあるかよ。ほれ、もっと気分出して相手を喜ばさねえか」

「あ、ああ……死んじゃう……あ、あうッ、あううッ……」

雅子はまた官能の渦のなかに巻きこまれ、わけがわからなくなっていく。

「こっちは派手に小便をまき散らしてくれたが、奥さんも派手に気をやってるようだな、フフフ」

氷川が雅子のほうを見てせせら笑った。雅子が順調に人質の行員を、三人まで相手していることに満足している。

「休ませるなよ。次から次へと人質とつながらせて、気をやらせるんだ」

「へへへ、奥さんも相当好きもんだぜ。ぶっつづけだってのに、身体がビンビン反応して気をやるんだからよ」

覗きこんでいた溝口がニヤニヤと笑った。隣りでは宮島も舌なめずりしていた。

美人行員の理沙にまとわりついているのは、氷川と室井の二人である。

「派手に小便したのはいいが、ロウソクの火を消せねえんじゃ、しようがねえぞ」

「消せなかったんだから、オマ×コのロウソクはこのままだな」

氷川と室井が覗きこんでも、理沙は固く両眼を閉じたまま、ハァハァとあえぐばかりだ。

もう清流は途切れたが、理沙の股間も床もそこら中びしょびしょだ。それがロウソクの炎に妖しく光っている。

「フフフ、小便したところで、ロウソクの別の使い道も教えてやるからな」

氷川が言うと、いよいよ出番が来たとばかりに室井はニヤニヤと笑って新たなロウソクを取りあげた。

さらに指先にもすくい取って、理沙の肛門に塗りこみはじめた。それに油のようなものをたっぷりと塗りこんでいく。

「ひぃッ……」

理沙は眼をハッと開いて、悲鳴をあげた。

「そ、そこは、いやッ……いやあッ……」

「綺麗な尻の穴じゃねえか。敏感そうだしな、へへへ、人妻にも負けてねえぜ」

「いやッ……ああ、そこは、いやッ……ゆるして……」

おぞましい排泄器官をいじられる感覚に、理沙は総毛立った。

人妻の雅子が肛門をいじられ、浣腸され、肛門を犯された時のことが、理沙は今の自分と二重写しになって生々しくよみがえった。それは総身も凍りつく。

「た、たすけて……」

それをあざ笑うように、室井の指は円を描くように理沙の肛門を揉みこんでくる。

「あ……ああッ……いや、ああッ……」

キュウと必死に引き締めるのを無理やり揉みほぐされていく感覚がたまらない。

理沙の歯がガチガチと鳴りだした。

「へへへ、尻の穴がピクピクしだしたぜ。そろそろ入れてやるかな」

「いやッ……」

「ロウソクにはこういう使い道もあるんだぜ」

室井は指にかわって、先細のロウソクの先端を理沙の肛門に押し当てた。

ゆっくりと捻じりこんでいく。

「ああッ、やめてッ……いや、いやッ……」

理沙の叫びは、ジワリと押し入れられてすぐにひいッという悲鳴に変わった。

ジワジワと肛門の粘膜が押しひろげられて、ロウソクの捻じりに巻きこまれていく。

「ああッ……い、いや……あ、あむむ……」

理沙は歯を嚙みしばったが、とても耐えられず、口をパクパクさせて泣き声をあげ、悲鳴を放った。

捻じこまれまいと肛門を引き締めると、捻じりに粘膜が巻きこまれる感覚が強くなり、かといってゆるめれば、どこまでも押しひろげられて、深く入ってきそうだ。

しかも媚肉に埋めこまれたロウソクと、薄い粘膜をへだててこすれ合いながら肛門に入ってくる。

「いやあッ……ああ……ひッ、ひいッ……」

理沙はじっとしていられず、狂おしく腰をゆさぶりたてて泣き叫んだ。

「いや、いやッ……ああ、裂けちゃうッ……う、ううむ……ひッ、ひッ……」

「へへへ、尻の穴ははじめてにしちゃ、スムーズに咥えていくぜ。自分からゆるめるようにすりゃ、もっと楽に入っていく」

「ゆるしてッ……う……うむむ……」

「できるだけ深く入れてやるからな」

室井はロウソクを半分の十五センチほども挿入した。

理沙の肛門は二センチあまりも押しひろげられて、ロウソクをぴっちりと咥えた。

ロウソクの捻じりに巻きこまれる粘膜が、ヒクヒクとうごめき、媚肉と共鳴する。

「フフフ、どうだ、ロウソクのこういう使い道は。気に入ったか、理沙」

氷川がニヤニヤと覗きこんだ。

理沙の股間に二本のロウソクが突き立てられ、妖しくゆれる。媚肉のロウソクは根元から咥えさせられているので、突き立てられているという感じだが、肛門は逆に先端から入れられているので、突き刺されているという感じだ。

「ゆるして……ああ、取って……」

理沙は二本もロウソクを入れられ、気が遠くなりそうだ。

「フフフ、いいながめだぜ、理沙。みんなにもよく見てもらわなくちゃよ」

「へへへ、こうなったら尻のロウソクにも火をつけなくちゃよ」

室井は理沙の肛門のロウソクの根元をナイフで少しけずり、芯を露出させると火をつけた。ロウソクの炎は二つになり、ゆらゆらとゆれる。

ロウソクの炎に、理沙の汗まみれの裸身がヌラヌラと光って、ボウとけぶる。

氷川と室井はニヤニヤと笑って、理沙を縛りつけた椅子を、後ろから押しはじめた。

車がついていた椅子で、簡単に移動する。

「ほれ、上司や同僚にあいさつしねえかよ、理沙」

「いやあッ……こんな姿を見せないでッ……いや、ゆるしてッ」

「気どるな。まずは支店長から見てもらうんだ」

氷川と室井は椅子を押しながら、ゲラゲラと笑った。

4

正面玄関のシャッターの内側に縛られた支店長は、ちょうど人妻の雅子とつながらされているところだ。

谷沢にかわって雅子を抱きあげた宮島が、リズミカルに雅子の身体を操っている。立ったままの支店長に、雅子を幼児に小便をさせる格好でつながらせていた。

「ああ……あう、あうう……」

雅子は気を失ったようになりながらも、その身体は支店長の肉棒に生々しく反応した。身体中びっしょりの汗で、上気した肌は湯気を立てんばかり。

その近くまで椅子を押されてきた理沙は、ハッとして裸身を固くしたが、雅子はもうほとんど反応しない。

「い、いやッ……見ないでッ」

支店長と眼の合った理沙は、あわてて顔をそむけた。

「か、川奈くん……」

支店長は理沙のあられもない姿にびっくりしたが、腰をゆすって雅子を突きあげるのをやめようとはしない。

だがその顔は、二本のロウソクを埋められた理沙の股間に釘づけになる。その眼はすでに欲情に血走って、別人のようだ。

「ロウソクを咥えたオマ×コも尻の穴も、じっくりと支店長に見てもらうんだ」

氷川があざ笑って、理沙の媚肉のロウソクに手をのばし、ゆっくりと抽送を始めた。

室井は理沙の肛門のロウソクを抽送する。

「ああッ、いやあッ……やめてッ……あ、ああッ……」

理沙は黒髪を振りたくって泣きじゃくった。

支店長に向かって開ききった股間は隠しようもなく、上司の前でということが、理沙を氷川や室井たちの前での時よりも羞恥させる。

「み、見ないでッ……」

「川奈くん……」

支店長はもう眼を離せなくなった。雅子を突きあげる腰の動きも激しさを増した。

「いや、いやあッ……」

理沙は支店長に犯されているような錯覚に落ちた。

氷川と室井は意地悪くロウソクを抽送する動きを、支店長の腰の動きのリズムに合わせている。

そんななかで、また雅子の身悶えが一段と露わになった。

「あ、ああッ……あうッ……ああッ……」

宮島の腕のなかで雅子はのけぞるようにして、裸身をブルルッと激しく痙攣させはじめた。つま先が内側へ反りかえって、ひいーッと絶息せんばかりに喉を絞る。

「へへへ、奥さんはまた気をやりやがったぜ。これで何回目だ」

宮島がそう言う間にも、雅子のきつい収縮に耐えられずに、支店長がうなってドッと白濁を放った。

「ひいッ、ひいーッ」

雅子はまた喉を絞って、さらに二度三度と激しく痙攣した。

それにつられ、理沙までがひぃーッと高く泣き声をあげた。

理沙はさらに他の男子行員ひとりひとりの前へ連れていかれ、ロウソク二本を埋めこまれた股間をさらされた。そのたびにロウソクを抽送されて、媚肉と肛門をこねまわされ、大金庫の前へ連れていかれた時は、もう肉はとろけきって、溢れる蜜でベトベトになっていた。

「フフフ、もう気をやりたくてしようがないんだろ、理沙」

「この大金庫の前で気をやらせてやるぜ」

氷川と室井は、理沙を大金庫のなかのほうへ向けた。

大金庫のなかには、人質の女子行員が集められている。なかからは店内ロビーは見えなかったが、さっきから理沙や雅子の悲鳴や泣き声は聞こえていて、なにが起こっているかはおおよそ想像できた。

それがいきなり、全裸の理沙が股間を開ききって、しかもロウソク二本を突き立てられて現われたのだ。一瞬にして凍りついたように、大金庫のなかは静まりかえった。

「ああッ……いやッ……み、見ちゃ、いや、いやあッ」

理沙がひとり泣き叫んだ。

いつも隣りで仕事をしている同僚や先輩が、平気でいられるはずがなかった。

「いや、いやあッ……」

理沙がいくら泣き叫んでも、大金庫のなかの女子行員はおびえきったように静まりかえったまま、なにか言う者はいなかった。

「うんと気分出せよ、理沙」

「見物人が多いから気分出るだろうが」

氷川と室井は再びロウソクをつかんで、ゆっくりと抽送しはじめた。

「ひいッ……いやッ……ああ、いや……」

二本のロウソクにあやつられて、理沙の裸身が椅子の上でうねり躍った。すでにとろけた肉がさらにドロドロになって、その熱がそこら中にひろがっていく。

とくに薄い粘膜をへだてて二本のロウソクが前と後ろとでこすれ合うと、理沙はこみあげる肉の快美に声をこらえきれない。

「あ、あああ……いや……ああ……」

思わず恥ずかしい声が出てしまう。

そしてロウソクが出し入れされるたびに、ジクジクと熱い蜜が溢れた。

(そ、そんな……)

大勢の女子行員に見られ、おぞましい排泄器官まで嬲られているのに、理沙は自分の身体の成りゆきが、信じられない。

連続する異常な状況が、理沙の感覚をも狂わせているようだ。それは人妻の雅子とて同じ。

まだ人質の男子行員の相手をさせられている雅子と理沙の悩ましげな泣き声が、互いに共鳴し合う。

「こりゃどっちが先に気をやるかの競争になったな、フフフ、今度は人妻に負けるんじゃねえぞ」

「理沙はオマ×コだけでなくて、尻の穴にも咥えてるんだからよ、へへへ」

氷川と室井はロウソクを抽送するピッチをあげた。

二本のロウソクが薄い粘膜をへだてて激しくこすれ合い、今度は理沙もひとたまりもなかった。

「ああッ……ああ、うむッ……」

電気でも流されたように、理沙の腰が浮きあがって激しく痙攣しはじめた。

前も後ろもキリキリと収縮してロウソクを食い締める。

「…………」

声にならないうめき声を絞りだして、理沙はガクンガクンとはねてのけぞった。

それを見せられた女子行員は、ある者は眼をそむけてうつ向いてしまい、ある者は驚きおののき、またある者はショックにすすり泣きだした。同僚の理沙が、ロウソクで嬲られて気をやったことが信じられないのだ。

「フフフ、やっと人妻に勝ったな、理沙」

氷川がロウソクをあやつるのをやめて、せせら笑った。

「今回はハンディをつけすぎたんじゃねえのか、へへへ」

室井もあざ笑った。

それも聞こえないように、理沙はグッタリとなってハァハァとあえいでいた。

ロウソクを咥えたままの媚肉と肛門が、まだ余韻の痙攣を残していた。

雅子のほうは激しく昇りつめるというのではなく、さっきからずっと絶頂感が連続し、そのなかで何度も官能の波が上下しているようだ。

「う、うむ……」

雅子はもう口もきけず、まともに息すらできない。が、身体だけがビクン、ビクンと反応している。

「しっかりしろ、理沙。たった一回イッたくらいでだらしねえぞ」

「人妻を見ろよ。さっきからイキっぱなしだぜ、へへへ、若いくせして人妻より先にまいるんじゃねえよ」

氷川と室井は再び二本のロウソクを抽送しはじめた。

「あ、ああッ……」

たてつづけの責めに、理沙は悲鳴をあげた。

「も、もう、ゆるしてッ……ああ……理沙、こわれちゃう……」

「これだけいい身体をしてて、こわれるもんかよ、フフフ」

「こわれるかどうか、何度も気をやらせて試してやろうか、へへへ」

氷川と室井はゲラゲラと笑った。

「いやッ……ああッ……もう、いやあ……」

泣き叫んだ理沙だったが、あやつられる二本のロウソクにしだいに泣き声も弱まっていく。やがて身も心もゆだねきったようなすすり泣きとあえぎとに変わった。

5

もう夜の十時になろうとしているのに、警察の動きはない。

氷川たちが要求した逃走用のワゴン車も来ず、前の通りを警官たちがあける気配もない。

あれやこれやと理由をつけ、警察はひきのばしをはかっている。そのうえ、人質に食事を差し入れたいと言ってきた。

「ふざけやがって、こうなったら見せしめに、人質の一人をダイナマイトでぶっとばすか」

「人質をパトカーに向かって走らせて、ドカーンってのもいいな」

谷沢と宮島は苛立って言った。

「それは最後の手だ。切り札は残しとかなくちゃよ。楽しもうぜ」

「今夜は楽しんで、朝になってからどうするか考えりゃいい」

室井と溝口は雅子と理沙を抱いて、乳房をいじり、双臀を撫でまわした。

もう雅子と理沙はグッタリとなったまま、されるがままだ。室井が雅子の肛門を指で縫い、溝口が理沙の乳首をガキガキと嚙むと、

「う、うむ……ああ……」

「あ……いや……ああ……」

雅子と理沙は弱々しい泣き声をあげた。

窓や玄関のところには縛られた人質の男子行員が、肉棒を剝きだしにされたまま、

萎えたその先から白濁の名残りを垂らしてグッタリとなっている。大金庫のなかからは女子行員たちのおびえたすすり泣きが聞こえてくる。

「フフフ、今度はちょいとやり方を変えて、サツに圧力をかけてみるか」

氷川がニヤリと笑った。

「室井、考えがあるから奥さんをここへ連れてこいや」

赤ん坊を抱きあげて、氷川は言った。

ずっと放っておかれてオムツが濡れているのか、空腹なのか、赤ん坊はさっきからむずかりはじめた。

室井が雅子を氷川の前へ引きたててきた。

雅子は室井に支えられていないと一人では立っていられない。

それでも赤ん坊のむずかる声を聞くと、ハッと顔をあげた。

「ああ……」

あわてて赤ん坊を抱きしめようとする。

氷川は雅子を後ろ手に縛った縄を室井に解かせ、雅子の手に赤ん坊を抱かせた。

「オムツを取りかえて、乳を飲ませてやれ」

氷川が言うまでもなかった。

もうさんざん凌辱された雅子だったが、母親としての本能がよみがえった。すすり泣きながらもオムツをかえ、赤ん坊を抱きあげて口に乳首を含ませる。

赤ん坊のむずかる声がやみ、もみじのような手が雅子の乳房にしがみついた。

「あんなによがり狂ってたってのに、やっぱり母親だな、へへへ」

「まだ身体に火照りが残ってて、赤ん坊におっぱいをやってるだけで、また感じてきたんじゃねえのか」

雅子をからかいながらも、谷沢や宮島は見とれた。

赤ん坊を抱いた雅子は、さっきまでとまたちがった初々しさがあり、妖しい色気が感じられる。

たっぷりと乳を飲んで満腹になった赤ん坊が眠りに落ちると、氷川は雅子の手から赤ん坊を取りあげた。

「いや、赤ちゃんを……ああ、かえして……」

「フフフ、奥さんにはまだ用があるんだよ。せっかく寝た赤ん坊を起こされたくなかったら、言うことを聞くんだな」

氷川は赤ん坊にナイフを突きつけた。

ひいッと雅子の美貌が恐怖にひきつった。赤ん坊に向かって差しだされた手が、ブルブルとふるえる。

「やめてッ……赤ちゃんにはなにもしないで……ああ、赤ちゃんからナイフをどけて」

雅子は夢中で叫んでいた。

氷川はニンマリと笑った。

「奥さんにはやってもらいてえことがあるんだよ、フフフ、赤ん坊を守るためにもな」

「なにを……」

「フフフ、もうすぐ前の通りの中央に、差し入れの弁当が届く。それを奥さんに取りに行ってもらいてえんだ。素っ裸で」

「い、いやッ」

雅子ははじかれるように叫んだ。

「フフフ、夕方に一度素っ裸をさらしてるんだ。今さらいやもねえだろ、奥さん。テレビにだって一度映るも二度映るも同じじゃねえか」

「いやですッ……ああ、かんにんして、そんなこと……」

「いやだってなら、赤ん坊が痛い思いをしてまた眼をさまして泣くことになるぜ、フフフ」

氷川はナイフを赤ん坊の顔の前でゆらしてみせた。

「やめてッ……」

叫んだ雅子は両手で顔をおおって泣きだした。赤ん坊を守るためには、恐ろしい命令に従うしかない。

「へへへ、わかったようだな、奥さん」

室井は縄をひろいあげると、その先に大きな輪をつくって雅子の首にかけた。縄の先端を握って縄をのばせるようにする。万が一にも雅子をのがさないためだ。

「ああ……」

雅子はブルブルとふるえるだけで、もうなにも言わなかった。

「赤ん坊を押さえた上に、首に縄をつないどきゃ、奥さんも逃げられねえな、へへへ」

宮島が雅子の足に脱げ落ちていたハイヒールをはかせた。

「念には念を入れなくちゃよ。これだけの上玉は絶対に逃がしたくねえ」

室井がニヤニヤとして、注射型のガラス製浣腸器に手をのばした。キーとガラスを鳴らして、グリセリン原液を吸いあげる。

「へへへ、走れねえように、ちょっぴり浣腸しておきゃ、万全ってもんだぜ」

「い、いやッ」

浣腸されると知って、雅子は悲鳴をあげた。

「そんな……そんなことをしなくても、逃げたりしません……ですから、ああ、それだけは……も、もう、いや……」

「心配するな。へへへ、すぐには漏れないように量を調節してやるからよ。こっちへ尻を突きだしな」

「か、かんにんして……」

「ガタガタ言ってると、たっぷりと入れて外でひりださせるぞ」

宮島と谷沢が雅子をつかまえて、強引に双臀を後ろへ突きださせた。臀丘の谷間が割りひろげられて、肛門が剝きだされた。

「ああ……いや……いや……」

午後三時ごろに押し入ってきた氷川たちにいきなり浣腸された雅子だったが、その恥ずかしさと恐ろしさは、思いだすだけでも、わあっと泣きたくなってしまう。さんざん荒らされた肛門に、冷たい嘴管の先端が突き刺さってきた。

「ひッ……あ、ああ、いや……」

つづけてドクドクと入ってくる薬液に、雅子は総毛立った。嚙みしめた歯がガチガチと鳴り、膝とハイヒールがガクガクと崩れそうになる。

「あ、ああ……いや……あむむ……」

「へへ、百CCじゃ物足りねえかな」

たちまち百CCが注入され、室井はそこでノズルを引き抜いた。

「ああ……」

雅子はフラッとした。

百CCとはいえ腸襞にグリセリン原液が滲みて、早くも便意がジワッとふくれあがってくる。雅子は歯を噛みしばって、肛門をキュッと引き締めた。

（こ、こんな……）

外では警察官たちが運んできた弁当を、通りの中央に積んでいた。

「さあ、出番だぜ、奥さん。弁当をこっちへ持ってくるんだ、フフフ」

警察官たちが通りからさがるのを見て、氷川はピシッと雅子の双臀をはたいた。

「あぁッ……」

雅子はおびえてすがるように氷川を見たが、もうなにも言わなかった。萎えそうな気力を振り絞るように、安らかな寝顔を見せている赤ん坊を見た。

それでもブルブルと身体のふるえがとまらず、膝とハイヒールもガクガクする。

「さっさとしろ。赤ん坊がどうなってもいいのか、奥さん」

谷沢に強引に外へ押しだされた。

「ああッ……いやッ……」

雅子はあわてて両手で乳房と太腿の付け根を隠した。

銀行の前は警察の投光器で明々と照らしだされ、昼間のような明るさだ。雅子を見つめてくる警察官の無数の眼、その向こうにはヤジ馬がひしめき合っていた。

テレビ局の車の上のテレビカメラも、雅子のほうを向いている。

「ああッ……」

雅子は恐ろしさに気が遠くなりそうだ。

わあっと泣いて逃げ帰りたくても、後ろでは氷川が、抱きあげた赤ん坊の首にナイフを押しつけている。

「早いとこ弁当を持ってこねえと、それだけ長くみんなに見られ、テレビに裸を撮られるだけだぞ」

室井が意地悪く言った。

6

雅子は両手で必死に肌を隠し、一歩一歩と足を進ませた。

命じられた通りに弁当を持ってこない限り、ここから逃れる術はない。

「ああ……」

雅子は泣き崩れてしまいそうになるのを、必死にこらえた。我が子のことを思うことで、萎えそうな気力を振りたてる。

雅子の首にとりつけられた縄はピンと張って、雅子が進むたびに少しずつゆるめられた。

警察官たちに驚きと動揺が走り、まわりのヤジ馬たちがざわめいた。まさか人質の女性が全裸で弁当を取りにくるとは、思ってもみなかった。

ようやく雅子が通りの中央の弁当のところまでたどりついた時、見ていられないというように警察官数人が毛布を持って、雅子のところへ駆け寄ろうとした。

「ふざけた真似するんじゃねえ」

宮島が怒鳴って、ライフル銃を駆け寄る警察官の足もとにぶっぱなした。

あわてて警察官たちは引いた。

『撃つのはやめなさいッ。こちらは女性に毛布を渡そうとしただけだ』

パトカーのスピーカーが叫んだ。

「うるせえ、ワゴン車を用意して道をあけねえ限り、女は素っ裸のままだ」

谷沢も怒鳴った。

「さっさと弁当を運べ」

室井も怒鳴って雅子の首の縄をグイグイと引いた。

「あぁッ……」

雅子は狼狽した。

弁当は何十個もあって、とても一度では運びきれない。それに両手で袋を持てば、乳房や下腹の茂みが丸見えになってしまう。

だが、雅子には迷っている余裕はなかった。一刻も早く、この無数の眼とテレビカメラから逃げ帰りたかった。

雅子は両手に弁当の袋を持つと、前かがみになって少しでも肌を隠そうとしながら、銀行へもどりはじめた。が、それは裸の双臀を後ろへ突きだすようにさらすことでもあった。

銀行へもどろうとすれば、いやでも双臀をさらすことになり、浣腸されているということが、雅子の羞恥をいっそう大きくして、身体の後ろがカァッと灼けた。

「こんな……ああ、こんなことって……」

雅子は生きた心地もなく、わあっと泣きだしてしまいそうなのをこらえているのでやっとだった。

銀行までのわずかな距離が、何百メートルにも思えた。

ようやく銀行にたどりついた時は、雅子はびっしょりの汗で息も絶えだえだ。

「ああ……」

その場に崩れるようにしゃがみこんでしまう。ハァハァと肩がゆれ、乳房から腹部が波打った。

「まだ弁当は残ってるぞ」

「しっかりしねえか。弁当を持ってくるだけじゃねえかよ、奥さん」

宮島と谷沢が左右から雅子を引き起こし、双臀を後ろへ突きださせた。

肛門が剝きだされ、すぐにまた浣腸器のノズルが貫いてきた。

「あ、そんな……もう、もう、いやッ……」

また浣腸されると知って、雅子は戦慄する。

「フフフ、気つけ薬もかねて、今度は二百CC入れてやれ、室井」

氷川があざ笑って言う。

「奥さんがシャンとしねえからだぜ」

室井が長大なシリンダーを押し、二百CCがズーンと流入した。

「あ、ああッ……入れないでッ……ああッ、ああ……」

雅子はブルルッと双臀を痙攣させた。

先ほどの百CCと合わせて三百CC注入されて、便意は急速にふくれあがった。

「そんな……ああ……」

「早いとこ弁当を持ってこねえと、我慢できなくなるぜ、フフフ」

氷川はまた雅子の双臀をピシッと張って、外へと追いたてた。

再び投光器の前へ出され、雅子はひいッと両手で肌をおおった。

「あ、ああッ……」

さらに浣腸されて便意が暴れはじめたせいか、雅子は一度目よりも狼狽するようだ。

(こんな目にあわされて……いっそ死んでしまいたい……)

そう思っても、雅子は人質にとられた赤ん坊を残して死ぬことはできない。

一歩一歩と足を進めながら、無数の視線を肌に痛いまでに感じた。

腹部はグルルと鳴って、一定の間隔で便意がおそう。おそってくるたびに荒々しさを増す。

雅子はブルブルとふるえだし、膝とハイヒールがガクガクして、何度もよろめいた。

パトカーのスピーカーは『人質を裸にするのはやめなさい』とか、『なにか着るものを与えなさい』とかさかんに騒いでいる。全裸の人質を前にして救いだせないもどかしさに、警察が苛立っているのが、声の調子からもわかった。

警察官は何度か毛布を手に雅子に近づこうとしたが、宮島がライフル銃をかまえただけで引きさがった。

残りの弁当の袋を両手に持って、雅子はフラフラしながらもどってきた。

「フフフ、奥さんも有名人だぜ。ほれ、全国ネットの実況中継だからな」

雅子を抱きとめた氷川は、雅子に銀行内のテレビを見せた。

テレビには全裸で現われた人質の雅子の姿がくりかえし流され、アナウンサーが驚きを隠せないようだ。

テレビの画面はさすがにボカシが入っているが、涙にくもった雅子の眼にはわからない。

「ああッ……いや、いやッ……」

いやいやと黒髪を振りたくりながら、雅子は氷川の腕のなかで泣きじゃくった。

「ひどい……ひどすぎるわ……」

「まだまだ、サツにもうひと押しするためにも、まだ奥さんには働いてもらわなくちゃならねえ」

「も、もう、いやあ……」

雅子はさらに泣き声を高くした。

不意に臀丘の谷間が割りひろげられ、雅子はハッとした。

まさかまた浣腸を……そう思った時には雅子の肛門は浣腸器のノズルで深く縫われた。ドクドクと薬液が注ぎこまれる。

「い、いやあッ……もう、いやッ……何度すれば気がすむのッ」

「へへへ、残りを全部入れてやる。たった三百CCじゃ、このムチムチの尻には物足りねえだろう」

室井は荒々しく長大なシリンダーを押した。浣腸器の残りの千二百CCを、一気に注入していく。

「いや、入れちゃ、いやッ……ああッ……う、ううむ……」

雅子は白眼を剝いてのけぞった。

長大なシリンダーは底まで押しきられ、ズズッと最後の一滴まで注入された。

「あ、ああッ……」

すぐに猛烈な便意が雅子をおそった。

歯がガチガチと鳴りだし、背筋に悪寒が走った。

じっとしていることができない。ブルブルとふるえる雅子の腰がよじれた。

「あぁッ……おねがい……お、おトイレに、行かせてッ」

氷川や室井、溝口らは顔を見合わせてニヤニヤと笑った。

溝口と谷沢が縄を手にすると、雅子をすばやく後ろ手に縛りあげた。乳房の上下にも縄をくいこませる。

「いや、縛らないで……あぁッ……」

便意が限界に迫っているだけに、縛られて自由を奪われる恐怖は大きい。

「お、おトイレにッ……早く……」

雅子の声がひきつった。

そこへ室井が支店長用の椅子をころがしてきた。さっきまで理沙が乗せられていた肘掛けのついた椅子だ。

その上に雅子を氷川と室井はすばやく座らせた。

浅く座らせて、両脚は左右へ大きく開かせ、肘掛けの上にまたがらせて、縛った。

「いやあッ」

トイレには行かされないと知って、雅子は悲鳴をあげた。

だが、氷川たちはもっと恐ろしいことを考えていた。

「さっさと俺たちの要求を呑まねえと、人質がこういう目にあうぞ。よく見ろッ」

宮島が警察に向かって叫ぶと、氷川と室井は雅子を乗せた椅子を外へと押しだした。

投光器のなかに雅子の開ききった股間が照らしだされ、しとどに濡れた媚肉も痙攣する肛門も、まぶしいばかりにはっきりと剝きだされた。

「ひいッ……ひいーッ……」

雅子は絶叫した。

警察官やヤジ馬たちの前で、しかもテレビカメラの前で、排泄させられる。

「いや、いやあッ……ここでは、いやあッ……た、たすけてッ」

だが荒々しい便意はもう耐える限界に達した。

「いやあッ」

雅子は肛門が痙攣しつつ、内からふくれあがるのを自覚した。

次の瞬間、押しとどめようもない荒々しい便意が、雅子の肛門から宙へビューーッと噴きだした。

「ひッ、ひいーッ」

号泣が雅子の喉をかきむしった。

第四章　白臀　公開肛虐ショウ

1

室井と氷川は椅子に縛りつけた雅子を連れて銀行のなかへもどると、ゲラゲラと笑った。

「サツもたいしたあわてようだったぜ」

「いきなり奥さんがクソをピューだもんな。それにしても派手にひりだしてくれたぜ」

雅子はもう号泣も途切れて、シクシクとすすり泣きながら、死んだようにグッタリとしている。

（ひどい、ひどすぎる……ああ、もう、死んでしまいたい……）

大勢の警察官とヤジ馬、そしてテレビカメラの前で投光器の光のなか、股間も露わに排泄行為をさらしてしまった。

「ああ……」

室井にティッシュで肛門の汚れを拭かれても、雅子はすすり泣くだけで反応しなかった。

さすがに警察もショックを受けたようで、一時間後に車を用意するからこれ以上、人質に危害を加えないように言ってきた。テレビでも実況中継のアナウンサーが、ひどく興奮していた。

外のヤジ馬もまだどよめいている。

「へへへ、おもしろいものを見つけたぜ」

店内を物色していた谷沢が、なにやら持って氷川のところへ来た。

それは顧客名簿で、そのなかに雅子のファイルがあった。雅子の自宅の電話番号や夫の勤務先までくわしく載っていた。それにインスタントカメラが一台。さらに谷沢は雅子のハンドバッグから雅子の電話帳も見つけた。

「これは使えるな」

氷川は谷沢と同じことを考えて、ニヤニヤと笑った。

谷沢もニンマリとうなずいた。

「奥さん、恨むんならサツを恨むんだな、へへへ、さあ、記念撮影だ」

谷沢は雅子にインスタントカメラを向けると、シャッターを切った。

雅子は後ろ手縛りの全裸のまま椅子に浅く座らされ、両脚を左右の肘掛けにかけて開ききったあられもない姿だ。開いた股間はしとどに濡れた媚肉も露わに、排泄の直後の肛門を、まだ腫れぼったくふくらませていた。

「ああ……」

雅子は弱々しくかぶりを振っただけで、もうあらがう気力もない。

たちまちできあがった写真を受け取った氷川は、それをB4の白紙にはりつけた。さらにもう一枚、雅子の開ききった股間のアップ写真もはりつけた。

その横にはマジックで雅子の名前や住所、人妻などと書いていく。

「フフフ、いい出来ばえだろ、奥さん」

氷川は雅子に見せつけた。

「これをファックスで奥さんの知り合いやそこら中に流してやるぜ」

打ちひしがれてすすり泣く雅子がハッと顔をあげた。

「そ、そんなこと……」

「みんなテレビだけじゃ物足りねえんじゃねえかと思ってよ。もっとよく見せてやるんだ、フフフ、オマ×コも尻の穴もよく撮れてるだろ、奥さん」

「い、いやあッ……そんなこと、しないでッ……かんにんしてッ」

雅子は悲鳴をあげて椅子の上でもがいた。

それをあざ笑うように、谷沢は氷川から紙を受け取ると、雅子の電話帳にもとづいて次々とファックスを流しはじめた。

「ひいーッ」

雅子は黒髪を振りたくった。

氷川たちのいたぶりはそれだけではすまない。谷沢が次々とファックスを流している間に、氷川はどこかへ電話をかけはじめた。プッシュホンを押しながら、雅子を見て意味ありげに笑う。

「フフフ、夏木さんかい」

氷川の声に、雅子はひいッと総身が凍りついた。

「テレビを見ただろ、フフフ、間違いなくおめえの女房、夏木雅子だよ」

氷川は雅子に聞かせるために、わざと大きな声でしゃべった。

「俺が誰かって。銀行強盗に決まってるだろうが。雅子は俺の眼の前にいるぜ。素っ裸で股をおっぴろげてるな」

雅子は泣き叫びそうになって、キリキリと唇を嚙みしめた。身体中が凍りついたままブルブルとふるえだした。

「そう怒鳴るなって、サツが悪いんだぜ、フフフ、それにしてもおめえの女房、いい身体してんな。ぶちこんでやったら、ひいひいといい声で泣いたぜ」

「いやあッ……やめて、やめてッ……電話を切ってッ……」

耐えられずに雅子は叫んだ。

「フフフ、女房の声が聞こえたか。たっぷりとぶちこんで浣腸までしてやったのに、それでも亭主に知られるのはいやらしいぜ」

「いやあッ……切って、切ってッ」

電話に気を取られていて、雅子は室井が近づいてきたのに気づかなかった。

ハッとした時には、室井の持つスプーンが雅子の媚肉に分け入った。

「ひいッ……いや、いやあッ」

こんな時に異物を入れられる恐ろしさに、雅子は泣き叫んだ。

スプーンは二本。その上の部分を重ねて、柄の部分は途中からそれぞれ反対側に折り曲げられていた。

室井は二本のスプーンの頭の丸いひろがりをもぐりこませると、折れ曲がった柄の部分をつかんで、それぞれ反対側へ引きはじめた。

「あ、ああッ」

ビクンと雅子の腰がふるえた。

左右へ柄が引かれるにつれて、スプーンの頭の丸いひろがりが雅子の膣を押しひろげはじめた。

「どうだ、奥さん。俺のお手製の膣拡張器は。これでもかなり開けるぜ、へへへ」

「いや……ああッ、やめてッ……」

「ほれ、どんどん開いていくぜ。子宮が見えるまで開いてやるからな、奥さん」

雅子の膣は押しひろげられて、充血した肉腔がさらけだされていく。しとどに濡れそぼって、妖しい女の匂いがムッとただよう。ヒクヒクと肉襞がうごめき、スプーンの頭がボウとくもって濡れるのが生々しい。

「ああッ……かんにんして……う、うむ……ううむッ……」

雅子はキリキリと唇を噛みしばって、黒髪を振りたくった。

「フフフ、女房が今、なにをされているかわかるか」

氷川は電話で雅子の夫にしゃべりつづけた。からかって、雅子の反応を見て、楽しんでいる。

「オマ×コを開かれているんだぜ、フフフ、仲間に器用なのがいてよ。雅子のオマ×コを開くために膣拡張器をつくったんだ」

雅子の夫がなにか叫んでいるのが、室井にまで聞こえる。

「そうわめいてねえで、女房がオマ×コを開かれて泣いてる声を聞いてみろよ」

氷川はあざ笑うと、受話器を雅子の耳に押し当てた。

「う、ううむ……」

引き裂かれるような感覚にうめき、泣き声をあげていた雅子は、

『雅子、雅子ッ……そこにいるのかッ……雅子ッ』

突然耳に飛びこんできた夫の声に、ひぃーッと悲鳴をあげた。

「あなた、あなたあッ」

『雅子ッ』

「あなた、たすけてッ……あなたッ」

そこで氷川は受話器を取りあげた。

「フフフ、聞こえただろ、女房の声が。本当は、さっきぶちこんでやった時のよがり声を聞かせてやりたかったんだけどよ。オマ×コを開かれている時の声もいいもんだろ」

氷川はゲラゲラと笑った。

「いやあッ……い、言わないでッ……」

雅子は泣き叫んだ。

だが、氷川は意地悪くしゃべりつづけた。

「ずいぶんオマ×コが開いてきたぜ、フフフ、女房のオマ×コのなかを見たことはあるのか」

「いや、いやッ……やめてッ……」

「おうおう、子宮口が見えてきたぜ。亭主のおめえでさえ見たことのねえ子宮がよ。こりゃ、すげえや」

氷川はわざとらしく言った。

「フフフ、女房のオマ×コがパックリ開いて子宮まで見えるところは、写真に撮ってファックスで送ってやるぜ。楽しみにしてな」

氷川はまたゲラゲラと笑った。

さっそく谷沢がインスタントカメラで、生々しく拡張された雅子の媚肉を撮り、ファックスで雅子の夫のところへ送る。

「ああッ……」

雅子は声をあげて泣きだした。

あられもない写真を夫に送りつけられてしまった今、強いられたとはいえなんと夫に言いわけすればいいのか。救いだされても、どんな顔で夫に会えばいいのか。雅子は泣きじゃくるばかりだ。

「女房をたすけたかったら、そうわめいてばかりいねえで、早いとこサツに俺たちの要求を呑むよう頼むんだな。さもねえと、女房はもっと恥ずかしい目にあうぜ」

孕んでしまうかもしれねえな……氷川はあざ笑って一方的に電話を切った。

「すげえ……たまらねえや」

室井はくい入るように覗きこんで、舌なめずりした。宮島や谷沢、溝口もかわるがわるやってきて、雅子の肉を覗きこんだ。

「あれが子宮口か……へへへ……」

「子宮口に何度も精液を浴びせられて、こりゃ本当に孕むかもしれねえな」

「もっと開けよ、室井。子供を産む時には十センチは開くっていうぜ」

口々に好き勝手なことを言っては、ゲラゲラと笑った。

それが雅子の泣き声をいっそう激しくした。

「ああ……いっそ殺して……」

「赤ん坊を残して死ねるのか、奥さん。それとも赤ん坊は俺たちが殺してやろうか」

「いやッ……赤ちゃんにはなにもしないでッ」

雅子は泣き声をひきつらせた。あとは泣きじゃくるばかりで、なにも言わない。

2

氷川は雅子の黒髪をつかんで、ニヤニヤと顔を覗きこんだ。

「どうだ、オマ×コを開かれている気分は。亭主だけでなくて、奥さんの電話帳でかたっぱしからファックスしてやったからな」

氷川が意地悪く言っても、もう雅子は打ちひしがれたようにすすり泣くばかり。

「今ごろみんな奥さんのオマ×コパックリの写真を見て、ギョッとしてるだろうぜ、フフフ、喜んでるかな」

「奥さんの電話帳だけでなくて、テレビ局や新聞社、インターネットまで送りまくってやったぜ、へへへ、もう奥さんは有名人だぜ」

氷川と谷沢はゲラゲラと笑った。

「ファックスの第二弾は奥さんの浣腸写真にするか、それともアナルセックスの写真にするか」

室井に言われて、すすり泣いていた雅子はひいッと声をあげた。

「か、かんにんして……もう……これ以上……ゆるして……」

「あきらめるんだな、奥さん」

谷沢がニヤニヤと笑ってテレビを指差した。

テレビでは、さっそくファックスを送った反応があった。

『犯人たちに危害を加えられている人質の女性のお名前がわかりました。夏木雅子さん、主婦の方です。当社に送られてきたファックスの写真によると、皆様にお見せできないほどひどいことをされているようで……』

アナウンサーが興奮と怒りの声でしゃべっている。

「ああ……」

たとえ救いだされても、もう人前には出てはいけない、もう夫と赤ん坊と三人の幸福な生活にはもどれない……雅子はドス黒い絶望と恐怖に気が遠くなった。

いきなり氷川に頬を張られた。

「フフフ、せっかくオマ×コを開かれてるんだから、亭主やテレビ局だけでなくて、銀行員たちにもよく見せてやらなきゃ」

「奥さんとあいつらとは仲よく気をやり合って、もう他人じゃねえんだ。じっくり覗かせてやらなきゃ片手落ちってもんだぜ」

室井は雅子の後ろへまわって両手を前へまわし、スプーンの柄をつかんで媚肉を押しひろげた。そして椅子を押しながら、窓際に縛られた男子行員のところへ行く。

「いや……ああ、見ないで……」

雅子は泣き声をあげてかぶりを振った。

その声に男子行員は一瞬眼をそらすが、すぐに血走った眼を雅子の股間に向けた。この異常な空間で、しかも一度雅子と交わっている男子行員にとって、理性を保ちつづけることはむずかしい。

室井は男子行員の顔の前まで雅子の開ききった股間を進めた。ゴクリと男子行員の喉が鳴り、たちまち剝きだしの肉棒がムクムクとうごめきはじめるのがわかった。

眼の前に雅子の媚肉が妖しく開いている。肉襞がスプーンで左右へ押しひろげられ、ヒクヒクとうごめく。その奥に充血した子宮口の肉環が見えた。

どこもヌルヌルと蜜にまみれて光り、そこから立ち昇る人妻の匂いが、いっそう男子行員の欲望を高める。

「舐めてやれよ。奥さんも悦ぶ」

氷川が男子行員をあおった。

「いや、そんなこと……や、やめて」

「舐めてやりゃ、すぐによがりはじめるぜ」

「かんにんして……」

男子行員は少しためらったが、欲望を抑えきれない。雅子の媚肉に口を寄せた。股間に顔を埋めしゃぶりついた。

「ああッ、いやッ……ひいッ……」

雅子は椅子の上でのけぞり、肘掛けにかけた両脚をゆすった。

男子行員の口はスプーンで押しひろげられた雅子の膣にもぐりこもうとするように、舌で肉襞を舐めまわす。そして蜜をすすり、さらに舌をとがらせて奥の子宮口まで舐めようとする。

「ああッ……ひッ、ひッ……やめて……」

「いい声で泣くじゃねえか。オマ×コを開かれて舐められるのがいいのか、奥さん」

「いや、いやあ……やめてッ……ああ、ひッ、ひいッ……」

後ろから室井にからかわれても、雅子は反発する余裕もなく泣き声を放った。

飽くことを知らない氷川たちのいたぶりが恐ろしく、こんなひどいことをされているというのに、男子行員の唇と舌の動きに身体の芯がしびれ、うずきだすのがさらに恐ろしい。

(あ、ああ……そんな……)

雅子は自分の身体の成りゆきが信じられない。

いくらこらえようとしても、身体の芯から全身へと炎がひろがり、再び肉がとろけだす。

「ああッ……かんにんして……ああ……」

ジクジクと蜜が溢れだし、男子行員の口がグチュグチュと鳴りだした。

もう男子行員はとりつかれたように雅子の媚肉にしゃぶりついた。

「あ、ああッ……駄目……あああ……」

雅子は今にも気がいかんばかりに椅子の上でのけぞり、ブルブルと肉をふるわせた。

「だいぶ感じてるようだな、へへへ、まったく好きな奥さんだぜ」

「よしよし、相手が変わりゃ舐められる感じも変わって、もっとよくなるぜ」

室井と氷川は椅子を押して、次の男子行員のところへ雅子を移動させた。

そこでまたじっくりと子宮口までのぞかせ、押しひろげられた媚肉をしゃぶらせる。

「ああッ……ああ、ゆるして……変になっちゃう……」

「口じゃ物足りなくなって、太くてたくましいのが欲しくなったら、いつでもおねだりしな、奥さん」

「いや……あ、あああ……あぁッ……」

次々と男子行員の前へ連れていかれ、開かれた肉奥を覗かれ舐めまわされて、ようやくカウンターのところへ連れもどされた時には、雅子は身体中が火にくるまれて、息も絶えだえだった。

「ああ……」

汗にヌラヌラと光る腹部が、ハァハァと激しく波打つ。

「フフフ、こうなったら一度ぶちこんで気をやらせねえと、おさまりがつかねえようだな、奥さん」

「しようがねえ。一発やってやるか」

「一発じゃ満足しねえかも知れねえぜ。なんたって好きな奥さんだからよ」

氷川たちは口々に言って、ゲラゲラと笑った。

「も、もう、いや……かんにんして……」

雅子の声は弱々しくあらがうといったふうではなく、あえぎに呑みこまれた。

椅子の肘掛けに両脚を縛りつけた縄が解かれ、雅子の後ろ手縛りの裸身は椅子から背もたれのない長いソファにおろされた。その上にあお向けにされ、両膝を立てられて左右へ開かれた。

「へへへ、まずは俺からぶちこんでやるぜ、奥さん」

溝口がたくましい肉棒をつかみだして、上からおおいかぶさるようにして、腰を雅子の両膝の間に割りこませる。

「あ、いや……ああ、やめてッ……」

雅子が叫んだ時には、灼熱が荒々しく身体を貫いてきた。

「いやッ……ああ、いやあ……」

叫ぶのと裏腹に、雅子の媚肉はようやく与えられたものを待ちかねたように、肉襞をヒクヒクうごめかせてからみついた。

「ああ……うむ……あああ……」

「すげえや。吸いこまれるようだぜ。まったくいいオマ×コしてやがる」

「あ、あむむ……あうッ……」

雅子は唇をパクパクさせて噛みしばり、裸身を揉み絞るようにしてのけぞった。

深く押し入ってくるものをむさぼるように、身体の最奥が妖しく収縮をくりかえす。

もうさんざん犯したというのに、まだこれほどの反応を見せる肉に、溝口は恍惚となる。

そのまま一気に責めたてたいのをこらえて、溝口はできるだけ深く貫いた雅子の上体を抱き起こした。そして雅子を抱いたまま立ちあがった。

「あ、ああッ」

雅子の両脚が思わず溝口の腰にからみついた。後ろ手に縛られた両手も、溝口にしがみつこうともがいている。

「へへへ、クイクイ締めつけてくるんじゃねえかよ、奥さん。そんなにいいのか」

「あ、ああッ……」

雅子は返事をする余裕もなかった。

雅子の身体は溝口にだっこされ、両手と媚肉を深々と貫いた肉棒とだけで宙に支えられた。もがくといやでも肉棒を意識させられ、しかも自分の身体の重みでいっそう結合が深くなった。

溝口の両手が雅子の双臀を抱き支えつつ、臀丘の谷間を割りひろげた。思いっきり雅子の肛門を剝きだしておいて、

「いつでもいいぜ、へへへ」

氷川に向かって言った。

ニヤニヤと笑いながら肉棒をつかみだした氷川は、雅子の後ろからまとわりついた。

3

たくましい肉棒の先端を剝きだされた肛門に押しつけられて、雅子ははじめてなにをされるのかを知った。

「いやあッ……そこは、いやッ……ああ、お尻はかんにんしてッ」

「フフフ、こうなりゃ尻の穴にもぶちこまなくちゃよ、奥さん。サンドイッチだぜ」

「いやあ……」

前から後ろから、二人の男に同時に犯される。

「やめて、そんなことッ……ああ、いや、それだけは、いやあ……」

「尻の穴は早く咥えたがって、ヒクヒクしてるぜ。ほれ、奥さんも自分から尻の穴をゆるめるようにしねえか」

「いや、いやですッ……ああ、やめて……」

雅子が悲鳴をあげるのもかまわず、氷川はジワジワと雅子の肛門を割りはじめた。

「あ、あぁッ」

肛門を押しひろげられる感覚に眼がくらんだ。媚肉を溝口に貫かれて、その圧迫に肛門が狭くなっているのか、引き裂かれていくようだ。

たちまち雅子の身体にドッと生汗が噴きでて、まともに口もきけなくなった。ジワジワと押し入られるたびに、ひいッ、ひいーッと喉を絞りたてる。

ようやく肉棒の頭がもぐりこむと、あとはズルズルと沈んでいく。しかも薄い粘膜をへだてて肉棒とこすれ合った。

「ひッ、ひいい……」

雅子の身体のなかを火が走った。

「ほうれ、尻の穴にも入ったぜ。これでサンドイッチだ、フフフ」

「すげえ。クイクイ締めつけてきて、くい切られそうだ」

「こっちもだ。油断すると負けるぞ」

氷川と溝口は、雅子をはさんで後ろと前とで言った。

溝口の腰にからみついていた雅子の両脚はダラリと垂れてピクピクと痙攣し、次にはまたからみつく。

「た、たすけて……死んじゃう……」

「死ぬほどいいんだろ、奥さん。思いっきりイッてみな」

「いや……ああ、ううむ……ひッ、ひいッ」

溝口と氷川がリズムを合わせて前と後ろとで動きだすと、雅子は黒髪を振りたくって半狂乱に泣きわめいた。

「へへへ、これで、ファックスで送る写真の第二弾も決まったな。人妻サンドイッチだ」

谷沢がインスタントカメラをかまえて、シャッターを切った。

前から後ろからサンドイッチにされる雅子の全身と、媚肉と肛門に二本の肉棒が押し入った股間の拡大と、写真は二枚だ。

それが再びファックスでそこら中へ送られるのも知らず、写真を撮られたことすら気づかずに、雅子は泣き、うめき、あえいだ。

雅子の身体は二人の男の間で揉みつぶされるようにギシギシときしみ、腰がバラバラになりそうだ。

「ああ、あうう……死ぬッ……あああ……ひッ、ひいッ……」

のけぞらせた雅子の口の端からは、涎れが糸を引いて溢れた。もう雅子はわけがわからない。自分の身体になにをされているのかもわからず、灼けただれるような火柱に焼きつくされていく。

雅子はひとたまりもなかった。狂ったように自分からも腰をゆすりだすと、

「ああッ、イッちゃうッ……ひッ、ひいッ……イク、イクッ」

ガクン、ガクンとのけぞり、前も後ろも肉棒をくい切らんばかりに締めつけて絞り、総身をキリキリと収縮させた。

そのきつい収縮に溝口も氷川も耐える気はなかった。同時に最後のひと突きを与えると、ドッと精を放った。

「ひッ、ひいーッ……」

前と後ろで肉棒が膨張し、おびただしく白濁を注がれる感覚に、雅子はさらに二度三度とのけぞり、総身をしとどの汗のなかに激しく痙攣させた。

のけぞった美貌は白眼を剝き、口の端からは泡を噴いた。

そしてガクッと雅子の身体から力が抜けた。だが、まだ雅子の余韻の痙攣がおさまらないうちに、男たちは入れかわった。

まず氷川にかわって室井が雅子の肛門に押し入った。つづいて雅子を宙に抱きあげたまま、溝口にかわって宮島が媚肉を深く貫く。

「あ、ああッ……もう……もう……」

雅子の声はうめきにしかならなかった。

すさまじいサンドイッチの輪姦に、雅子はまた半狂乱になって泣き叫びはじめた。

ダラリと垂れた雅子の両脚が、再び激しく宮島の腰にからみついた。

「狂っちゃうッ……あ、ああう……ひッ、ひッ……あああ……」

雅子は半狂乱のなかにたてつづけに昇りつめる。

「激しいな。犯るたびに激しくなりやがる」

「へへへ、本当に狂っちまいそうだぜ。もうイキっぱなしじゃねえか」

「なあに、狂ったってかまいやしねえよ。どうせ、いつかは谷沢に死姦されるんだ」

見ている氷川と溝口、谷沢はそう言ってゲラゲラと笑った。

ようやく宮島と室井が思いっきり精を放って本当に死んだようになった。

「しようがねえな、まだ谷沢が楽しんでねえってのによ」

氷川が雅子の黒髪をつかんでゆさぶっても、まったく反応がない。

「なあに、かまいやしねえよ。理沙もいるしよ、へへへ」

谷沢にジロリと見られて、理沙はひいッと身を縮こまらせた。

さっきから二人の男に同時に犯される人妻の雅子を見せられ、理沙はおびえきった。

まだ若い女子行員の理沙にとって、前から後ろから同時に犯されるなど信じられないことだ。

「へへへ、可愛がってやるぜ、理沙」

谷沢はうれしそうに言って、理沙に近づいていく。

「い、いや……来ないで……」

理沙は恐怖のあまり、声もかすれて動くこともできない。美しい顔をひきつらせて、後ろ手縛りの裸身をふるわせる。

谷沢が理沙の身体に手をかけようとした時、警察に動きがあった。ようやく氷川たちが要求したワゴン車が来たのである。

ワゴン車が銀行の前に停められ、運転してきた警察官がすばやく降りて後ろへさがった。

『要求通りに車は用意した。すぐに人質を解放しなさい』

警察のスピーカーが叫んだ。

「あわてるな。車を調べてからだッ」

ドアの隙間から溝口が銃をかまえて怒鳴った。

メカに比較的強い谷沢の出番である。

「くそ、これから理沙とお楽しみって時によ。おあずけとはな」

谷沢はブツブツ言いながらも、拳銃を手にすると、体を低くしてすばやくドアを出てワゴン車のなかへ駆けこんだ。

万が一のことを考えて、宮島が人質の男子行員のひとりをドアのところへ連れてきて、警察官たちに見えるように頭に銃を突きつけた。

「変な真似しやがると、こいつの頭がぶっとぶからな」

宮島は警察官たちに怒鳴った。

谷沢は車のなかを調べていく。エンジンに妙な細工がしてないか、車内に催涙弾やら盗聴マイク、カメラなどの仕かけがないかなどひとつひとつ調べた。

「大丈夫だ。使えるぞ」

もどってきた谷沢が言った。

氷川がうなずいてニンマリすると、ドアのところにいる宮島に眼で合図をした。

「よし、次は道をあけろッ。囲みを解くんだよ。さっさとしろッ」

宮島は外に向かって叫んだ。

だが、警察は人質の解放が先だと言う。要求通りにワゴン車を手配したのだから、今度は氷川たちが人質を解放する番である。

「どうする、氷川。金庫のなかの女たちだけでも解放するか」

宮島が氷川に聞いた。

「俺たちがここを出たあとならな。今一人でも逃がしてみろ。俺たちの人数やなかのことがサツにわかっちまう」

宮島はうなずいた。外に向かって怒鳴る。

「道をあけるのが先だッ」

しばらく警察との激しいやりとりがつづいたが、ラチがあかない。

「まだ時間がかかりそうだぜ」

氷川がニガ笑いをして言った。あせる様子はまったくない。

「それじゃお楽しみのつづきといくか、へへへ」

谷沢は再び理沙に近づくと、手をのばした。

「ああッ……いや、ゆるしてッ……」

「へへへ、こっちへ来るんだ。可愛がってやるからよ」

「いや、いやッ……離して……」

理沙はあらがう力もなく、たちまち谷沢に抱きすくめられた。

4

谷沢はカウンターの前の背もたれのないソファに腰をおろすと、その前に後ろ手縛りの理沙をひざまずかせた。

「しゃぶれ、理沙」

「いや、ああ……いやです」

「人妻みたいにサンドイッチにされてえのか、理沙」

谷沢は理沙の黒髪をつかむと、隣りのソファで気を失っている雅子を見せつけてから、肉棒に向けて顔を伏せさせた。

「ああ……いや……」

もう理沙にはあらがう気力はなかった。

たちまち唇を割られ、ガボッと喉まで押しこまれた。

「う、うむ……うぐぐ……」

口のなかでたくましさを増していくそれに、理沙は白眼を剝いて後ろ手縛りの裸身をふるわせた。

喉まで押し入っているものを吐きだせないように、谷沢はしっかりと理沙の髪をつかんだまま、ゆっくりとゆさぶりはじめる。

「うむ……ううむ……」

理沙は口いっぱいに肉棒を含まされ、まともに息もできず、ピクピクと鼻孔をひろげてうめき声をあげた。

「舌を使わねえか、理沙。吸うようにするんだ」

谷沢は理沙をあおって黒髪をつかんだ手で頭をゆさぶる。もう一方の手にはしっかりと拳銃が握られていた。

「へへへ、できるだけ大きくしたら、オマ×コにぶちこんでやるからな。それとも人妻みたいに尻の穴がいいか」

「ううむ……」

理沙はふさがれた喉の奥で、ひいッと鳴いた。

そこに、警察との関係が膠着状態になったことで、室井がやってきた。ひざまずいている理沙の後ろにしゃがみこむと、双臀を高くもたげさせ、臀丘の谷間を割りひろげて肛門を覗きこんだ。

「うむッ、ううむッ」

理沙は腰をよじって室井の眼と指から逃れようとした。

「おとなしくしゃぶってろッ」

室井はピシッと理沙の双臀を張った。

そして指先でゆっくりと理沙の肛門をまさぐり、揉みはじめる。しっとりとした肛門の粘膜がキュウとすぼまって、指先に吸いつく。

（いや……そこはいや、ゆるして……ああ、そんなところ……）

理沙は喉の奥で泣き叫んだ。

室井の指は揉みこみながらジワジワと入ってくる。さっき捻じりの入ったロウソクで責められた時のおぞましさ、恥ずかしさが、まざまざとよみがえった。

肛門を揉みほぐされながら、一寸刻みで指で縫われていく感覚がたまらなかった。排泄器官に指を入れられる恐ろしさ、今にも漏らしてしまいそうな恐怖がふくれあがった。

「へへへ、俺の指が入っていくのがわかるだろ、理沙。一度、ロウソクを入れてるんで、スムーズに入っていくぜ」

「う、うむむ……うぐ、ううッ……」

「クイクイ締めつけてくるじゃねえか。今に指じゃ物足りなくなる、へへへ」

室井はゆっくりと指の根元まで沈めた。指の根元はきつく締められたが、奥は禁断の腸腔が熱くひろがっていた。

「う、うぐ……うむ……」

ゆっくりと指をまわし、抽送してやると、理沙の双臀がブルブルとふるえてよじれ、きつく締めつけてくる力が増した。

「尻の穴に気をとられてねえで、しっかりしゃぶらねえか」

谷沢が激しく理沙の頭をゆさぶって、肉棒で口のなかを荒らし、喉をえぐる。

「うんとしゃぶって大きくすりゃ、尻の穴に入れてやることもできるからよ」

意地悪く言って理沙をおびえさせ、谷沢はあざ笑った。

肛門がさらに室井の指を食い締める。その感触を楽しみながら、室井は指で理沙の肛門をこねまわした。

「ううむ……」

理沙の双臀のふるえが大きくなる。

おびえてただ食い締めるばかりだったのが、しだいに時々フッとゆるむ動きを見せだした。

そして、そのくりかえしのなかで、いつしか理沙の肛門はとろけるような柔らかさになった。それでも指を食い締める力は変わらなかった。

「う、うむ……うむ……」

理沙のうめき声も、ずっと力を失って弱々しくなった。

「こりゃ、理沙の尻の穴は男を喜ばせる素質充分だぜ、へへへ、人妻に負けねえかもしれねえな」

「そんなにか、室井」

「その前に一度浣腸しといたほうがいいな」

室井と谷沢は顔を見合わせて、ニヤニヤと笑った。

理沙はふさがれた喉の奥で、ひいッと悲鳴をあげた。人妻の雅子が浣腸されるのを見せられてわかっている。

室井は理沙の肛門をいじりつつ、もう一方の手で浣腸器を引き寄せた。はじめから理沙に浣腸してやるつもりで、注射型のガラス製浣腸器には、すでに薬液がたっぷりと充満されていた。

「うむッ、うむッ」

浣腸器を見せられて、口いっぱいに咥えさせられた理沙の美貌がひきつり、泣き濡れた眼が凍りついた。

それをあざ笑って、室井は指と浣腸器のノズルとを入れかえようとした。

「待てや、室井」

氷川がとめた。

「ただ理沙に浣腸するんじゃ、能がねえってもんだぜ。どうせなら、奥さんと並べて二人いっしょにしてやれや」

「また二人を競争させるか。どっちが先に漏らすか、へへへ」

室井はニヤニヤと笑い、谷沢と溝口と宮島もニンマリとうなずいた。

膠着状態で時間がかかっても、退屈することはない。いくらでも時間はつぶせた。

氷川はまだグッタリと意識のない雅子を理沙の横へ連れてくると、理沙と同じように床にひざまずかせ、上体をソファの上へ伏せさせて、双臀をもたげて支えた。

「しっかりしねえか、奥さん。浣腸するのにのびてちゃおもしろくねえからな」

氷川はピシッ、ピシッと雅子の双臀をはたいた。

「う、う……」

雅子は低くうめいて、うつろに眼を開いた。すぐにはなにをされるのか、自分の置かれている状況がわからない。

隣りで理沙が谷沢のものを咥えさせられ、うめいているのがわかった。そして雅子はサンドイッチにされた時のことが、ドッとよみがえった。

「ああ……も、もう、いや……」

「いやじゃねえよ。これから浣腸してやるからな。先に漏らしたほうは外でショータイムだ、フフフ」

「ああ……か、かんにんして……もう、もう、いや……これ以上は……」

「はじめろ、室井」

雅子の哀願を無視して、氷川は言った。

どちらから先に浣腸するか少し迷ったが、室井が先に浣腸器を突き立てたのは雅子だった。

先に浣腸されるほうが不利だ。人妻の雅子に若い理沙よりもハンディをつけることにした。

「あ……ああッ……いや……」

雅子は唇を噛みしばって右に左にとソファの上で顔を伏せ、ブルブルと双臀をふるわせた。

ノズルが深く雅子の肛門を縫って、ドクドクと薬液が入ってくると、雅子はこらえきれずにひいひいと喉を絞った。

室井の注入は荒々しく二百CCを一気に入れてくる。

「まずはこれくらいだ、へへへ、さっきも浣腸してやっただけに、さすがにいい呑みっぷりだぜ」

二百CC注入したところでいったんノズルを引き抜き、今度は理沙の肛門に突き立てる。

「ううむッ……うむッ……」

谷沢の肉棒を口に呑まされたまま、理沙は恐怖に総身を揉み絞るようにして、生々しいうめき声をあげた。

「へへへ、じっくりと味わうんだ。あばれるとつらくなるだけだぞ」

谷沢はゆっくりとシリンダーを押した。

雅子の時とはちがって、チビチビと少しずつ入れていく。

「うむ……う、ううむ……」

ビクンと理沙の身体が硬直して、喉がひいーと鳴った。

じっとしていられず、理沙はうめきながら背中をあえがせ、腰を揉んだ。

「浣腸される気分はどうだ、理沙。ほれ、薬が入っていくのがわかるな」

室井は理沙には百CC入れたところで、シリンダーを押す手をとめた。

そしてまた、雅子の浣腸に移る。

5

雅子と理沙に交互に浣腸していくが、ハンディをつけて雅子には二百CC、理沙には百CCとした。

「いや……ああ……うむ、ううむ……」

はじめは泣き叫んでいた雅子も、くりかえし二百CCずつ注入されて、理沙と同じようにうめきばかりになった。

「ううむッ……」

まだ谷沢を咥えさせられている理沙のうめき声も、切迫した響きになりはじめた。すでに五回、合計五百CCも注ぎこまれ、急速に便意がふくれあがっている。

「ううッ……もう、入れないで……ああ、もう、駄目……」

雅子のほうは同じ五回の注入でも、合計千CCになっていた。便意の高まりも身体のふるえも、理沙より大きい。

「フフフ、どっちだ。先に漏らして外でショータイムをすることになるのは」

氷川も理沙と雅子の顔を交互に覗きこんで、意地悪く言った。

ひいッと雅子と理沙の喉が、ほとんど同時に鳴った。大勢の警察官やヤジ馬、テレビカメラの前でのショータイムなど、考えるだけでも恐ろしい。

「さあ、六回目だぜ、へへへ、がんばるじゃねえかよ」

室井はさらに二百CC、一気に雅子に注入した。

「ひいッ……あぁッ、も、もうッ……ううむ……我慢がッ……」

雅子はブルブルと総身を痙攣させ、キリキリと歯を噛みしばった。

つづいて理沙に百CC、ゆっくりと注入していく。

「うッ……うむ……うむ……」

理沙は気を失うことさえゆるされず、苦悶のうめき声をもらした。

雅子の痙攣がうつったように、理沙もブルブルとふるえだした。

「へへへ、七回目といくか、奥さん」

「いやッ……ああ、もう、もう、入れないでッ」

雅子は悲鳴をあげてかぶりを振った。

「理沙はどうするんだ、へへへ」

谷沢はしつこくしゃぶらせ、黒髪をつかんで頭をゆすりながら聞いた。

「もっと入れて欲しいんだな？」

「うむ……ううッ……」

「返事をしねえところを見ると、もっと浣腸されてえらしいや」

　理沙が口をふさがれて返事もできないのがわかっているくせに、谷沢は意地悪くせせら笑った。

「ううむ……」

　いや、もう、いやあッ……ふさがれた喉の奥で、理沙は泣き叫んだ。

「奥さんも口じゃいやと言っても、尻は六回の浣腸じゃ物足りねえようだぜ」

　氷川があざ笑った。

「いやあッ」

　雅子がはじけるように叫ぶ。

　室井が雅子と理沙を見て、ニヤニヤと笑って舌なめずりした。

「となりゃ七回目にいくしかねえな、へへへ、どっちが先に漏らすか楽しみだぜ」

　室井は再び浣腸器をかまえると、ノズルで雅子の肛門を深く縫った。

　荒れ狂う便意に肛門を必死に引き締めているのがノズルからもわかり、それを貫く感触がなんとも言えない。

　一気にシリンダーを押して、薬液二百CCがズーンと雅子のなかへ流入した。

「あ、ああッ……うむ、ううむ……で、出ちゃうッ……」

「出たら奥さんの負けで、外でのショータイムと決まりだぜ」

「いやあッ……う、ううむ……」

雅子はキリキリと歯を噛みしばって、括約筋を振り絞ってこらえる。

それでも、もう耐えられないという絶望がふくれあがり、肛門までが今にも内からふくらみそうに痙攣した。

同じ苦しみがすぐに理沙にもおそった。雅子につづいて再び百CCが、チュルチュルと入ってくる。

「う、ううむッ……うむッ……」

あぶら汗にびっしょりの理沙の身体に、さらに汗がドッと噴いて、ブルブルとふるえる肉に玉となってすべり落ちた。

(もう、もう、いや、いやあッ……ああッ、たすけてッ……)

理沙の叫びがくぐもったうめき声となってこぼれつづける。

理沙への百CCが注入し終わらないうちに、雅子の便意はもう耐えうる極限に達した。

「だ、駄目ッ……もう、もうッ……ああッ、出ちゃうッ……」

雅子の身体の痙攣がひときわ大きくなった。肛門が内からふくらみ、今にも爆発しそうだ。

「ひッ、ひぃーッ……ひぃーッ……」

絶望の悲鳴とともに、雅子は屈服した。

氷川の置いたバケツにすさまじい勢いではじけ、渦を巻いて流れこんだ。すでに二度も浣腸されて排泄させられているので、出てくるのは黄濁した薬液ばかりだ。

「ううむッ、うむッ……ううむ……」

理沙もまた、ノズルが引かれると同時に荒々しい便意をほとばしらせた。

秘められた排泄行為まで見られる恐ろしさに、ふさがれた喉を号泣がかきむしる。

一度堰を切ったものは押しとどめようもなく、理沙はあとからあとからバケツへと落下させた。一度途切れ、またドッと出す。

「へへへ、二人そろってだと余計にすげえながめだ」

「いやいやと泣いてたくせして、二人とも派手にひりだすじゃねえか。こっちが恥ずかしくなるようだぜ」

「見ろよ、二人ともひりだしながらオマ×コをビチョビチョにしてやがる」

溝口や氷川たちはゲラゲラと笑った。雅子と理沙ほどの美女が二人、そろって排泄している。人質の男子行員も息を呑んで、くい入るように見つめた。

ようやく絞りきった雅子と理沙は、グッタリとなって、号泣も途切れてすすり泣くばかりになった。ティッシュであとを拭かれても、反応もなくされるがままだ。肛門だけが腫れぼったくふくれて、まだゆるんだまま腸襞をのぞかせ、ヒクヒクとうごめいた。それにつられるように媚肉もしとどに濡れて、ヒクヒクとあえいでいる。

氷川が雅子を抱き起こした。

「フフフ、奥さんの負けだぜ。これで外でのショータイムは奥さんと決まったな」

「ひいッ……」

すすり泣いていた雅子が、喉を絞った。

「か、かんにんして……」

恐ろしさのあまりか、雅子はなにか言おうとするのだが、まともに言葉にならない。

谷沢もようやく理沙の口から肉棒を引き抜いた。

理沙はハァハァとあえぐだけでなにも言わず、ソファの上に上体を伏せた。両眼は固く閉じたままで、浣腸と排泄のショックに打ちのめされている。

「へへへ、もうビンビンだぜ」

理沙にしゃぶらせてたくましくなったものをゆすって、谷沢は理沙の後ろへまわった。ひざまずいた理沙の腰に手をやって、双臀を高くもたげさせる。

「ああ……」

熱いものが肛門に押しつけられ、つづいておそってきた引き裂かれるような苦痛。

理沙はなにをされようとしているのかを知って、ハッと我れにかえった。

「そ、そんな……いや、いやあッ……そこはゆるしてッ……ああッ……お尻なんて、いやあッ……」

「へへへ、せっかく尻の穴がこんなにとろけてるんだ。理沙がでかくしてくれたからアナルセックスを教えてやるぜ」

「いやあッ……」

ジワジワと理沙の肛門は押しひろげられて、裂けそうな苦痛が走った。

眼の前にバチバチと火花が散り、ジワジワ押しこまれるたびに、理沙は寸断されるような激痛にさいなまれて、喉を絞った。排泄器官としか考えたことのないところを犯される恐怖……理沙は再びあぶら汗にまみれた。

「たすけてッ……ひッ、ひいッ……こわい、こわいッ……ううむ、痛、痛いッ……」

「痛いのははじめのうちだけだ。すぐにズンとよくなるぜ、へへへ」

「ううむ……裂けちゃう……」

理沙の肛門は極限まで引き裂かれて、肉棒の頭を呑みこもうとした。激痛の火が肛門から脳天へと貫いて、理沙は眼の前が暗くなった。

「ひぃーッ……」

肉棒の頭がもぐりこみ、あとは奥まで押し入られて、理沙は白眼を剝いて絶叫した。

6

谷沢はゆっくりと理沙の肛門を突きあげ、理沙は耐えきれないようにひぃひぃ泣きじゃくった。

それはレイプによってはじめて男を知るバージンみたいだ。

「いい声で泣くじゃねえか、へへへ、こりゃ理沙のアナルを犯るのが楽しみになってきやがった」

「人妻のアナルと味較べしてやるぜ、へへへ」

室井と宮島がうれしそうに言った。谷沢の次に理沙の肛門を犯そうと狙っている。

一方、氷川と溝口は人妻の雅子を銀行のシャッターのドアの前まで引きずってきた。

「いや、いやあッ……かんにんしてッ」

雅子は泣き叫び、外へ連れだされまいとあらがった。

ドアの向こうには大勢の警察官とヤジ馬、テレビ局のカメラが待っているのだ。

「赤ん坊がどうなってもいいのか、奥さん」

さっきから氷川と溝口は雅子をおどし、観念させようとした。

赤ん坊が氷川たちの手中にある限り、雅子は屈服するしかなかった。

「赤ちゃんにはなにもしないでッ……ああ、赤ちゃんだけは……」

雅子は泣きながら叫び、後ろ手縛りの身体からあらがいの力が抜けた。かわってブルブルと身体のふるえがとまらなくなる。

「さてと、どんなショーにするかな」

氷川は意地悪く言った。もうどうするかは決めているくせに、雅子のおびえようを楽しんでいる。

「い、いや……」

雅子は泣き顔をひきつらせて、いやいやと頭を振った。

「フフフ……」

氷川はライフル銃を手にすると、その長い銃身にたっぷりと乳液を塗りはじめた。

雅子の後ろにしゃがみこみ、臀丘の谷間を割った。

剝きだした雅子の肛門にライフル銃の先端を押し当て、ジワジワと沈めにかかった。

「あ、そんな……かんにんしてッ……ああ、いや……」

「おとなしくしてろ、奥さん」

反射的に逃げようとする雅子の身体を、溝口が抱きとめる。

「あ、ああッ……あむ……」

冷たい銃身がジワジワと雅子の肛門を貫いた。

肛門から身体の芯へと火が走る。

「しっかりと深く咥えろよ、奥さん。ライフル銃が抜け落ちねえようにな」

氷川は銃身を二十センチも沈めた。

さっきまで腫れぼったくふっくらとしていた雅子の肛門は、キュッ、キュッとすぼまって銃身を食い締めた。

「ああ……ひどい……」

もう雅子は肛門に杭でも打たれたように動くことができない。

思わずガクガクと膝とハイヒールが崩れそうになるが、しゃがむことはできない。

直腸に深くもぐりこんだ銃身が恐ろしく、少しでも腰を引いたり低くしようとすると、さらに銃身が深く入ってきそうだ。

「こんな……ああ、こんなことって……」

雅子はすがるように後ろの氷川を見たが、自分の双臀に突き刺さったライフル銃が見えて、ああッと眼をそむけた。

「ほれ、歩くんだ、奥さん」

引き金のところに手をやると、氷川は後ろから雅子をライフル銃で押しだすようにして歩かせはじめた。

「ああッ」

足を進ませると銃身が直腸で動き、肛門の粘膜にこすれて、雅子は思わず狼狽の声をあげた。そのおぞましさにブルルッとふるえがきて、まともに歩けない。

腰の力が抜け、膝とハイヒールがガクガクして、腰をよじってしゃがみこんでしまいそうになった。だが、肛門の銃身がそれをゆるさない。

「あ、あッ……ゆるして……ああッ、こんなのいや……歩けない」

「歩くんだよ。もっと深くえぐられてえのか、奥さん」

「ああッ……ああ、こんな姿で外へ行かせないで……かんにんして、おねがいです」

「それじゃショータイムにならねえぜ、フフフ、ほれ、歩け」

肛門にもぐりこませたライフル銃で、氷川はさらに雅子を前へと押しだした。

万が一のことを考えて、溝口と宮島と室井はドアや窓のところで銃をかまえた。谷沢だけは銃を手にしたものの、まだ理沙の双臀を後ろから抱きこんで、アナルセックスの真っ最中だ。

理沙はひいひい泣きつづけていた。だがその声は、さっきまでのおびえだけでなく、もう身も心も征服された女のどこか艶めいた響きが混じりはじめていた。

「まだ楽しんでるのか、谷沢。こんな時にしようがねえな」

氷川がニガ笑いをすると、雅子をドアから外へと押しだした。氷川はライフル銃の引き金に手をやっているため、雅子の後ろで身を低くかがめたままの格好だ。

「ああッ……いやあッ……」

雅子は悲鳴をあげた。

遠まきにした警察官やヤジ馬の眼が、いっせいに自分に集中するのがわかった。そのなかには何台ものテレビカメラもある。

しかも雅子の裸身は、投光器の明かりのなかにまぶしいまでに照らしだされている。

「たすけてッ……ああ、見ないで……見てはいや……」

雅子は黒髪を振りたくり、後ろ手縛りの全裸をよじって泣きだした。

『そのようなことは、ただちにやめなさい。人質に危害を加えるのはやめなさい』

すぐに警察のスピーカーが叫んだ。その声には動揺があった。

警察官たちもヤジ馬たちもザワめいたが、すぐに静まりかえり、一種奇妙な静寂と緊張の空気があたりをおおった。

「俺たちの要求を呑まねえから、人質がこういう目にあうんだ。おめえらがひきのばせば、もっとひでえことをすることになるぜ」

雅子の後ろに身を低くして、氷川はあたりを見まわしながら怒鳴った。

『こちらは誠意をもって話し合う用意があるので、バカな真似はやめなさい』

警察はスピーカーで叫びながら、動きがあわただしくなった。テロ対策用の特殊部隊が来ているらしい。

「へたな真似すると、人質の命はねえぞ。女の尻の穴にライフル銃を突っこんでるのが見えねえのか」

氷川も怒鳴りかえした。

そして後ろから雅子の顔を覗き見あげて、ニヤリと笑った。

「足を開きな、奥さん」

「かんにんして……いや、いやです」

「赤ん坊をここへ連れてこさせようか」

「いやッ……そんなこと、しないで……」

赤ん坊のことを言われると、雅子は従うしかなかった。

命じられるままに、雅子は両脚を左右へ開きはじめた。

正面からの無数の視線を感じ、ブルブルと身体のふるえがとまらず、左右へ開いていくと膝もハイヒールもガクガクした。

「もっと開け。向こうから後ろのライフル銃がよく見えるようにな、フフフ、その前にオマ×コが見えるかな」

氷川は後ろから命じて、もっと開くようにと雅子の内腿をピタピタとたたいた。

「ああ……」

雅子の両脚は内腿の筋が浮きあがるほどに、あられもなく左右へ開いた。

「そのまま開いてろよ。勝手に閉じたら、すぐ赤ん坊をここへ連れてこさせるからな」

氷川はもう一度雅子に釘を刺した。

左右へ大きく開いた太腿の間から、パトカーや警察官、ヤジ馬の姿が見えた。雅子の開脚のポーズに驚いたのか、すべての動きがとまった。

「ああ……かんにんして……ああ……」

雅子がひとり、黒髪を振りながら泣き声をあげている。

『やめなさいッ、ただちに人質に危害を加えるのをやめて、衣服をかえしなさいッ』

警察のスピーカーから流れる声が、怒りに早口になった。

氷川はせせら笑った。

「俺たちの要求を呑むのが先だぜ」

怒鳴って雅子の双臀をピシッと張った。

ひッと雅子は泣いた。もう顔をあげることもできず、キリキリと唇を嚙みしめてうなだれた。

「フフフ、ショーのはじまりだぜ、奥さん。うんと気分出すんだぜ」

氷川は雅子に向かってささやいた。

「ああ……」

なにをされるのかという恐怖に、ブルブルとふるえる雅子の裸身がこわばった。ライフル銃を突き刺された肛門も、キリキリと銃身をくい締める。

その銃身がゆっくりと動きだした。氷川がライフル銃を抽送して、雅子の肛門をこねまわしはじめたのだ。

「ひいッ……やめて、動かさないでッ」

雅子は悲鳴をあげて腰をよじった。左右に開いた両脚も思わず閉じそうになる。

「いや、いやッ……ああッ、お尻が……ひッ、ひいッ……」

「気分出せよ。尻の穴で気をやってみろ」

「やめてッ……ひッ、ひッ……」

ライフル銃を抽送されて、投光器の明かりのなかに雅子の白い女体がうねった。

無数の眼に見られていると思っても、雅子はとてもじっとしていられず、身悶えをとめることができなかった。

第五章　秘蜜　終わらない痴獄

1

無数の警察官やヤジ馬たち、そしてテレビカメラ、その前に後ろ手に縛られ、全裸で引きだされた雅子はライフル銃の銃口を肛門に深く挿入されている。

雅子の裸身は投光器の明かりに、まぶしいほど照らしだされている。

「ああ……たすけて……」

赤ん坊を人質にとられていては死ぬこともできず、雅子は泣きながら黒髪を振りたくった。

雅子は両脚を左右へ大きく開いたまま、後ろ手縛りの裸身を身悶えさせた。

「ああ、かんにんして……お尻、いや……ああ、動かさないで……」

哀願する雅子の膝とハイヒールとがガクガクし、崩れ落ちそうだ。

「気分出さねえか、奥さん。尻の穴が気持ちいいんだろ、フフフ」

雅子の後ろにしゃがみこんだ氷川が、ライフル銃で雅子の肛門をこねまわし、あざ笑った。

氷川の指はしっかりとライフル銃の引き金に当てられているため、警察官もスピーカーで叫ぶだけで近づいてはこれない。

「人質に危害を加えるのはただちにやめなさい。さもないと、こちらにも覚悟がある」

「へたな真似してみろ。人質の命がすっとぶぜ。尻のなかにズドンと一発よ」

氷川も負けずと警察官たちに向かって叫んだ。

宮島と室井と溝口も銀行の窓やドアの陰から銃を警察官たちの包囲に向けた。いつでも外の氷川を援護できるようにしておきながら、ニヤニヤと雅子を見て楽しんでいる。

ライフル銃の黒い銃身が雅子の真っ白な双臀の谷間にもぐりこんで、淫らにうごめき雅子の尻肉がブルブルふるえながらうねるのが、氷川や溝口らの眼を楽しませる。

「ほれ、もっと気分出して気をやってみろ。サツやヤジ馬の眼も楽しませてやれよ」

氷川が意地悪く雅子をあおった。

「かんにんして……そんなこと、できない……ああ、これ以上みじめにしないで」

「テレビにも映って、オマ×コパックリの写真をそこら中にファックスされて、これ以上みじめもねえもんだぜ、フフフ、さっきはクソまで派手にひりだしたくせしてよ」

「いや……ああ、言わないで……」

「そこらに奥さんがひりだしたのが派手にばらまかれてるぜ」

「いやッ」

雅子は激しくかぶりを振って泣き声を高くした。

（ああ……こんなことって……いっそ、死んでしまいたい……）

雅子は泣くばかりで、もうなにも言わなかった。

「見物人が多すぎて、尻の穴だけじゃ気をやれねえのか、奥さん」

氷川は後ろからニヤニヤと雅子の泣き顔を覗きこんだ。

そしてライフル銃で雅子の肛門をこねまわしつつ、左右へ開いた雅子の両脚の間からもう一方の手を前へもっていった。割れ目に指先を分け入らせる。

「あ、いやッ……ああッ」

雅子は思わず腰をよじって氷川の手をそらそうとしたが、雅子の腰は肛門を深く貫いたライフル銃で杭のようにつなぎとめられていた。太腿を閉じ合わせようとしても、その間の氷川の手をはさんだだけだ。

「ああ……そんな……」

氷川の手は雅子の割れ目を押しひろげるようにして柔肉をまさぐり、前方の警察官やヤジ馬の眼にさらそうとする。

「いや……」

どんなに恥ずかしく恐ろしくても、雅子は動くことができない。

警察も人質の安全を考えると動くことができない。かなり苛立っている。スピーカーから流れる警告も言葉使いが荒くなった。

それをいいことに、氷川はライフル銃で雅子の肛門を嬲りつつ、媚肉をまさぐる指は女芯をいじりはじめた。

「ああッ……やめて、あ、ああッ……」

女芯の包皮が剝きあげられて、赤い肉芽が露わになり、それが指先でこすられ、つまみあげられていびられる。

「ああッ……ひッ、ひいッ……そんなこと、やめてッ」

雅子の口に悲鳴が噴きあがり、ガクガク腰をゆする。そんなことをすれば、ライフル銃に貫かれた肛門がいっそうたまらなくなるのだが……。

「あぁッ……ああ、いや……ひッ、ひッ……」

「これなら気をやれるだろ、奥さん。ここでイクまでやめねえぞ」

「ああッ……かんにんして……ああッ……」

無数の眼が自分に集中しているというのに、雅子はいじられる女芯が熱く充血して肉芽をとがらせ、ヒクヒクうごめきだすのを恐ろしいもののように感じた。

それは肛門をえぐりこねまわしてくるライフル銃の生む妖しい感覚と入り混じり、雅子の肉をとろけさせていく。それでなくても氷川たちに前から後ろからサンドイッチにされて犯された時の官能の残り火が、まだくすぶっているのだ。その火が再びメラメラと燃えあがる。

(こんな……ああ、こんなことって……)

雅子は自分の身体の成りゆきが信じられない。

「ゆ、ゆるして……これ以上されたら……」

「なんだ、フフフ、これ以上されたら気をやるってのか、奥さん。おもしれえじゃねえかよ」

「かんにんして……」

もう雅子の裸身は汗にヌラヌラと光って、匂うようなピンク色にくるまれ、ハァハァとあえいでいた。

女芯をいびる氷川の指が、ジクジクと溢れる蜜にまみれ、さらに溢れでる。肛門のライフル銃の銃身まで濡らし、雅子の内腿にツーとしたたった。

それに気づいたヤジ馬が、にわかにざわめいた。

「ひどすぎる。とても見ていられません。なんとかならないのでしょうか……なんとか人質の主婦を救いだせないのでしょうか」

テレビの実況中継のアナウンサーも驚きと怒り、そして打つ手のない絶望に声がふるえた。

「どうした、奥さん。尻の穴もオマ×コもこんなにとろけさせてるのに、まだ気をやれねえのか」

氷川はわざと大声で言った。

雅子は弱々しくかぶりを振った。立っているのがやっとだ。今にも沈みそうな腰が、肛門をえぐるライフル銃に浮きあがり、雅子はしゃがむことさえできない。

ハァハァとあえぎすすり泣く美貌は火になって、乱れ髪を汗で額や頬にへばりつかせ、汗に光る裸身は乳首をツンととがらせ、肉芽も赤く露わに、内腿に蜜をしたたらせる。

どんな男でも思わず息を呑むほどの女体の妖しさだ。

「雅子ッ……やめろッ、雅子になにをするんだッ、お前たちッ」

突然、どなり声がして男が一人、猛烈な勢いで向かってきた。

警察官たちがあわてて男をとめた。

「雅子、雅子ッ」

その叫びに雅子はハッとした。正面に警察官たちにとめられた夫の姿が見えた。雅子のあられもない写真のファックスを受け取り、氷川からの電話で妻の雅子がどんな目にあわされているかを知って、駆けつけてきたのだ。

「ひいっ……あなた、あなたッ」

雅子の美貌が凍りついて、喉に絶叫が噴きあがった。こんな浅ましい姿を夫に見られるなんて。

「いやあッ……あなた、見ないでッ」

雅子は泣き叫んで、肛門のライフル銃の存在も忘れて逃げようとした。

だが、氷川の手ががっしりと雅子の腰を抱いて、逃げることをゆるさない。ライフル銃を抽送しつづけ、しゃがむこともゆるさない。

「あと一歩で気をやるってところに亭主が来るとはな、フフフ」

氷川は苦笑いした。

「雅子ッ」

雅子の夫は叫びつづける。

「なにをやってるんだッ、早く妻を救いだしてくれッ……警察ならなんとかしろ」

雅子の夫は自分を押さえて説得しようとする警察官に向かっても叫んだ。

「雅子、雅子ッ」

警察官たちのなかで、夫の悲痛な叫びが響いた。

「あ、あなた……」

雅子はもうまともに夫のほうを見ていられず、両眼を閉じてキリキリと唇を嚙みしばった。

だが両眼を閉じると、身体中の神経が肛門に集中して、まともにライフル銃の動きを感じてしまう。

「ああ、いや……ああ、あなた、たすけて……ああッ……」

雅子は眼を閉じていることもできない。そしてふくれあがる官能の渦に、雅子は再び巻きこまれはじめた。

あなたッ……と叫ぶ声も途切れ、雅子はすすり泣きのなかに吐く息が火になった。

「フフフ、亭主も見物に来てくれたことだし、今度こそ気をやってみせろよ、奥さん」

「い、いや……ああ、いっそ殺して……」

「思いっきり気をやりゃ、いやでも奥さんは死ぬ、死ぬと叫ぶことになるってもんだ、フフフ、ほれ、ほれ」

氷川はあざ笑って、ライフル銃を抽送する動きを大きくした。雅子が悲鳴をあげるほど銃身を深く入れ、ズルズルと引きだす。そのくりかえしのなかで、雅子はわけがわからなくなっていく。

「あ、ああッ……やめて……あああ……夫の前では、いや……あうう……」

「ほれ、イクんだ、奥さん」

氷川は笑いながら責めつづけた。

2

雅子はもう口もきけず、満足に息すらできない。顔をのけぞらせて口をパクパクとあえがせ、ライフル銃にあやつられる肉の人形だ。

大勢の人が、そして夫が見ているのに、肛門で気をやるなど死んでもできない。

（駄目……ああ、駄目よ……）

必死に自分に言いきかせても、それすらドロドロとただれるような官能に押し流されていく。

そして一気に絶頂がおそった。電気でも流されたように、雅子はガクンとのけぞって、汗まみれの裸身に痙攣を走らせはじめた。

「ああッ……ひッ、ひぃッ……死ぬ……ううむ、死んじゃう……」

悶絶せんばかりのうめき声とともに、雅子は裸身を揉み絞って、肛門がキリキリとライフル銃を食い締め収縮した。

「激しいな、奥さん。みんなが見てるってのによ、フフフ」

氷川がからかっても反応はなく、雅子の身体はガクッと氷川の腕のなかに崩れた。

「見たかよ。夏木雅子は尻の穴で気をやりやがったぜ。フフフ、さっさとこっちの要求を呑まねえと、奥さんを尻の穴でイキっぱなしにして、狂い死にさせるぞ」

氷川は警察官や雅子の夫に向かって怒鳴った。

雅子は氷川の腕のなかでグッタリとして、両眼を閉じたまま汗まみれの乳房から腹部をハァハァと波打たせるばかり。ライフル銃を深く挿入させたままの肛門は、まだヒクヒクと銃身を食い締めて余韻の痙攣を見せた。

「サッもなかなか強情だからよ。奥さんにもっと気をやらせてやるぜ」

氷川は雅子を抱き支えたまま、再びライフル銃でゆっくりと雅子の肛門をえぐり、こねまわしはじめた。

「あ、あ……もう、かんにんして……ああ、本当に死んじゃう……」

「フフフ、死にたかったんじゃねえのか、奥さん」

「い、いや……ああッ……」

雅子は再び泣きだした。

「雅子ッ……雅子ッ……」

夫の叫びも聞こえてきて、雅子の泣き声が大きくなった。

「あ、あなたッ、いや、いやあッ」

だがそれもすぐにあえぎの混じったすすり泣きに変わり、一度昇りつめた絶頂感がおさまらないうちに、再び追いあげられる。

「フフフ、奥さんはまたすぐに尻の穴でイクぜ。いいのか、イキっぱなしになって狂い死んでもよ」

ライフル銃をあやつりつつ、氷川は警察官たちに向かって叫んだ。

警察は相変わらずスピーカーで人質に危害を加えないよう警告してくるだけで、動きだす気配も氷川たちの要求通りにする気配もなかった。

膠着状態とはいえ、ここまで雅子をもてあそんでも警察にこれといった動きがないことが、逆に氷川は気になった。

(なにかたくらんでるんじゃねえだろうな)

氷川の野獣の勘というか、なにかひっかかるものがある。そんな氷川とは対照的に、銀行のなかでは谷沢が理沙の身体を楽しんでいた。

長ソファの上に後ろ手縛りの理沙をひざまずかせ、上体を前へ伏せさせて、後ろから肛門を犯している。

「いい味しやがる、へへへ、オマ×コもいいが尻の穴もたまらねえな」

谷沢は肉棒で深く理沙の肛門をえぐりつつ、行為に没頭した。氷川のように楽しみつつもあたりを警戒するわけでもなく、理沙の肛門を犯す快感にひたりきっている。

「もっと気分出さねえか、理沙。尻の穴を串刺しにされて気持ちいいはずだぞ」

「う、ううむ……」

理沙は犯されたところが排泄器官というショックに、気を失ったようになった。恐ろしさと張り裂けるような苦痛に、うめくばかりだ。

「ほれ、いい声で泣けよ」

谷沢が動きを大きくして、激しく肛門を突きあげると、

「あぁッ……ひッ、ひぃッ……あぁッ……」

理沙が悲鳴をあげ、後ろ手縛りの裸身を揉み絞った。

「へへへ、激しくえぐらねえといい声で泣けねえのか、理沙」

谷沢はゲラゲラと笑いながら、また動きをゆっくりとして、時々不意に激しくするということをくりかえした。

「ああ……う、うむ……」

理沙はとっくにまともに口をきける余裕を失っていた。とくに不意に激しく突きあげられると、噴きあげる悲鳴に満足に息をすることもできなくなる。もう谷沢の肉棒で肛門を貫かれてから何十分になるのだろうか。はじけんばかりに押しひろげられ、キリキリ食い締めているのが、自分の身体とは思えない。

そして谷沢にえぐられるたびに、自分の肛門を貫いたもののたくましさを思い知らされ、理沙は眼がくらんだ。

「どうだ、理沙。尻の穴を掘られるのも気持ちいいだろ、へへへ、気持ちいいと言ってみな」

と谷沢に後ろから顔を覗かれても、理沙は弱々しくかぶりを振るだけだ。

「う、うう……うむ……」

理沙はまた意識が遠くなった。

するとまた深く激しく突きあげられて、ひいいッと理沙は肛門を犯されている恐ろしい現実に引きもどされた。

「まだか、谷沢。いい加減にしろよ。理沙はアナルセックスははじめてなんだからな」

谷沢の次に理沙の肛門を犯そうと狙っている室井が、窓のところで外を見張りながら言った。

「お前ひとり楽しんだだけで、理沙のアナルをメチャクチャにするなよ。あとがひかえてるんだからよ」

宮島も言ったが、理沙に夢中の谷沢には聞こえていない。

「聞いてるのか、谷沢」

振りかえった宮島は、理沙を犯している谷沢の向こうに二階への階段があり、その上になにか動くものをチラッと見て、急に緊張の色が顔に走った。

人質はすべて一階に集めており、二階には誰もいないはずだし、二階のドアには鍵をかけたはずだ。

宮島は眼でそっと室井に合図を送ると、すばやく窓のところから階段の近くへ移動した。物陰からライフル銃で階段の上に狙いを定め、様子をうかがう。

宮島はあせらずに、じっと待った。

やがて男の顔が見えた。私服刑事らしい二人が、拳銃を手にそっと銀行のなかをうかがっている。

「サツだッ」

宮島は叫ぶと同時に、二人の顔めがけてライフル銃を撃ちまくった。

血しぶきが飛んで刑事のひとりが階段をころげ落ちた。もうひとりはあわてて部屋のなかへ引きさがってしまう。

「クソッ、いつのまに二階に」

理沙を犯していた谷沢もようやく、銃を手に裸で宮島のところへ駆け寄ってきて、階段の上へ銃を向けた。

「へへへ、お前がしつこく理沙を犯してなくて、俺がお前を振りかえらなかったら、気がつかねえところだったぜ」

「それにしてもあぶねえところだったな、へへへ」

宮島と谷沢はニガ笑いした。

それでも谷沢はちゃんと白濁の精をたっぷりと理沙の肛門に注いでおり、理沙はソファの上にグッタリと死んだように崩れていた。固く両眼を閉じてハァハァとあえぎ、気を失ったのか両脚はゆるんだままだ。

ヌラヌラとしとどに濡れそぼった股間は、肛門から注ぎこまれた白濁をしたたらせ、ヒクヒクとうごめいている。

そこへ氷川が雅子の腰を抱いて、もどってきた。雅子の身体を盾にして、肛門にライフル銃を突き立てたままだ。

「やっぱりサツの奴、なにかたくらんでやがったな」

階段の下にころがった刑事の射殺体を見て、氷川は唾を吐いた。

「俺たちも甘く見られたもんだな、フフフ」

「どうする、氷川。外だけでなくて二階もサツに固められちまったぜ。こうなりゃ派手に撃ちまくって逃げるか」

「あわてるな。俺に考えがあるからよ」

氷川はまだしつこくライフル銃で雅子の肛門をこねまわしつつ、ニヤリと笑った。

3

氷川はなにやらヒソヒソと宮島と谷沢、室井と溝口に指示した。

宮島と谷沢と室井と溝口は、ニンマリとうなずきさっそく行動に移った。

宮島は物陰からライフル銃を階段の上に向けて見張り、溝口は出入口のドアのところで外の警察官たちの動きを見張る。そして谷沢と室井は雅子と理沙に雅子の赤ん坊、さらに窓のところにダイナマイトを抱かせて縛りつけた男子行員数人を残し、あとの人質はすべて大金庫に集めて、大金庫のドアを閉めてしまった。

大金庫に閉じこめられると知った女子行員は悲鳴をあげたが、分厚いドアが閉まると聞こえなくなった。

谷沢と室井はグッタリとした理沙を抱きあげ、銃をかまえて外へ出た。身を低くして理沙を盾にしながら、銀行のすぐ前に用意されたワゴン車のところへ行く。

「へへへ、理沙には俺たちが逃げる時の盾になってもらうぜ」

「こりゃ色っぽい盾だな、へへへ、オマ×コまで見せりゃ、サツの眼をくらますこともできるってものよ」

室井と谷沢は理沙を後ろ手に縛った縄をいったん解くと、理沙をワゴン車の前面のバンパーの上に、前向きで乗せて立たせた。両脚を左右へ大きく開かせて足首を縄でバンパーにつなぐ。さらに両手は上へあげさせてななめに開かせ、手首を縄でワゴン車の屋根の荷台のパイプにつないだ。

「ああ……」

理沙は弱々しくかぶりを振った。肛門を犯されたショックに気を失い、まだ意識がはっきりとせず、自分の格好がよくわかっていない。

理沙の裸身はワゴン車の前面にはりつけにされ、手足を大の字に開いている。正面を向かされているため、背中や双臀がワゴン車のフロントガラスに密着し、その冷たさが理沙の意識をとりもどさせた。

「…………」

理沙は唇がワナワナとふるえるだけで、すぐには声が出ない。

正面の投光器の明かり、その下にうごめく警察官やヤジ馬、そして身体を開ききった自分の裸身……。

「ひッ、ひいーッ……」

絶叫が理沙の喉に噴きあがった。理沙は黒髪を振りたくり、手足を縮めて肌を隠そうともがいた。だが手足の縄はビクともせず、形のよい乳房がゆれ、腹部が波打ち、開ききった内腿の筋がピクピクふるえるだけだ。

こんなことなら気を失ったままのほうが、どんなにかよかったことか。

「いや、いやあッ……たすけてッ」

理沙は泣き叫んだ。

「これなら運転手も狙撃されにくいだろうしよ。それにまわりの眼も楽しませられるってもんだぜ」

室井はゲラゲラと笑った。そして万が一のことを考えて、理沙の口に猿轡を嚙ませた。舌でも嚙まれては元も子もない。

谷沢はワゴン車に乗りこんで窓のカーテンを引き、大金庫から奪った金の入った袋やバッグを運びこんだ。さらにダイナマイトを抱かせた人質の男子行員を二人、ワゴン車に乗せて、左右の窓際の椅子に縛りつけた。余計なことを言えないように、男子行員の口にはガムテープをはる。

準備OKだぜ……谷沢はワゴン車のなかから、銀行のなかの氷川に眼で合図をした。氷川はまだ雅子の腰を抱いて、肛門にライフル銃を突き刺したままニンマリとうなずいた。

氷川たちが逃走の準備をはじめたことで、警察の動きもあわただしくなった。パトカーで道をふさぎ、防弾用の盾を並べて拳銃をかまえる。

『人質を解放しない限り、移動は認めない』

警察のスピーカーもあわただしくなった。

『君たちは完全に包囲されている。銀行の二階も我々が押さえた』

「うるせえッ、人質がどうなってもいいのか。さっさと道を開けろッ」

室井が理沙の股間に拳銃を突きつけながら怒鳴った。

銃口で理沙の割れ目をなぞり、女芯をいびる。

「う、うむ……」

猿轡からうめき声をもらして、理沙は黒髪を振りたくった。

開ききった裸身を無数の眼にさらされている恥ずかしさ、拳銃で媚肉をいびられる恥ずかしさと恐ろしさに、理沙は生きた心地もない。

(いや、いやあッ……たすけて、ああッ……やめてッ……)

理沙は猿轡の下で泣き叫びつづけた。

「道をあけねえと、こいつで理沙に気をやらせて、鉛の弾を射精することになるぜ」

銃口で理沙の媚肉を嬲りつつ、室井は警官に向かって叫ぶ。

雅子だけでなく女子行員の理沙まで全裸にされて危害を加えられたことで、警察のショックは大きい。

警察としては銀行の二階から一気に押し入って銀行強盗犯を射殺する予定だったが、不意をつくのに失敗していきづまっている。

だからといって氷川たちも、このままでは逃げる術はない。

「人質は五人を残してあとは解放するから道をあけろ。それでどうだ」

「駄目だってなら、人質を一人ずつ殺すだけだぜ」

氷川と溝口が警察に向かって叫んだ。

さらに警察に圧力をかけるべく、室井がポケットに差したダイナマイトを取りだし、それを根元から理沙の媚肉に分け入らせてジワジワと沈める。

「うむ……ううむ……」

おびえひきつる理沙の美貌がのけぞり、腰がよじれてブルブルとふるえた。

ダイナマイトは半分以上も理沙の柔肉に沈められて、先端の導火線の部分が痙攣するようにふるえた。

「太くて気持ちいいだろ、理沙。しっかり咥えて落とすんじゃねえぞ」

「う、ううむ……うむ……」

「落としたら今度は、火をつけたダイナマイトを咥えさせるぞ、へへへ」

室井はダイナマイトの根元で、ズンと理沙の子宮口を突きあげた。

理沙は猿轡の下でひいッと鳴いて、白眼を剝いた。

「しっかり食い締めろ」

さらに室井は銃口で理沙の女芯をこすりあげる。

その刺激に理沙はうめき、腰を震わせながらキリキリとダイナマイトを食い締めた。

氷川たちがダイナマイトまで持っているのが決め手になったのか、警察は要求を呑んだ。

正面の通りからパトカーが引き、警察官たちも道をあけた。

「ずらかるぞ。いそげ」

氷川は雅子を抱いてすばやくワゴン車に乗りこんだ。

溝口は雅子の赤ん坊を抱き、宮島は人質の支店長を連れてワゴン車に乗りこむ。そして室井が乗ると、谷沢はワゴン車を発進させた。

フロントガラスにはりつけにした理沙の身体の間から前方を見ながら、谷沢は車を運転する。溝口と宮島は車の左右を、室井は前方を、そして氷川は後方を人質を盾にしながら見張った。

警察官たちがいっせいに銀行のなかへなだれこみ、パトカーはワゴン車を追ってくるのが、後ろを見張る氷川に見えた。

「フフフ、人質がいる限り、サツもへたに手出しはできねえぜ」

「こっちにダイナマイトがあるんで、近くにも寄れねえだろうぜ」

「こうなりゃ、もうこっちのもんだぜ」

氷川たちはゲラゲラと笑った。

ただあてもなく車で逃げているわけではなく、すでに手は打ってある。

「フフフ、奥さんは最後まで連れてくぜ。これだけいい身体を手離すのはもったいねえというもんだからよ」

氷川は膝の上に抱いた雅子の乳房をわしづかみにしてタプタプ揉むと、首筋に唇を這わせた。

「ああ……」

雅子は恐ろしさに声もなく、ブルブルとふるえるばかり。これから先どうなるのか、考えるだけでも恐怖と絶望とに眼の前が暗くなった。

「ライフル銃で尻の穴がとろけきってるじゃねえか。気をやりたくてしようがねえんだろうが、奥さん」

氷川は膝の上に雅子を前向きに抱いたまま、乳房を揉みながら灼熱を肛門に押しつけた。

ライフル銃でさんざんこねまわされた雅子の肛門は、とろけるような柔らかさで氷川の肉棒を受け入れていく。

「あ、ああッ……狂っちゃう……ああ……」

背筋に灼きつくされるような戦慄を走らせながら、雅子は泣き声を昂らせた。

たちまち根元まで押しこまれて、ドッと生汗が噴きこぼれた。満足に息もできなくなって、灼熱をキリキリ食い締めつつ、雅子は今にも気がいかんばかりに、ひいーッ、ひいーッと喉を絞りたてた。

「ほれ、思いっきり気をやるんだ。奥さん」

氷川はニヤニヤと笑いながら、リズミカルに雅子を責めたてた。

「ああッ……あああ……ひッ、ひいーッ……」

追ってくるパトカーから見える窓越しの雅子の美貌は、もう淫らな愉悦にどっぷりとつかって、なにもかも忘れた牝の顔だ。

「ああッ……ひいッ、ひいーッ……雅子、イッちゃうッ……」

雅子は喉を絞って、氷川の膝の上で汗まみれの裸身をキリキリと収縮させた。

4

氷川たちが銃とダイナマイトで武装し、五人の人質をとっていては、パトカーで追ってくるだけで、途中で強制停止させたり、行く手をふさぐことはしなかった。上空では警察のヘリコプターも追ってくる。

それをよいことに氷川はじっくりと雅子の肛門を味わっていた。

「フフフ、こんな時によく気をやれるな、奥さん。よほど好きなんだな」

氷川は雅子の肛門を貫いたまま、耳もとでせせら笑った。

雅子は返事する余裕もなく、氷川の膝の上でハァハァと息も絶えだえにあえいだ。汗まみれの裸身には小さく余韻の痙攣が走っている。肛門も氷川の肉棒をまだヒクヒクと締めつけてくる。

「さっきのショータイムのつづきといくか、奥さん。今度はカーアナルセックスショーだ」

そう言うなり、氷川は走っているワゴン車のバックドアを開けた。

追ってくるパトカーの警察官たちが一瞬ギョッとした顔をした。雅子の後ろ手縛りの裸身が見え、それは氷川の上に抱かれて両脚は膝をまたいで開ききっていた。雅子が犯されているのは、ひと目でわかった。

「いや……ああ、かんにんして……」

雅子は両脚を閉じる気力もなく、グラグラと頭をゆらした。

「フフフ、尻の穴でつながっていることを教えてやろうじゃねえか、奥さん」

「いや……ああ……」

「オマ×コがビチョビチョなのも見せてやるんだ」

氷川は両手を前へまわして、茂みをかきわけるようにして、左右から雅子の媚肉の合わせ目をつまんでひろげた。

赤く充血した肉層がヌルヌルに濡れそぼっているのが、追ってくるパトカーやマスコミの車にもわかった。

「こうやってオマ×コを見せてやりゃ、尻の穴にぶちこまれていることは、誰にもわかるってもんだ、フフフ」

「ああ……いや……いやあ……」

「気分出さねえかよ。色っぽい顔を見せてやれ」

氷川は両手で媚肉をひろげてさらしたまま、ゆっくりと下から雅子の肛門を突きあげはじめた。

「あ、ああッ……ひッ、ひッ……ああッ……」

たちまち雅子の泣き声が大きくなって、悲鳴が入り混じった。

グロテスクな肉棒が雅子の肛門を出入りして、それが追ってくる者の眼にもはっきりと見える。

『やめなさい。人質に乱暴するのは、すぐにやめなさい。やめるんだッ……やめろッ』

パトカーのスピーカーが怒りの声にふるえた。それでも警察は手を出すことができない。

ワゴン車の前面には、理沙が全裸で大の字にフロントガラスにはりつけにされ、媚肉にはダイナマイトが根元から埋めこまれたままだった。

そんな姿で街中を走られ、無数の視線にさらされて理沙はもう気を失っていた。肌を撫でていく風さえも、無数の視線を意識させた。深夜とはいえ、眠らない都会に人の姿は少なくない。

街灯の明かりが、理沙の裸身を様々に染めていく。

一方、後ろの雅子の裸身は、追ってくるパトカーの強烈なサーチライトを浴びて、まぶしいばかりだ。

その理沙と雅子のコントラストが、氷川や溝口らの眼を楽しませた。

「あぁッ……また、またッ……あぁ……」

雅子の身悶えが一段と露わになり、泣き声が切迫した。

「追ってくるサツが見てるってのに、また気をやるってのか、奥さん」

「あぁッ、も、もう、駄目ッ……」

からかわれても、もう雅子は押しとどめることができなかった。怒濤の如くおそってくる肉の快美に、激しく肉襞を痙攣させる。

「イクッ……ひッ、ひぃーッ」

雅子は氷川の上で腰をはねあげ、氷川の胸に上体をあずけるようにのけぞり、キリキリと肛門を収縮させて突きあげてくるものを絞った。

剝きだされた媚肉までもが生々しく痙攣して収縮し、蜜をドッと溢れさせた。

「サーチライトを浴びてサツに見られてるってのに、激しいな。何度気をやりゃ気がすむんだ、奥さん」

氷川は雅子をからかった。

そして氷川は最後のひと突きを与えると、ドッと白濁の精を放った。

「ひぃーッ」

灼けるようなしぶきを直腸に感じて、雅子はもう一度大きくガクンとのけぞると、身体の芯を恐ろしいばかりに痙らせた。

そのまま雅子は意識が闇に吸いこまれて、ガックリと崩れた。その身体にさらに二度三度と痙攣が走った。

「サツの奴、びっくりしてなにも言わなくなりやがった、へへへ」

宮島がせせら笑った。

「それにしてもしつこいヤツラだぜ。どこまでもついてきやがる」

「奥さんのそんな姿を見せられりゃ、ますますついてきたくなるってもんだぜ。ヤツラも男だからよ、へへへ」

「うるせえハエは爆弾で追い払うか」

「ダイナマイトを使うのか」

「バカ、こいつだよ、へへへ」

室井が浣腸器をかざしてみせた。

注射型のガラス製浣腸器で、すでに雅子に何度か使われた一升瓶ほどもある長大なものだ。すでに薬液がたっぷりと吸いあげられて、にぶく光っている。

室井の意図がわかって、氷川たちはゲラゲラと笑った。

「それじゃさっそく爆弾投下の準備をするとするか、フフフ」

氷川は膝の上の雅子をソファにひざまずかせると、上体を前に伏せさせて双臀を後ろのパトカーのほうへ向かってもたげさせた。

室井から長大な浣腸器を受け取る。おもしろくてならないというような顔をして、舌なめずりをした。

覗きこんだ雅子の肛門はアナルセックスのあとも生々しくパックリと口を開き、まだヒクヒクとうごめき、注ぎこまれたばかりの白濁をトロリと溢れさせていた。

そこへ長大な浣腸器のノズルを押し当て、ゆっくりと沈める。

「あ……あぁッ……」

ハッと我れに返った雅子は、なにをされようとしているのか知って、悲鳴をあげた。

「やめてッ……ああ、そんなこと、いや……もう、もう、いやぁ……」

弛緩した雅子の身体が、ビクッと硬直して総毛立った。肛門もキュウとすぼまってノズルを食い締める。

「フフフ、今度は奥さんが浣腸されるところをサツに見せてやるんだ」

「あ……ああッ……いや……」

雅子はキリキリと唇を噛みしばって、ブルブルとふるえる腰をよじった。

長大なシリンダーが押されてキーと鳴り、ドクドクと薬液が不気味に入ってくる。

何度浣腸されても、雅子はそのおぞましさに総毛立ち、歯がガチガチと鳴った。ブルブルと身体もふるえがとまらなくなった。

「い、いや……ああ、いや……」

「じっくりサツに見せてやるんだ。奥さんの尻の穴がうれしそうにどんどん呑んでいくところをよ、フフフ」

「いやあ……も、もう、かんにんしてッ……」

雅子は耐えきれずに声をあげて泣きだした。

もう汗でびっしょりの裸身に、さらにあぶら汗がドッと噴きだして湯気をあげんばかりだ。

氷川はグイグイと長大なシリンダーを押して、おびただしく注入していく。すでに何度か浣腸され、さらに肛門セックスでさんざん荒らされた腸襞に薬液が滲みて、たちまち荒々しい便意がふくれあがった。

「ああッ……く、くるしいッ……う、ううむ、お腹が……」

雅子はあぶら汗にまみれて悶え、うめき、そして泣き声を放った。

「も、もう、入れないでッ……う、うむ……くるしいッ……ああ、これ以上は耐えられない……」

「漏らすなよ、奥さん。ほれ……ほうれ……まだまだ楽に入っていくぜ」

たちまち五百CC注入され、かなりの早さで長大なシリンダーはガラス筒の目盛りを刻んでいく。

千CCを超すと、雅子はガタガタとふるえてうめくばかりになり、もうまともに口もきけなくなった。あぶら汗でびっしょりの双臀が鳥肌立って、小さな痙攣を何度も走らせた。

「ううむ……我慢できない……も、もう……」

雅子はやっとの思いで言おうとするが、途中で苦悶のうめき声に呑みこまれた。

「で、出ちゃうッ……」

「まだだ。全部呑むんだよ」

氷川は一度ピシッと雅子の双臀をはたくと、一気に長大なシリンダーを底まで押しきって、残りの薬液をドッと注入した。

「ひいーッ……うむ、うむ……」

雅子は白眼を剝いてのけぞった。

いくら肛門を引き締めて押しとどめようとしても、もう荒々しく駆け下ってくるのはとめられない。

「いやあッ……」

雅子の口から絶望の悲鳴があがった。

5

ノズルを引き抜くと同時に、猛烈な便意は激しくほとばしった。

ワゴン車の後ろから宙に向けて、勢いよく噴きだす。

追ってくるパトカーの警察官がびっくりして、あわててハンドルを切って噴きだすものをよけようとする。それでもしぶきがパトカーのフロントガラスを汚した。

「こういう爆弾は、フフフ、まだまだ出るぞ」

氷川は雅子の双臀を高くもたげさせたまま、ゲラゲラと笑った。

「ああ……こんな……いや、いやあ……」

雅子は黒髪を振りたくるが、一度ほとばしったものはとめようがない。

あとからあとから宙へ排泄しながら、雅子は生きた心地もなく泣きじゃくった。一度途切れたと思うと、またドッとほとばしらせた。

まともにフロントガラスに浴びたパトカーが急にハンドルを切って、他のパトカーと衝突した。

「ああ、爆弾直撃だぜ、へへへ、けっこう威力があるじゃねえか」

「まともにくらっちゃサツもたまらねえだろうぜ」

「もっと勢いよくひりださねえかよ、奥さん。よく狙ってよ」

溝口と宮島、室井がゲラゲラと笑った。

そんなからかいが、いっそう雅子の泣き声を大きくした。雅子は身を揉むようにして、黒髪を振りたくった。

二台のパトカーは衝突したものの、他のパトカーはしつこく追ってきた。

「どうした、もう出ねえのか、奥さん」

氷川はピシッ、ピシッと雅子の双臀をはたいた。汗でびっしょりの双臀は、まるで水面を打ったように汗があたりに飛び散った。

「ああ……死にたい……」

ようやく絞りきった雅子は、もう号泣も途切れ、キリキリと歯を噛みしばってすすり泣いた。本当に気が狂いだしそうで、頭のなかが真っ白になった。

氷川たちのあまりにあくどいいたぶりに、怒りが爆発したパトカーの一台が急接近した。

「それ以上、近づくんじゃねえよッ」

氷川は怒鳴ると、雅子の肛門を拭いたティッシュをまるめて、パトカーめがけて投げつけた。

そしてダイナマイトを手にすると、雅子の双臀をもたげさせたまま、根元の部分から肛門に埋めこむ。

排泄の直後とあって腫れぼったくヒクヒクと腸腔まで見せる雅子の肛門は、抵抗なくダイナマイトを半分以上も呑みこんだ。

さらにもう一本のダイナマイトを、今度は雅子の媚肉に埋めこみにかかる。

「あ、ああッ……いやッ……」

また雅子の腰がビクンとふるえた。

なにをされているかもわからぬままに、媚肉がジワジワと押しひろげられていく感覚に、雅子は悲鳴をあげた。

しかも、それはゆっくりと媚肉を貫くにつれて、薄い粘膜をへだてて肛門のダイナマイトとこすれ合う。身体の芯がカァッと火になって、こすれ合うたびにバチバチと火花が散る。

「ひッ、ひいーッ……かんにんして……ああッ……あむむ……」

雅子は前へ伏した乳房から腹部をふいごのように波打たせ泣き叫んだ。

氷川たちに前から後ろからサンドイッチにされて犯された時の、強烈な感覚がよみがえってくる。

「フフフ、激しいな、奥さん。あんまり気持ちいいからって締めつけすぎると、爆発するかもしれねえぜ」

氷川がからかっても、雅子はもうまともに聞こえていない。

前と後ろにダイナマイトを二本埋めこまれて、雅子は腹の底までびっしりつめこまれ、股間が張り裂けそうだ。

追ってくるパトカーにもはっきりと見えているはずだ。

「それ以上近づくと、今度はこいつをお見舞いするぞ」

氷川はライターを取りだして、雅子の肛門と媚肉のダイナマイトの導火線に火をつけるしぐさをしてみせた。

急接近してきたパトカーも、さすがにスピードを落として、距離をひろげた。

パトカーがさらに接近してきていたら、本当に導火線に火をつけて雅子の肛門や媚肉から勢いよく押しださせるつもりの氷川だった。

＊

そんなこととも知らない雅子は、黒髪を振りつづけながら泣くばかり。

「たすけて……おねがい……」

「また気分出しな、奥さん。いつでもオマ×コでも尻の穴でも勢いよく発射できるようによ、フフフ」

「ああ……」

なにを言われているのかわからないままに、雅子はキリキリと歯を噛みしばった。

氷川が二本のダイナマイトをゆっくりと動かして、雅子の媚肉と肛門とを同時に責めはじめた。深く浅く、強く弱く、そしてわざと薄い粘膜をへだてて二本をこすれ合わせる。

「あ、あああッ……いや……あああッ……」

雅子は男二人にサンドイッチにされた錯覚に落ちた。

おぞましさと懊悩、嫌悪と官能の快美、それらがドロドロともつれ合い、雅子をいっそうの混乱へと落としていく。

（たまらない……ああ、狂っちゃう……）

身体中に火花が散って肉が灼きつくされていく。

二本のダイナマイトでこねまわされる股間はしとどの蜜にまみれて淫らな音をたて、雅子の口からは涎れが溢れて糸を引いた。

「あ、あううッ……あああ……」

「こいつがそんなにいいのか、奥さん」

「いい……」

もう雅子はめくるめく肉の快美を送りこんでくるのがダイナマイトであることも忘れ、追ってくるパトカーにあられもない姿を見られていることも忘れた。なにもかもが官能の渦に巻きこまれ、いつしか雅子は狂おしく自分から腰をゆさぶりだした。突きあげてくる二本のダイナマイトをしっかりと咥えこむようだ。

「フフフ、そんなにきつく締めつけちゃ、いざという時に発射できねえじゃねえかよ。こまった奥さんだぜ」

そんな氷川のからかいさえ、雅子をいっそう昂らせる。

それでなくても敏感な人妻の性が、ここに来て一気に全開された。これまでの飽くなきいたぶりに、雅子のなかでなにかが崩れ落ちた。

「ああ……い、いいッ……あうう……あうッ、あうッ……」

ただれるような快感に涎れをすすりあげながら、雅子はあられもなくよがった。

「あ、ああ、もう……ああッ……」

「もう気をやってるのか、奥さん」

「も、もうッ……」

雅子はガクガクとうなずいた。

「フフフ、これが奥さんの本当の姿ってわけかい」

氷川は雅子のすさまじいまでの反応に舌を巻きつつ、余裕をもって二本のダイナマイトをあやつりつづけた。

「ああッ……雅子、もう……ああッ、もう、イッちゃうッ……」

雅子は叫びながら高くもたげた双臀をガクガクゆすって、肉という肉に痙攣を走らせはじめた。

痙攣は押し寄せる波のようにくりかえし、そのたびに激しくなった。

「ああッ……ああッ……駄目、雅子イキますッ」

雅子は総身をキリキリと収縮させて、前も後ろもダイナマイトを食い締めた。

そのまま意識が底なし沼に吸いこまれていく。めくるめく恍惚のなかへと溶けこんでいく。

「フフフ、責めるたびに敏感になって、気のやりようが激しくなりやがる」

氷川は満足げに言った。

「こりゃますます手離せなくなったな。奥さんにしろ理沙にしろ、これだけの上玉はこの先お目にかかれねえかもな」

「とことん楽しんで、飽きたら売りとばしてもいい値がつくぜ、へへへ」

「その前に谷沢に死姦されちまうかもな」

室井と溝口、それに宮島はそんなことを言ってゲラゲラと笑った。

雅子の反応はない。氷川が覗きこんだ雅子の顔は、白眼を剝いたまま半開きの口の端からは泡さえ噴いて、ゼンマイの切れた人形みたいに、意識がなかった。

「しっかりしねえか、奥さん。そんなことじゃ、いざって時にどうやってオマ×コや尻の穴からダイナマイトを発射するんだ」

氷川は二本のダイナマイトを埋めこんだまま、ピシッと雅子の双臀を張った。

6

谷沢は行き先のあてもなくワゴン車を運転しているわけではなかった。

狭い道に追いこまれてパトカーに包囲されないように気をつけながら、そしてどこへ向かっているか警察に悟られないように車を走らせていた。

「まだ着かねえのか、谷沢」

氷川が運転席の谷沢を振りかえって聞いた。

「サツの追跡がきついんでよ。ちょいと遠まわりしてるが、もうすぐだ」

氷川の膝の上の雅子も、フロントガラスにはりつけの理沙も、もう気を失っていてわかるはずもない。三人の男子行員の人質も、恐怖におびえてどこへ向かっているか考える余裕もない。

国道を右にまわってターミナル駅前の大通りに入ると、ものすごい爆音が聞こえてきた。オートバイの集団が見えた。七、八十台はいるだろうか、暴走族がバイクのエンジンをふかし、警笛を鳴らして大通りいっぱいにジグザグ走行していた。

「へへへ、いやがったぜ」

谷沢はそう言うと、なにを考えているのかワゴン車で暴走族を追った。

その最後尾につけると、暴走族はワゴン車のフロントガラスにはりつけになった理沙の裸身に気づいた。はじめは驚いていたが、すぐにニヤニヤと笑っていっそうエンジンをふかし、警笛や口笛を吹いてさわぎはじめる。

猿轡を噛まされていても理沙の美しさと、見事なまでの肉体美に気づいたのだ。

ワゴン車の前のオートバイがどいて、暴走族の群れに吸いこまれるように取り囲まれてしまった。

「いい女じゃねえかよ」

「素っ裸で股をおっぴろげてるとは、たまらねえな、へへへ」

「おいしそうな身体してやがる、へへへ、輪姦してみてえな」

「犯らせろよ。たっぷり可愛がってやるぜ」

暴走族のオートバイはかわるがわるフロントガラスの理沙を覗きに来ては、口々にさわいでワゴン車のまわりで蛇行した。

あとを追ってきたパトカーは、暴走族のオートバイに邪魔され、ワゴン車に近づけなくなった。いくらパトカーのスピーカーでどくように警告しても、暴走族が聞くはずもなかった。

道いっぱいにひろがったオートバイの群れは縦にも長く、ワゴン車がその真んなかに吸収されると、追ってきたパトカーとの距離はだいぶある。警察は暴走族のことは予想外で、かなりあせっている。

暴走族に囲まれても氷川たちはまるであせる様子はない。余裕の笑いさえ浮かべた。

「これでサツが追ってこれねえように、邪魔をしてくれねえか。百万ある」

ワゴン車のすぐ横に寄ってきたリーダーのオートバイに、氷川は窓から札束を見せて言った。

リーダーは、ニヤリと笑うと札束を受け取った。

「それと女だ。もらってくぜ」

ワゴン車のフロントガラスの理沙を見た。

氷川たちの足もとを見たようだ。

「しようがねえな」

氷川は渋々呑んだ。

警察の追跡から逃れるには、暴走族の協力がいる。ここで理沙を失うのは惜しいが、人妻の雅子が残っている。

リーダーの合図でオートバイの後部座席に乗っていた仲間が、左右からワゴン車の前面に飛び乗って、理沙の手足の縄をほどいた。そして理沙の身体を別のバイクの仲間に渡す。

「へへへ、たまらねえ獲物じゃねえかよ」

「あとで輪姦パーティーだな、へへへ、たのしみだぜ」

「ちきしょう。いい身体しやがって、早くぶちこんでやりてえぜ」

暴走族は奇声をあげて、バリバリとエンジンをふかした。

そんなこととも知らずに、理沙はまだ気を失ったままだ。そんな理沙をバイクの後部座席に座らせ、前の男にしがみつくように両手をまわさせ、腰のところをいっしょに縛って肩からコートをかけた。そうしておいて他のオートバイの群れにまぎれてしまう。

氷川でさえ、理沙の姿を見失った。

「へへへ、あの女、グループのペットにするぜ」

暴走族のリーダーはニヤリと笑い、仲間になにか合図を送った。

いっせいにエンジンをふかして警笛を鳴らし、蛇行が大きくなった。パトカーが何台も追ってくる最後尾のバイクの群れは、パトカーをからかうようにスピードを落として左右に大きく動いた。

それとは逆に最前列のバイクの群れは、スピードをあげて全体の群れを長くした。そうしておいて、ワゴン車の前方だけをあけた。

早く行けとリーダーが手で合図する。

谷沢は一気にスピードをあげて、暴走族の群れから抜けだした。今度は警察のヘリコプターも追ってきにくい高いビル群の谷間に入り、狭い道を通って見つけにくいようにする。

「へへへ、うまくいったようだな、ヘリコプターも俺たちを見失ったようだぜ」

「後ろからパトカーも追ってこねえしな。今のうちにどんどんずらかれ」

宮島と溝口が空を見あげ、後ろを振りかえって言った。

暴走族のオートバイの爆音と、それを追うパトカーのサイレンは、まったく別の方向へ遠ざかっていく。

ようやく谷沢はワゴン車をマンションの駐車場に停めた。夜とあって人影はない。

「ここで車を乗りかえるぜ、フフフ、今度はあのワゴンがいいだろう」

氷川に言われて、谷沢はすばやく色ちがいのワゴン車に近づくと、窓の隙間から針金を入れてロックをはずし、ドアを開けた。運転席の下にもぐりこんでなにやらコードをいじっていたが、たちまちエンジンがかかった。

氷川は雅子の裸身を抱いて、宮島や溝口や室井は大金の入った袋やバッグを手に、車を乗りかえる。

「赤ん坊はどうするんだ、氷川」

「奥さんに言うことをきかせるには、赤ん坊がいるんだ」

「他の人質は?」

「決まってるだろ、フフフ」

氷川の意味ありげな笑いに、室井はニヤリとうなずいた。

乗り捨てるワゴン車のなかで、なにやらゴソゴソやっていた室井が、最後に乗り移ると、新しいワゴン車はすばやく走りだした。

「人質は始末したのか、室井」

「まだだ、へへへ」

「お前、さっき氷川に指示されただろうが」

溝口が室井に向かって言った直後、爆発音とともに乗り捨てたワゴン車が炎にくるまれた。

「人質のダイナマイトに火をつけたのか、へへへ、派手にやったな」

「あれでサツも俺たちの手がかりなしってわけだぜ」

「その間に俺たちは高飛びだ、へへへ」

「大金と奥さんを両手にしてな」

男たちは互いに顔を見合わせると、ゲラゲラと笑った。もう顔をマスクで隠しておく必要もなかった。

検問をさけて狭い裏道を車をとばす。郊外へ出て産業道路に入ると、車の数もずっと多くなり、そのなかにまぎれこむ。あとはまっすぐ港へ向かうだけだ。

「う……う、うッ……」

雅子が低くうめいて、右に左に顔をゆらすようにして、うつろに瞳を開いた。

「ああ……」

ニヤニヤと笑って自分を覗いている男たち、マスクをはずしているのですぐには氷川たちとわからなかった。それにもうパトカーの姿も見えないし、雅子は状況を理解できなかった。

だが、雅子はまだ全裸で後ろ手に縛られたままだ。媚肉にも肛門にも、ダイナマイトが埋めこまれている。

「気がついたか、奥さん。だいぶ休んだんで、また思いっきり楽しめるな、フフフ」

「ああ……いや……」

聞き覚えのある氷川の声に、雅子は唇をわななかせて弱々しくかぶりを振った。乳房をいじり、双臀を撫でまわしてくるいやらしい感覚も、あの氷川のものだ。

だが、雅子は弱々しくかぶりを振っただけで、もうあらがう気力は萎えた。

氷川に肌をまさぐられ、まわりから宮島や溝口の手がのびてきても、されるがままだった。

「フフフ、船に乗ったら札束を敷きつめて、その上で思いっきり責めてやるぜ」

「今まではサツの動きが気になって、思いっきり犯れなかったからよ、へへへ」

「長い船旅になるから、お楽しみの時間はたっぷりあるってもんだ」

氷川たちはうれしそうに言った。もう船室に札束を敷きつめて、その上で雅子をひいひい泣かせることを考えて、ゾクゾクと胴ぶるいがきた。

「い、いや……ひッ、ひいーッ」

雅子は悲鳴をあげた。

その悲鳴と共鳴するかのように、船の汽笛が聞こえた。港はもうすぐそこだ。

人妻とスチュワーデス

第一章　人妻　野獣たちの来襲

1

雑誌社のカメラマンの私が、まさか同業者のカメラのフラッシュを浴び、インタビューを受けることになろうとは思ってもみなかった。

「機内の様子はどんなでしたか」

「犯人の命令で機内で写真を撮らされたという情報がありますが、本当ですか」

「どんな写真を撮らされたんですか。その写真は持ってますか」

次々と質問が飛んでくる。

写真については、フィルムは犯人が持っていったとウソを言い、私はポケットのなかでしっかりとフィルムを握りしめた。

機内でなにを撮ったのか、本当のことは誰にも言えない。このフィルムは私だけのものにするつもりだ。

フィルムを現像する時のことを思うだけでも手のひらが汗ばんだ。一コマ一コマがまだはっきりと頭のなかに灼きついている。

五日前のことだった。雑誌の「日本の美女シリーズ」の写真を担当する私は、来月号にのせる美女を求めて南国へ飛ぶことにした。

運悪く団体客といっしょになってしまい、空港へ向かうモノレールは朝のラッシュ並みの混雑だった。こんなことなら少し早めに出て会社の車で送ってもらえばよかったと思いながらも、重いカメラバッグを持って座席に突進し、なんとか座れた。

あとからドッと人波が流れこんで、たちまち鮨詰め状態になった。そのなかにミニスカートからのびた綺麗な脚が見えた。見事な曲線美を見せ、足首は細く締まっていた。

あんな綺麗な脚をした女はどんな顔をしているのか……視線を這いあがらせた私は、思わずハッとした。

すごい美人だ。綺麗に鼻筋の通った美貌は肩まである黒髪を柔らかくウエーブさせ、ゾクッとくるほどの色気だ。

（なんて色っぽい女なんだ……）

私の眼はその女に釘付けになった。

手に赤ん坊を抱いているところを見ると、人妻らしい。もう一方の手にはボストンバッグを持ち、中里由利という名札がぶらさがっていた。

私がその人妻から眼を離せなくなったのは、その妖しい美しさと色気のせいだけではなかった。

モノレールが走りだして揺れ、その人妻が横向きになった時、その人妻の双臀に這う男の手が眼に入ってきたのだ。

その手はモノレールの振動に合わせ、ゆっくりとミニスカートの上から人妻の双臀を撫でまわしている。撫でまわしては肉づきを確かめるように時々指先をくいこませたり、双臀全体を下から手のひらですくいあげ、肉量を測るようにいやらしく揺さぶっているのが見えた。

（ああ、なにをするの……や、やめて……）

そう言いたげに人妻の唇が、かすかにふるえる。

男の手を振り払いたくても、人妻の手は赤ん坊を抱きボストンバッグを持っているのでどうにもならない。それでなくても、人妻ではラッシュに縁はなく、その混雑から赤ん坊を守るので精いっぱいというところか。

人妻が声もあげず、身動きもできないとわかると、男の手はますます大胆になる。

双臀に這いまわる手が、時々ミニスカートの裾のところから太腿にまで指先でいじり、今にもなかへともぐりこみそうな気配だ。

（ああ……）

人妻の美しい顔がカアッと熱くなって赤く染まる。

やめてください……と声をあげたくても、衆人のなかではなかなかできない。人妻の色っぽい唇がわなないただけだった。

カーブでモノレールが大きく揺れ、その瞬間に男の手が太腿を這いあがって、ミニスカートのなかへもぐりこもうとした。

「あ……」

ハッとした人妻はあわてて後ろの男を振りかえった。

四十代のビジネスマン風で、人妻が抗議の眼でにらんでも動じるふうはなく、ニヤッと笑っただけだった。

そして男の手がミニスカートのなかへスーッともぐりこむのが、私の眼に見えた。

（ああッ……そんな……）

男の大胆さが人妻を狼狽させ、かえって声を出せなくする。

私は思わず身を乗りだしそうになった。人妻の綺麗な脚が、官能味あふれる太腿をその付け根近くまで露わにして、ズリあがったミニスカートから撫でまわされる双臀がチラチラと見えた。

パンストの下に白いパンティが透け、豊かな尻肉にはじけんばかりだ。それが臀丘の谷間をキュウと引き締める動きに、妖しくうごめく。

たちまち人妻の美しい顔は、耳と首筋まで火になって、唇を嚙みしめているのが見えた。

男の手はパンストとパンティのなかにまで入る気配はなかったが、ネチネチと双臀と太腿を撫でまわし、指先が股間へとのびはじめた。下着の上からだが、媚肉のあたりをなぞろうとする。

「ああ……」

人妻はビクッとふるえ、男の手から逃れようとあわてて腰をよじり、いっそうぴったりと太腿を閉じ合わせた。

（や、やめてくださいッ……）

そう叫びたげに、人妻は何度か後ろの男を振りかえってにらんだ。

男は平然とした顔だ。それでもこれ以上はまわりの者に気づかれると思ったのか、手が内腿から引いて双臀にもどった。

私は思わずゴクリと生唾を呑みこんでいた。

(なんていい女なんだ……一度でいいから、こんな女を撮ってみたい。それもヌードを……)

かなわぬことと思いながらも、私はバッグから小型カメラを取りだした。それをジャンパーでくるんで隠し、シャッターを切った。

これほどの美貌の人妻が痴漢にスカートのなかにまで手を入れられている姿など、一生に一度だって盗み撮れるものではない。私は人妻の剝きだしの太腿やチラチラのぞく双臀をくい入るように見つめながら、ジャンパーのなかで何度もシャッターを切った。

人妻はそれに気づく余裕はなかったが、男のほうは私を見てニヤッと笑った。なぜか私はあわててカメラを隠した。

男はもう一度ニヤッとすると、まるで私に見せつけるように、さらにミニスカートをまくって、人妻の白いパンティを剝きだしにしようとした。

「や、やめてください」

耐えられなくなった人妻は声をあげて、後ろの男を振りかえった。

その声に車内が一瞬静まりかえり、周囲の眼が人妻に集中した。

「奥さん、ここへ座ってください。私は次で降りますから」

隣りに座った老人が、事態を察して言い、立ちあがった。

「あ、ありがとうございます」

人妻は後ろの男から逃げるようにして、私の隣りに座った。

余計なことを……人妻の太腿や双臀を見られなくなったことで、私は親切な老人に腹立たしさを感じた。だが、美しい人妻が私の隣りに座ったのは、不幸中の幸いか。

人妻の妖しい色香が匂う。すぐ横に見る人妻の美しさに、あらためて圧倒される思いだ。痴漢でなくても思わず手をのばしたくなる。

(美しさといい色気といい、これほどの被写体はめったにいるもんじゃない……)

私のカメラマンとしての血が騒いだ。

もしこれほどの美貌の人妻のヌードを撮ることができたら……だが、とても声をかけられる雰囲気ではなかった。

駅に停まったモノレールが再び動きだす時には、いつのまにか痴漢の中年男は人妻の前まで移動していた。吊り革につかまってニヤニヤと人妻を見おろす。

しつこい男だ。周囲の眼を気にする様子はなく、少し頭がおかしいのではないかと思ったのは、私だけではないだろう。

人妻は男に見られているのはわかっていたが、無視して眼を合わせないようにしているようだった。

だがモノレールが大きく揺れた時、人妻の身体が私の隣りでビクッとふるえた。ぴったりと閉じた人妻の両膝に、男がさり気なく膝を押しつけて、割ろうとしている。

モノレールの揺れを利用して、さも偶然のようにふるまっているが、私には男の膝がグイグイ割りこもうとしているのが、はっきりわかった。

人妻は必死に平静を装っているものの、美しい顔がまた真っ赤になってきた。唇がワナワナとふるえ、それを噛みしめる。固く閉じ合わせた両膝も小さくふるえた。

私は人妻のムチムチと官能的な太腿が開くのを期待して、眼が離せなくなった。

モノレールが大きく揺れる時に合わせ、男の膝は一気に人妻の両膝の間に割りこんだ。

「あ……」

私にしか聞こえぬ小さな声をあげ、また人妻の身体がビクッとふるえた。あわてて両膝を閉じ合わせようとするが、男の膝をはさんだだけだ。

膝が開いたことでミニスカートがズリあがって、さらに官能的な太腿が露わになった。超ミニのようになって、今にもパンティがのぞけそうだ。

人妻は抱いた赤ん坊を膝に乗せるようにして、必死に隠そうとした。それでも横の私には剝きだしの太腿が丸見えで、しかも私に密着している。伝わってくる肌のぬくもりに、私はゾクゾクと淫らな欲情に昂る。

(や、やめてください……)

そう言わんばかりに人妻は唇をわななかせて男を見あげたが、視線が合うとなにも言わずにうなだれてしまった。

ニヤニヤと笑っている男に精神の異常を感じて、なにも言えなかったようだ。赤ん坊をかばうようにしてしっかりと抱きしめる。

その間も人妻はすがるように、救いを求める眼で私を見た。

なぜか私はあわてて眼をそらし、知らぬふりをした。

2

ようやく空港に着くと、モノレールからドッと人波がはきだされた。

その混雑のなかで、私は人妻を見失った。チャンスがあれば写真のモデルとして口説こうと思っていただけに、とんだ失態だ。

いそいでさがしたが、どこにも人妻の姿はなかった。手がかりは痴漢の男だが、それも見つからない。

(なんということだ。あれほどの美人を見失うとは……)

私はガックリきた。

いつまでもさがしているわけにもいかず、仕方なく私はチェックインカウンターへ向かった。搭乗手続きをすませたあとも、未練がましく人妻の姿を眼でさがした。

搭乗時間が来て、私はあきらめて搭乗口へ向かうしかなかった。

その時、前方のトイレの横の授乳室から、あの人妻が出てくるのが見えたのである。授乳室にいたのでは、見つからなかったはずだ。

そして赤ん坊を抱いた人妻は、私が搭乗するジャンボ機の列に並んだ。同じ便とはなんという幸運。

これでまだ、人妻を写真のモデルに口説くチャンスはある。後ろから人妻の双臀のムチムチした張りをながめながら、思わず私は口もとがだらしなくゆるんだ。

機内はいつになく空席が目立ち、私に味方してくれた。私はスチュワーデスに頼んで、人妻の姿がよく見える座席に替えてもらった。通路をはさんでの隣りの座席だ。ここなら人妻の美しい顔も、ミニスカートからのびた官能味あふれる両脚も見られるし、通路越しに話しかけることもできる。

人妻は、私がモノレールで隣りに座っていたことに気づいていないようだ。赤ん坊を抱いてあやし、寝かしつける。

ジャンボ機が離陸して二十分もたっただろうか。赤ん坊が眠りに落ちたのを確かめてから、私が人妻に話しかけようとした時だ。

「みんな動くな。このジャンボ機は我々がハイジャックした」

「騒いだり反抗する奴は、この毒ガスで始末するぞ」

「我々は全員を殺すのに充分な毒ガスを持っている。おとなしくしていたほうが身のためだ」

そんな叫び声とともに、あっちこっちで若い男たちが通路に飛びだし、手にスプレーのようなものを持って高くかざした。

若い男は七、八人はいるようだ。

機内は騒然となったが、スプレーの中身が毒ガスと知って、たちまち静まりかえった。誰もの頭によぎったのは、つい最近おこったカルト教団の無差別テロ事件だろう。

私も人妻に話しかけるどころではなくなった。

奥のほうで怒鳴り声と悲鳴があがり、抵抗しようとした男性がなぐり倒されたようだ。スチュワーデスが救急箱を持って走っていく。

抵抗しないように、落ち着くようにとスチュワーデスが乗客たちに向かって叫んでいた。そのスチュワーデスたちも、スプレーにおどされてまとめられ、前方へ連れていかれた。

「しゃべるんじゃない。おとなしくしていればなにもしない」

「逆らう奴は、今度はケガじゃすまねえぞ」

「我々はロシアへ行きたいだけだ」

ハイジャック犯たちは叫んだ。

毒ガスにロシアへの逃亡……この男たちは世間を騒がせている狂気の団体の一味なのか。

携帯電話やラジオなどが取りあげられ、しゃべることも立ちあがることも禁止され、通路には監視役が眼を光らせて行き来した。トイレにも手をあげて、犯人の許可を得てから監視つきでないと行けない。

ハイジャック犯たちは、私が見まわしただけでも八人、さらに二階席のほうにも四、五人いるようで、全部で十三、四人はいるようだ。これはとんでもないことになった。

人妻も赤ん坊をしっかり抱いて、不安そうな顔をしている。

一時間ほどして、ジャンボ機はどこかの飛行場に着陸した。ここで給油次第、すぐにロシアへ向かって飛びたつので、そのまま席についているようにと機内放送があった。

だが、ジャンボ機は滑走路の端に停まったまま動きだす気配はなく、数時間がたった。おそらくはジャンボ機は警察に取り囲まれたまま、コックピットのハイジャック犯と警察との間で激しいやりとりとかけひきが展開されているのだろう。

機内の乗客たちには外の状況はまったくわからず、ただ沈黙の時間だけが流れていく。そのなかで、次第に犯人たちが苛立ちはじめるのがわかった。

そして動きがあった。監視役とは別の犯人二人が現われると、乗客のなかから男性をひとり選び、有無を言わさず二階席のほうへ連行していく。さらに三十分おきに連行され、もう四人になろうとしていた。

連行されていった男性の乗客は、なぜかひとりとしてもどってこない。

「次はお前だ。こっちへ来い」

犯人たちが私の前で立ちどまり、腕をつかまれて強引に引きたてられた。やはり二階席へと。

二階席は前方にコックピットがあり、犯人たちの本部になっている。リーダーらしき三十歳ほどの精悍な感じの男がでんと座り、その左右に若い者が二人、コックピットのなかとドアの前にも何人かいた。

乗客の姿はなく、先に連行された四人もいない。どこへ行ったのか……。

私は二階席の一番奥にうごめくものに気づいて、ギョッとした。

そこにはスチュワーデスがひとり、後ろ手に縛られて横たえられていた。制服の胸もとは引き裂かれて形のよい乳房が剝きだしで、スカートはまくれてパンティが片方の足首にからみつき、裸の下半身が丸見えだ。

そしてスチュワーデスの上には男がのしかかって、乳房をいじり、乳首をチュウチュウと音をたてて吸いながら、もう一方の手は太腿の間にもぐりこんで股間をいじりまわしている。

スチュワーデスの口には猿轡が嚙まされ、その下で泣き叫ぶ声がくぐもったうめき声となってもれている。

それだけではなかった。シートの間には他のスチュワーデスたちが手足を縛られ、口には猿轡をされてころがされていた。

なかには制服を引き裂かれてほとんど半裸で、凌辱のあとも生々しくグッタリと死んだようになっているスチュワーデスもいた。

(な、なんということだ……)

私は絶句した。

だが、それ以上に私を驚かせたのは、犯人のリーダーの言葉だった。

「先生、そろそろこいつに薬をうって始末してくださいよ。もう五人目の死体を投げ捨てる予告の時間なんでね」

リーダーは、奥でスチュワーデスの肌にしゃぶりついている男に向かって言った。

どうやら奥の男は医師らしい。

私は驚きに、すぐには声も出ない。これまで連行された四人は、すでに薬物を注射されて殺され、二階席の非常用ドアから投げ捨てられたらしい。

死の恐怖が私をおそった。

「や、やめろ……そんなことは……やめてくれッ……」

あばれようとする私の体は、左右から犯人たちに腕を取られて押さえつけられた。

「早いとこ頼みますぜ、先生」

「そうあせらんほうがいい。最初から切り札を使うと、警察の強行突入を招くぞ、フフフ、ここはじっくりかまえて、女でも楽しみながら落ち着くのが得策なんだが」

ようやくスチュワーデスの乳房から顔をあげた男は、そう言いながらもバッグに手をのばすと、なかから注射器を取りだした。

「やめてくれ……た、たすけてくれ」

恐怖に私の声はひきつった。もう助からないという絶望がおそった。

億劫そうに近づいてきて、注射器を突き刺そうとした男は、私の顔を見て動きをとめた。

「君は……」

男はそう言ってからニヤリと笑った。

私は男がなぜ注射を中断し、笑ったのかすぐにはわからなかった。だが、なんということだ。医師の男はモノレールのなかであの美貌の人妻に痴漢行為を働いていた中年男だった。どうやら私が隠しカメラで撮ったのを覚えていたようだ。

「た、たすけてくれ、頼むッ」

私は夢中で救いを求めた。

男は注射器をかざしたまま私の顔を見て、もう一度ニヤッとした。

「これもなにかの縁だから、特別に助けてやらないこともないが、そのかわりに我々にどんな利益があるのかな」

役立たずには用がないと男は言った。

狂ったハイジャック犯たちの利益になることなど、私にはあるはずがない。

「私はカメラマンなので、あなたたちの行動を記録することもできるし……」

私はしゃべりながら、こんなことで助けてくれるわけがないと思った。私はあせり、そして必死だった。

「と、とっておきの情報を教えるよ。あの人妻が、モノレールにいた中里由利がこれに乗っているんだ」

私のなかの悪魔が叫んでいた。

医師の不気味な眼が、にわかに大きく見開かれてギラリと光った。

3

美しい人妻を狂った男たちに売ることで、ようやく私の命は助かった。

リーダーも、困った先生だといった顔をして、渋々うなずいた。

「先生に感謝するんだな。お前は今から我々の専属カメラマンとして使ってやる」

「へたなまねした時は、すぐバラすからよ。命令には絶対服従だ」

ようやく若い者二人が、私の腕から手を離した。

私は九死に一生を得た。助かりたい一心で人妻を売ったが、後悔してはいなかった。

それどころか居直ったのか、あの美しい人妻が狂った医師にどんなことをされるか考えると、私はゾクゾクした。

(なにも気にすることはない。この犯人たちに便乗して、あの美しい人妻のヌードを写真に撮ればいいんだ。ヌードどころかすごいレイプ写真が撮れるかもしれないぞ)

私のなかの悪魔が盛んにささやいてきた。その悪魔にもう私の心は支配されていた。

少しして美しい人妻と赤ん坊が二階席へ連れて来られた。

「赤ちゃんをかえしてください……」

人妻の由利は奪われた赤ん坊のことで頭がいっぱいで、眼の前の男がモノレールのなかにいたいやらしい痴漢と気づく余裕もない。

「なるほど、こりゃすごい美人だ、フフフ、これなら先生がひきかえにあのカメラマンの命を助けてやったのもわかる」

リーダーがまぶしいものでも見るように、由利を見つめる眼を細めた。この人妻ならば、医師の言うように楽しみながら落ち着くのもいいと思いたくなる。

医師はニンマリとすると、若い者から赤ん坊を受け取って隣りのシートに横たえた。

「赤ちゃんを……」

由利は赤ん坊をかえして欲しいと、両手を前へ差しだした。恐ろしいハイジャック犯に赤ん坊と引き離され、オロオロしている。

「フフフ、また会えるとは思っていなかったよ。奥さんがまさか我々がハイジャックした機に乗っていようとはねぇ」

医師はうれしそうに舌なめずりをした。

由利はハッとして医師の顔を見た。そして眼の前の男がモノレールでのしつこい痴漢だとわかったとたん、由利の美しい顔が恐怖に凍りついた。

「大事の前でなければ、奥さんほどの女をあのまま見逃しはしない。仕方なくあきらめたんだが、またこんな好運がめぐってくるとは、フフフ」

「…………」

由利の美しい顔がひきつり、唇もワナワナふるえて声も出ない。

「それじゃモノレールのなかのつづきといくかねえ、奥さん」

医師はニヤニヤと笑って、由利の身体に手をのばそうとした。

それをリーダーの男がとめた。

「これほどの女をひとり占めはないですぜ、先生。長期戦になりそうだし、ここは先生の言うように少しは息抜きをしなくては」

「フフフ、やっとその気になってくれたか。それじゃここはみんなで……」

医師はニンマリと顔を崩した。

みんなと言っても、二階席にいる男は犯人たちのリーダーと医師、そして若い者二人に私だけだ。

下で乗客たちを監視している仲間や、コックピットで警察と無線で交渉している仲間まで呼ぶわけにはいかない。二人ずつ交代で息抜きをさせるとリーダーは言った。

医師は由利を見て、いやらしく舌なめずりをした。

「楽しませてもらうよ、奥さん。まずはショータイム、ストリップからだ」

「そんな……」

信じられぬ言葉に、由利は思わず医師を見てあとずさった。

だが、赤ん坊を置いて逃げることはできず、後ろの下への階段は若い者がふさいでいる。

「そ、そんなこと誰が……いやですッ」

「フフフ、いやでも奥さんは素っ裸になって、ムチムチの身体を見せることになる」

医師は余裕たっぷりだった。

さっき私に使おうとした注射器を取りあげると、ニヤニヤと由利に見せつけた。

「これをうてば赤ん坊は数分であの世行きになる、フフフ、早くストリップをしないと奥さんは赤ん坊を失うことになるが」

そう言いながら、医師は注射器を隣りのシートの赤ん坊に近づけた。赤ん坊はなにも知らず、あどけない顔で眠っている。

「やめてッ……赤ちゃんにはなにもしないでッ」

由利は必死に叫んでいた。

「奥さんがストリップをすれば、なにもしないよ、フフフ」

「ああ……そ、そんなことって……」

もう由利に躊躇している余裕はなかった。注射器の針が、今にも赤ん坊の頬に突き刺さりそうなのだ。

人妻のふるえる手が上衣のボタンにかかり、脱ぎはじめるのを、私は立ったまま息を呑んで見守った。美しい人妻の裸を見られるのだ。夢のようだ。

「なにをボヤッとしてるんだ。カメラマンなら写真に撮らねえか」

リーダーに怒鳴られて、私はあわててバッグからカメラを取りだした。

「いやッ……写真なんて、やめてッ」

写真に撮られると知って由利は激しく狼狽したが、赤ん坊に突きつけられた注射器にせかされるように上衣を脱ぎ、ブラウスのボタンをはずしていく。

「お願い、写真になんか撮らないで……」

由利が哀願するのもかまわず、私はもう夢中でシャッターを押していた。

人妻の美しい顔が、おびえ、羞恥する表情がたまらない。

「さっさとしろッ」

リーダーの遠慮のない声が飛ぶ。

「ああ……」

ブラウスが由利の身体から取られると、さらにスカートのホックがはずされファスナーがさげられ、ミニスカートが両脚をすべって足もとに輪を描いた。

私はたてつづけにシャッターを切った。

スリップ一枚の人妻の姿がレンズのなかにあり、白いブラジャーとパンティ、そしてパンストがボウとけぶるように透けていた。

「次はパンストだ、奥さん」

「その次はブラジャー、その次はパンティでスリップは最後だ」

ニヤニヤとながめながら、リーダーと医師は注文をつけた。

由利はいやいやと弱々しく頭を振りながらも、注射器を突きつけられた赤ん坊から眼が離せない。我が身を案じる余裕はなく、赤ん坊を守るためにスリップの裾から手をすべりこませ、パンストを脱ぐ。

まるで生皮を剝ぐようにパンストがすべりおり、早くも官能的な太腿の素肌が露わになっていくのが、私をゾクゾクさせた。

(なんて綺麗な肌をしているんだ……それにあのプロポーションの見事さ)

シャッターを切りながら、私は何度も舌なめずりをした。

パンストを脱ぐと、ブラジャーがスリップの下から引きだされ、妖しいまでに豊かな乳房が透けて見えた。触っただけで今にも形のよい乳首から乳が溢れそうだ。

少しでも由利の手がとまると、容赦のないおどしの言葉が飛んだ。

「ああ、これ以上は……」

「パンティも脱げと言ったはずだ、奥さん」

「…………」

由利は片手で透ける乳房を隠しながら、もう一方の手をスリップの裾からパンティへとのばし、ふるえながらズリさげた。

わななく唇をキリキリと噛みしめている。膝もハイヒールもガクガクとふるえて崩れそうだ。

前かがみになってパンティをハイヒールの先から抜き取ると、たちまちパンティは若い者に奪い取られた。

若い者はパンティに顔を埋め、ちょうど股間をおおっていた部分の匂いを嗅ぎ、うなるような声をあげた。

「ああ……いや……」

由利はあわててスリップの下で片脚をくの字に折り、乳房と太腿の付け根の茂みを手で隠した。もう美しい顔は火のように赤くなっていた。

私は思わずゴクリと喉を鳴らした。ミニスカート用のスリップ一枚では、人妻はほとんど裸と同じだ。官能味あふれる見事なまでの肉体が、スリップにボウと透けているながめは、全裸よりも妖しい色気があった。

ここまでで私はフィルム一本、三十六枚を撮りつくした。あわててフィルムを入れ替え、またシャッターを切る。

「……もう、これでゆるして……赤ちゃんをかえしてください」

由利は今にもベソをかかんばかりになって、弱々しくかぶりを振った。

我が子を守るためとはいえ、ハイジャック犯たちの前でスリップ一枚の裸になっている自分が信じられないようだ。

「フフフ……」

医師が低い声で笑って、なにやら由利の足もとに投げた。

大型犬用の首輪だ。

若い者がそれをひろってすばやく由利の首にはめた。

「ああ、なにをするのッ」

由利がそう叫んだ時には、首輪をはずせないように鍵がかけられた。

首輪には長い革紐がついていて、その端を若い者は医師に渡した。

「まだまだ、お楽しみはこれからだ、フフフ、奥さんには我々の肉のペットになってもらうからねえ」

手をどかしてスケスケの身体をじっくり見せるんだ……医師は首輪の革紐をグイと引いた。

第二章　浣腸　魔液に狙われた美肛

1

人妻は肌を隠していた両手をさげ、スリップに透ける身体を男たちの眼にさらした。けぶるように見事な肉づきと曲線美が浮かびあがり、太腿の付け根には茂みが黒くかすんでいた。

後ろ半球の見事な双臀がムチッと張って、引き締まった臀丘の谷間がスリップに妖しく透けている。

それを私は様々な角度から、夢中でカメラに撮りまくった。一瞬ここがハイジャックされた機内であることも忘れた。

「ああ……」

由利はスリップ一枚の裸身を男たちの眼にさらして写真まで撮られ、しかも首輪まで
されている羞恥と屈辱とに、今にも泣きだしそうになってブルブルとふるえた。ハ
イヒールがガクガクとして、何度もよろめいた。

それでも我が子の身を案じて、赤ちゃんにはなにもしないでと何度もふるえる声で
哀願をくりかえす。

「フフフ、奥さんが我々のペットとして従順である限り、赤ん坊は安全だよ」

「もっともそのムチムチの身体になにをされるか知ったら、従順でいられるかな。先
生の責めはすごいからな」

医師とリーダーは意地悪く言って、ニヤニヤと笑った。そして二人は立ちあがると、
ゆっくり由利に近づいた。

「ああッ……」

由利はおびえて、思わず身体を硬くした。

医師とリーダーは由利の顔をニヤニヤと覗きこんだ。

「モノレールのなかじゃ中途半端だったんで、つづきをされたいだろ、奥さん」

「ただし今度は痴漢は二人だ。これほどいい身体をしていると、ひとりではもてあま
すといけないんでな、フフフ」

そう言うなり二人は、前後から由利をはさむようにして、手をのばした。

「あ、いやッ……やめてくださいッ……や、やめてッ」

由利は悲鳴をあげてのびてくる手を振り払おうとした。

「モノレールのなかじゃ、そんな声も出せないし、そんなにあばれることもできなかったはずだよ、奥さん」

「先生をおこらせると、赤ん坊がどうなっても知らねえぞ」

「せっかくモノレールのつづきをしてやろうという好意を無にする気かな、奥さん。それならこっちにも考えがあるがね」

その言葉が由利の身体から急速にあらがいの力を奪い、悲鳴を途切れさせた。

「ああ、赤ちゃんだけは……」

「そうそう。そうやってモノレールのなかの時のようにおとなしくしていることだ、奥さん」

医師がスリップの上から由利の双臀を撫でまわせば、リーダーの男はスリップの上から由利の下腹や太腿に手を這わせる。

「あ……」

由利はキリキリと唇を噛みしめて、必死に耐える。

「まったくいい身体をしてるぜ。ムチムチで指がはじかれるみたいだぜ」

「フフフ、奥さんほどのいい身体には、やっぱりノーパンが一番だ」

そんなことを言いながら、前から後ろからいやらしい手がスリップのなかへもぐりこんでいく。

「あ、ああッ……いや……」

ビクッとふるえて、人妻の身体がよじれた。悲鳴をあげそうなのをグッとこらえ、男たちの手を振り払いたいのを、必死に手を握りしめて耐える。

ほとんど同時に男の手が前からは茂みを、後ろからは臀丘の谷間を割りひろげにかかった。

「ほれ、いじりやすいように股を開くんだ、奥さん。いじられたいんだろ」

「思いっきりいじりいじりまわしてやるからよ」

いくら赤ん坊を守るためとはいえ、由利はそんないたぶりに耐えられるわけはなかった。

いやあッ……こらえきれずに悲鳴をあげて腰をよじり、通路にしゃがみこんでしまった。

「困った奥さんだ。ラッシュのモノレールのなかじゃ、しゃがむことなんてできないし、そんな悲鳴をあげたら大騒ぎになる」

医師は首輪の革紐をひっぱって、由利を強引に引き起こした。

「こんなことじゃ、やっぱり赤ん坊に注射するしかないな。ショックで奥さんも少しはおとなしくなるかもしれんしな、フフフ」

「ひいッ……やめてッ、赤ちゃんにはなにもしないでッ」

医師が赤ん坊のほうへ行こうとすると、由利は悲痛な声で叫んでいた。

「ゆるしてッ……も、もう、二度と逆らったりしませんからッ……赤ちゃんだけはッ」

由利は医師の腕にすがり、その声は途中から泣き声になった。

「どうです、先生。奥さんもそう言ってることだし、もう一回だけチャンスをやろうじゃないですか」

リーダーの男がわざとらしく言った。

医師もわざと渋るふりをしてから、

「もう一度だけだぞ、奥さん。今度逆らったら赤ん坊の命はない」

釘を刺してから、再びスリップの裾から手をもぐりこませ、由利の双臀を撫でまわしはじめた。

リーダーの男も再び由利の茂みをいじりだす。

「いじりやすいように股を開け」

「ああ……」

赤ん坊を守るためには、自分の身体を犠牲にするしかない。由利は身体中がブルブルとふるえ、わななく唇を噛みしめて、命じられるままに両脚を左右へ開きはじめた。

「もっとおっぴろげろ」

「あ、ああ……あむ……」

両脚を開くにつれて、前から男の手が股間へ、後ろからは臀丘の谷間へとすべりこんでくる。

指先が秘められた媚肉の割れ目をなぞった。二度三度となぞってから、ジワジワと分け入った。

「ああ……ゆるして、ああ……」

噛みしめた唇から思わず泣き声が出た。腰をよじって指先をそらしたいのを必死にこらえているのが、ふるえとなって表われた。

後ろからは医師の指先が、臀丘の谷間をゆっくりとなぞりおりてくる。

「そんなッ……ああッ……あ、ああッ……」

由利の泣き声が狼狽してにわかに大きくなり、ブルブルとふるえた。

医師の指先が由利の肛門をとらえたのだ。排泄器官としか考えたことのないところまでいじられるとは、思ってもみなかった。はじめはまちがいではないかと思ったほどだ。

「ち、ちがうッ……そんなところ……かんにんして……」

「フフフ、ここでいいんだ。奥さんの尻の穴でねえ」

医師はゆるゆると由利の肛門を揉みほぐしにかかった。それに合わせるように、媚肉に分け入った指も肉層をまさぐってくる。

「あ、あ、そんな……ああッ、かんにんして……ああッ……」

二人の男に前から後ろから、しかも排泄器官を嬲りの対象にされるなど、由利には信じられないのだろう。

私もまた、しゃがみこんで覗きこみ、カメラのシャッターを押しながら、信じられない思いだった。

男の指先が美しい人妻の媚肉に分け入ってうごめき、さらに肛門をゆるゆるとマッサージしているのが、はっきり見えた。そんな写真を撮れるなど信じられなかった。

(た、たまらん……)

私は思わず胴ぶるいした。眼だけでなく、レンズまでギラギラと血走る。

「いいオマ×コしてるじゃねえか、奥さん。とても赤ん坊を産んだとは思えねえぜ」

リーダーの男は、指を二本そろえて由利の膣にもぐりこませた。

「ひいッ……」

由利の腰が思わず後ろへ引いた。

だがそれは、肛門を揉みこんでくる指をいっそう感じ取ることになって、今にもグッと沈んできそうだ。

「い、いやあ……」

前にも後ろにも逃れられず、由利は黒髪を振りたくって泣き声を高くした。それでも男たちの手を振り払ったり、しゃがみこもうとはしない。

「尻の穴も可愛いもんだ、フフフ、こりゃまだバージンだな」

医師はキュウとすぼまってはヒクヒクあえぐ由利の肛門の感触を楽しみながら、うれしそうに舌なめずりをした。

「フフフ、こりゃ楽しめそうだ」

「なにからはじめますか、先生」

「そりゃ決まっとるだろう」

医師とリーダーの男は、由利の前と後ろとで顔を見合わせてゲラゲラと笑った。

2

由利はもうすすり泣くばかりになった。前から後ろから二人の男に股間をいじりまわされ、とくに後ろは排泄器官だけに、そのあまりの異常さに、気が遠くなりそうだ。

「……もう、ゆるして……かんにんしてください……」

すすり泣く声でそう言うのがやっとだった。

もういじりまわされる媚肉は充血して熱を帯び、肛門はふっくりとゆるみはじめた。それがいっそう由利の気力を萎えさせる。

「フフフ、大いに気に入ったよ、奥さん。私の思った通り、いや、それ以上だ。モノレールに乗る時に、奥さんに狙いを定めた私の眼に狂いはなかった」

ようやく由利の肛門から指を離した医師は、その指をペロリと舐めた。

リーダーの男も由利の媚肉から指を抜くと、ニンマリとしてペロリと舐めた。それから由利を抱くように両手を双臀へまわすと、スリップをまくりあげて裸の双臀を剝きだした。

「これからとびきりいいことをしてやるからな、奥さん。赤ん坊が可愛けりゃ、おとなしくしてるんだぜ」

両手で臀丘の谷間を左右へ思いっきり割りひろげた。

「ひいッ……そこは、ゆるして……」

肛門をはっきり剝きだされて、由利はすすり泣く声をふるわせた。

ヒクヒクうごめく由利の肛門が、キュウとおびえて引き締まるのが私の眼にもはっきりと見えた。そこが排泄器官であることを忘れさせるような妖美なながめだ。

（女の肛門がこんなに美しいとは……）

たちまち私は人妻の肛門に魅せられた。

医師がバッグからなにやら取りだして準備しはじめるのも見えた。なにがはじまるのか……人妻の肛門にカメラを向けながら、私は淫らな期待にゾクゾクした。医師が取りだしたのは、ビール瓶ほどもあるガラス製の注射器だった。いや、それは注射器ではなく、浣腸器だ。

「フフフ、奥さんほどの見事な尻には、まず浣腸だ」

医師はわざと大きな声で言うと、見せつけるように浣腸器に薬用瓶のグリセリン液を吸いあげた。ガラスがキィーと不気味に鳴った。

一瞬にして由利の泣き顔が、戦慄に凍りついた。唇がわななき、歯がガチガチと鳴りだしてとまらなくなった。

「や、やめて、そんなこと……」

あまりのことに言葉がつづかない。この男たちは恐ろしいハイジャック犯でいやらしい痴漢であるだけでなく、変質者なのだという恐怖がふくれあがった。

「尻の穴はヒクヒクして浣腸されたがってるみたいだぜ、奥さん」

リーダーが由利の臀丘の谷間を割ったままませせら笑った。

「いや、いやあッ……そんなこと、ああ、いやですッ」

由利は悲鳴をあげて、リーダーの男の腕のなかでもがいた。

「いやなら赤ん坊に注射だ」

リーダーの男は冷たく言った。

ああッ……由利は思わずフラッとめまいがした。

「狂ってるわ……」

消え入るように言うと、由利の身体からあらがいの力が抜けた。

「フフフ、これまで先生に浣腸された女たちは皆、いやがって泣き叫んだからな」

「いやがって泣き叫ぶのもいいが、奥さんのように赤ん坊のために必死に耐えるのを浣腸するのもおもしろい」

リーダーの男と医師はそう言ってせせら笑った。たっぷりと五百CCのグリセリン液を吸った浣腸器を手に、医師は由利の後ろにしゃがみこんだ。リーダーがさらに由利の臀丘の谷間を割りひろげた。

「あァッ……かんにんしてッ」

由利がおびえた声をあげ、美しい顔を恐怖にひきつらせた。

私はまばたきをするのも惜しく、くい入るように見とれた。女が浣腸されるのを見るのはこれが初めてだ。まして女はまぶしいばかりの美貌の人妻である。

私は何度も生唾を呑みこみ、カメラを持つ手もじっとりと汗ばんだ。

(か、浣腸で女を嬲るのか)

胸のなかで私はつぶやいた。

美しい人妻が浣腸されてどうなるのか、どんなふうに薬を入れられ、どんな声で泣くのか、秘められた排泄行為まで見られるのか……。淫らな期待が私のなかでふくれあがった。

「しっかり撮れよ。いいのが撮れなかったら専属カメラマン失格ということで、お前の命はなくなるぜ、フフフ」

リーダーの男が私を見て言った。

医師がゆっくりと浣腸器のノズルの先端を、由利の肛門にあてがった。

「ひぃッ……い、いやあッ……」

電気にでも触れたように、由利は悲鳴をあげた。

「奥さん、いやなら赤ん坊への注射に替えてもいいんだぞ」

「ああ、いやじゃありませんッ……赤ちゃんにはなにもしないで」

由利はそう叫ぶしかなかった。

ノズルが由利の肛門にゆっくりと沈んでいく。キュウとおびえすぼまるのをノズルでジワジワと縫っていく。それに焦点を合わせて、私は夢中でシャッターを切った。

正面から横から、足もとから見あげるところから、そしてアップと、あらゆる角度、距離から撮りまくる。その写真に自分の命がかかっているという自覚はなかった。ただ浣腸される由利の美しさに魅了されるばかり。

「あ、ああッ……かんにんして、ああ……そんなッ……」

由利はブルブルと双臀をふるわせ、黒髪を振りたくって泣き声をあげる。

「フフフ、浣腸器のよく似合う尻だ。こりゃ浣腸しがいがあるぞ」

医師はノズルで深く由利の肛門を貫いては、こねまわすように円を描いて動かし、スーと引き抜いてはまた沈めるということをくりかえした。

じっくりと楽しんで、すぐには薬液を注入しようとはしない。

「どうだ、もう薬を入れられたくなったか、奥さん」

「ああッ……ゆるして、ああッ……」

「フフフ、入れる前からいい声で泣く奥さんだぜ」

リーダーの男も由利をからかってあざ笑う。由利の両手が、肛門でうごめく浣腸器を振り払いたいのを必死にこらえ、固く握りしめられてブルブルふるえていた。

こらえきれないように由利の両手がなにかにすがろうと宙をかき、次には自分の黒髪をかきあげ、そして両手で顔をおおった。

「顔を隠すな。せっかく写真に撮ってるんだからよ」

リーダーが声を荒らげた。

じっくり写真に撮らせ、さんざん由利の肛門をこねまわして泣き声をあげさせてから、医師はゆっくりとシリンダーを押しはじめた。ドクッ、ドクッとグリセリン液が脈打つように由利のなかへ流入した。

「ひッ……ああッ……あむ……」

キリキリと歯を噛みしめて、由利はのけぞった。

こんなにも恥ずかしくおぞましい感覚があるだろうか。得体の知れない軟体動物が入ってくるようだ。長々と何度も射精されているようでもある。由利はとてもじっとしていられない。

ブルブルと震えがとまらなくなり、背筋に悪寒が走って、ひとりでに腰がよじれた。

膝とハイヒールもガクガクして、臀丘の谷間を割りひろげたリーダーに抱き支えられていないと、ひとりでは立っていられなくなりそうだ。

「……ゆるして……ああ、あむ……」

「ゆるしてもないもんだ。どんどん入っていくじゃないか、奥さん」

「そんな……あ、ああ……」

「気持ちいいんじゃねえのか、奥さん。声が色っぽくなってきたぜ」

医師とリーダーは由利をからかってニヤニヤと笑った。余裕があるのは、こういうことに馴れている証拠だ。

「じっくり味わうんだぞ、奥さん。ほれ……ほうれ……」

医師はシリンダーを押す手に変化を加え、少量ずつ区切って断続的に注入しはじめた。さらに注入しつつ、ノズルで由利の肛門をゆっくりとこねまわす。

そんな光景がシャッターを押すたびに、カメラのフィルムに記録されていく。そして私の眼の奥にも焼きついた。

ハイジャックにあったとはいえ、この機に乗り合わせたことを、いや、ハイジャックにあったことに私は感謝したいくらいだ。

「あ、ああ……ああッ……」

人妻の泣き声がまた高くなって、私はまた胴ぶるいした。

「ああ……も、もう、ゆるして……これ以上は、入れないで……」

「ここでやめて、赤ん坊に注射したほうがいいってのか、奥さん」

「そ、それは……ああ、それだけは……」

「だったら全部呑むんだ。五百ＣＣ一滴残さずねえ、フフフ」

医師はあざ笑って、さらにグイグイとシリンダーを押しこんだ。

3

シリンダーが底まで押しきられてノズルが抜かれた時には、由利は汗にまみれて息も絶えだえにあえいでいた。

スリップが汗でへばりついて、由利の肌と曲線美をいっそうはっきり浮きあがらせ、さらに妖しい美しさを際立たせた。

「いい呑みっぷりだったよ、奥さん。さすがにいい尻をしているだけのことはある」

「どうした。気持ちよくって口もきけねえってのか」

医師とリーダーの男は由利を立たせたまま、また身体に手をのばした。

汗にヌラヌラと光る双臀をゆっくりと撫でまわし、五百CC注入されてふくらんだ下腹を揉みこむように撫でる。

グルル……と由利の腹部が鳴って、汗に光る身体がブルブルふるえだした。もう荒々しい便意が表われはじめている。

「ああ……う、うむ……」

低くうめいて顔をあげると、由利はすがるような眼で正面のリーダーの男を見た。なにか訴えるように唇がワナワナとふるえた。

「なにか言いてえのか、奥さん」

リーダーの男が聞くと、由利はなにも言わずに眼をそらした。

そんなことが何回かくりかえされた。

便意の発作がおそってくるたびに、由利のうめき声とふるえが大きくなる。

(たまらない……浣腸された人妻がこんなに色っぽいとは……)

いつしか私はじれたように眼の色が変わった。

さっきからただ見せられているだけではたまらない。だが、人妻の身体に手をのばすことは許されない。

それは二階席の警備を担当しているハイジャック犯の若い二人も同じだ。さっきから声もなく見とれている。ズボンの前が硬く張っているのがわかった。

「う、うう……ああ、お願い……」

耐えられなくなった由利が声をあげて、哀願の眼をした。

リーダーがニヤリと笑った。

「なんだ、奥さん」

「……お、おトイレに……行かせて……」

「まだ早い。すぐに出すんじゃ効き目がないからねえ、フフフ」

医師が由利の双臀を撫でまわしながら、首輪の革紐をひっぱりあげて、今にも崩れそうになる女体をまっすぐ立たせた。

そして双臀を撫でていた手を肛門へすべらせ、ゆるゆると揉みこみはじめた。指先で由利の肛門がヒクヒクおののく。

「あ、ああ……そんなにされたら……」

「まだモノレールのなかでのつづきは終わっちゃいねえんだぞ。しゃんとしねえか」

リーダーの男も下腹から股間へと手をすべらせて、媚肉をまさぐりだした。

「ああ、やめて……おトイレに……あ、うむ……うむ……」

由利はブルブルとふるえてうめき、弱々しくかぶりを振った。

浣腸されたショックに打ちひしがれる余裕もなく、すぐさま荒々しい便意におそわれる。前から後ろから媚肉と肛門をまさぐられても、あらがう余裕すらない。

ヒッ、ヒッと悲鳴をあげるのは、リーダーの男が由利の女芯を剝ぎあげていじりはじめたからだ。

「お、お願いッ……もう、おトイレに……ヒッ……ああ……」

由利の哀願と悲鳴をあざ笑うように、医師の指が肛門を貫きはじめた。

「そんなッ……ああッ……う、うむ……」

必死に引き締めている肛門をひろげて指が入ってくる感覚が、さらに便意を荒れ狂わせるようで、のけぞる由利の身体に痙攣が走った。あぶら汗が噴きでて、スリップを肌にへばりつかせる。

「いやあ……うむ……」

「フフフ、ほうれ、指が根元まで入ったのがわかるだろ、奥さん。クイクイ締めつけてくるじゃないか」

「かんにんして……も、もう……」

由利の声はかすれ、うめき声に呑みこまれて、あとは言葉にならなかった。

「クリトリスもとがってきて、オマ×コもヒクヒクしてるぜ、奥さん」

リーダーも親指で女芯をいじりつつ、人差し指と中指を由利の膣へもぐりこませた。そして薄い粘膜をへだてて前と後ろとで二人の指をこすり合わせた。

「あぁッ……ひッ、ひいッ……やめて……ううむ、ううむ……」

由利は二人の男の間でのけぞったまま、ブルブルとふるえる汗まみれの女体を、悶えさせた。

猛烈に便意があばれまわり、その陰で女の官能が妖しくうずきだす。由利自身はそのうずきに気づいていないようだが、身体はジワジワと反応しはじめている。

「おトイレに、早くッ……ああ、お、お願いッ」

美しい顔は便意にひきつり、乱れ髪が汗で額や頬にへばりついた。

もう由利の便意は指で肛門をこねまわされたことで、耐える限界に迫っている。

「フフフ……」

医師とリーダーは互いに顔を見合わせて、低い声で笑った。

リーダーは不意に媚肉から手を引くと、ズボンのチャックをさげて、グロテスクなものをつかみだした。

すでに天を突かんばかりに屹立していて、驚くほどのたくましさだ。それをつかんで揺すりながら、由利に見せつけた。

「こいつをしゃぶりな、奥さん。うまくおしゃぶりができたらトイレに行かせてやる」

「ひいッ……」

由利は一瞬便意も忘れ、身体を硬直させた。あわてて、見せられたものから眼をそらす。

「しゃぶらないうちはトイレへ行かせんよ、フフフ、早くしないとここで漏らすことになるぞ、奥さん」

後ろから医師が由利の耳もとで言った。その手は由利の肛門に指を深く埋めこんだままである。

「………」

由利はなにか言おうとしたが言葉が出なかった。弱々しくかぶりを振るばかり。

こんな恐ろしくいやらしい変質者のものを口に含むなどできるわけがない。それは口であっても、人妻として夫を裏切るのに等しかった。

だがこのままでは、荒れ狂う便意にトイレに行くこともおぼつかなくなる。ここで耐える限界が来たら……。

（ああ、どうすればいいの……こ、このままでは……）

そう思う意識さえ、荒々しい便意にうつろになりそうだ。

もう由利には迷っている余裕はなかった。ここで限界が来て排泄行為をさらすことを思い、由利はふるえる唇をリーダーのグロテスクな肉棒に近づけていった。

肛門を医師の指で縫われているのでしゃがむことはできず、立ったまま上体を前へ倒すしかなかった。

「ああ……こんな……こんなことって……」

うめくように言うと、由利は肉棒に手をそえてオズオズと口に含んだ。

ムッとする匂いに吐きそうになり、どうしても口のなかへ深く咥えこむことができない。

「しっかり咥えてしゃぶるんだ。舌も使うんだ、フフフ、人妻なんだからうまくしゃぶれるはずだ」

「う、うむ……」

早くトイレへ行かなければ……由利は両眼を閉じ、息をとめ、必死の思いでさらに口に含んだ。

荒れ狂う便意が、有無を言わさず由利をせかした。

由利は口を離したいのを必死にこらえ、命じられるままに口に含んだおぞましいものを吸い、舌をからめていく。

どのくらいつづけただろうか、便意はいっそう激しくなっていよいよ限界に迫る。キリキリと内臓がかきむしられる。

「カメラはどうした」

リーダーの男に言われ、くい入るように見つめていた私はハッと我れにかえった。あわててシャッターを切った。

なんということだ。妖しい光景に我れを忘れて、写真を撮るのも忘れていたとは。それにしても美しい人妻に肉棒をしゃぶらせている犯人が、うらやましくてならない。

「ああ、もう、駄目ッ……は、早く、おトイレにッ……」

顔をあげた由利が声をひきつらせた。極限に迫った便意に、由利の美貌は眦をひきつらせて唇を噛みしばり、おそいかかる便意に血の気を失っている。

由利の唇から唾液が糸を引いて肉棒につながっている。それが妖美な淫らさを感じさせ、男たちをゾクゾクさせた。

「おトイレにッ」

「フフフ、よしよし」

「ああッ……早くッ」

だが医師とリーダーは、由利をトイレに連れていこうとはせず、上体を前へ倒し格好も変えさせない。

そればかりかリーダーは由利の腰を脇にかかえこむようにして、両手を双臀にまわして臀丘の谷間を割りひろげた。

「ああ、なにをッ……」

狼狽の声をあげる由利の双臀に医師がバケツをあてがい、肛門の指をスッと抜いた。

「ひいッ」

「フフフ、奥さんがどんなふうにひりだすか、じっくり見せてもらうよ」

「そんなッ……いやあッ、それだけは、いや、いやあ……」

由利は泣き叫んだ。

必死に押しとどめようとしても、指が抜かれたことで、荒れ狂う便意は堰を切ったようにかけくだった。

ドッとバケツにしぶきでた。

「フフフ、ウンチをするところまで見せて、我々の肉のペットになるんだ」

「すっかりひりだしたら、今度は口でなくてオマ×コとアナルに俺と先生の生身をぶちこんでやるからな、奥さん」

あとからあとからほとばしるのをながめながら、医師とリーダーはあざ笑った。

その声も聞こえないように、由利の号泣が喉をかきむしった。

私は夢中でシャッターを切るばかりだった。

第三章　肛姦　散らされた菊蕾

1

浣腸という信じられないことをされてしまった。排泄行為まで見られたショックに、中里由利は打ちひしがれてすすり泣くばかりだ。ティッシュであとを清められ、されるがままだ。

「派手にひりだしたな、奥さん。まだ尻の穴がヒクヒクしてるぞ、フフフ」

「これで腹の中もすっかり綺麗になって、思いっきり楽しめるってもんだな、奥さん」

医師とリーダーがからかっても、由利はすすり泣くだけでほとんど反応らしいものはない。

私はようやくシャッターを切る手をとめ、カメラから眼を離し、大きく息を吐いた。

まだ興奮がさめやらず、カメラを持つ手も汗でじっとりと濡れている。

美貌の人妻が浣腸され、排泄までさらすシーンなど、これまで一枚も撮ったことがない。

（あんなことをされているのに……なんて色っぽいんだ……）

人妻のあまりの妖しい美しさに、私はシャッターを切りながら、ここがハイジャックされた機内で、自分が犯人たちに殺されかけたことも忘れるほどだった。

フゥーと私はまた大きく息を吐いた。だがひと息ついている余裕はなく、私はいそいでカメラのフィルムを入れ替えた。

医師とリーダーは由利の首輪の革紐を引きあげてまっすぐに立たせ、前から後ろからまとわりついて肌をまさぐりはじめた。医師が由利の首筋に唇を這わせつつ、ムチッと張った双臀を撫でまわせば、リーダーは乳房をタプタプと揉みつつ乳首を口に含み、もう一方の手で下腹の茂みをいじる。

「……あ、ああ……」

由利は弱々しく声をあげて、黒髪を揺らし、腰をよじった。が、あらがうといったふうではない。

もう由利は濡れたスリップもむしり取られて、首に大型犬用の首輪をされてハイヒールをはいただけの全裸だ。それがしとどの汗で油でも塗ったようにヌラヌラと光り、医師とリーダーの間でうねった。

私はあわててまたカメラを向け、シャッターを切った。許されるならば、カメラを放り投げていっしょに白い肌にしゃぶりつきたい。

「ああ、いや……もう、かんにんして……」

由利はすすり泣く声で哀願した。こらえきれないように手で、前から後ろから股間へもぐりこもうとする男の手をふせごうとする。

「おとなしくしてろ、奥さん。赤ん坊が可愛けりゃよ」

リーダーの非情な声が、由利の手からあらがいの力を奪った。それでなくても浣腸と排泄とに、もう由利のあらがいの気力は萎えている。

由利の両脚が開かれる。

前から後ろからリーダーと医師の手が股間へともぐりこんだ。

「あ……いやッ、ああ……」

ほとんど同時に媚肉と肛門とを指先でさぐりあてられ、由利の裸身がビクッとふるえた。

「フフフ、オマ×コはヌルヌルじゃねえか、奥さん。見事に発情してやがる」

「いやッ……ああ、ゆるして……」

「尻の穴もとろけるぞ、好きなんだな」

リーダーの指が由利の媚肉をゆるゆるとまさぐる。

媚肉はしとどの蜜のなかにヒクヒクとうごめき、肉襞がリーダーの指にからみつく。肛門はまだ腫れぼったくふくれて、粘膜が吸いこまれる。

「あ、ああ……もう、かんにんして……」

由利はキリキリと唇を噛みしめて、グラグラと頭を揺らした。膝とハイヒールもガクガク崩れそうだ。

不意に医師の指が肛門に沈み、由利はひいーッとのけぞった。

「いや、そこはいやッ……そんなところ、もう、かんにんしてッ」

「尻の穴はうれしそうに呑みこんでいくぞ、フフフ、ほれ、ほうれ」

医師は指先で由利の肛門を縫うようにして、たちまち根元まで沈めた。

指にはたっぷりと肛門弛緩剤の入った潤滑クリームが塗ってあり、それを指をまわして由利の肛門に塗りこんでいく。

「ひッ……ひッ……いやあッ……ああ、やめてッ……ひいッ……」

「おとなしくしてろと言ったはずだぜ、奥さん。赤ん坊がどうなってもいいのか。あ

る。

スヤスヤと眠っている赤ん坊のすぐ横に、毒薬の入った注射器が不気味に光ってい
リーダーの言葉に由利はハッとして、座席の赤ん坊を見た。

「それはッ……」

の注射をすりゃイチコロだぜ」

「や、やめてッ……赤ちゃんだけには、なにもしないで……」

「だったらおとなしくしてろと言っただろ。何度も言わせるなよ、奥さん」

リーダーは冷たく言うと、由利の前でモゾモゾとズボンを脱ぎはじめた。

先ほどしゃぶられたリーダーの肉棒が、恐ろしいほどのたくましさで露わになった。

「ああッ……」

由利の美しい顔がひきつり、身体は硬直して肛門がキリキリと医師の指をくい締めた。いよいよ犯されるのだ。

(あ、あなた……)

夫の面影が脳裡に浮かぶ。夫しか知らない由利の身体だ。

「……かんにんして、それだけは……ああ、夫がいるんです……」

「さっきこいつをしゃぶったくせして、気どるなよ。今度は下の口で咥えるんだよ」

リーダーはあざ笑って、肉棒のたくましさを見せつけるように揺すった。

ひッ……あわてて由利は眼をそらす。

「人妻だからおもしろいんだ、フフフ、亭主のことなど忘れるほど、たっぷり可愛がってやる」

後ろから由利を抱きしめ、肛門を指で深く縫ってこねまわし、医師が耳もとでささやいた。

「ああ……」

由利は唇をワナワナとふるわせ、言葉が出ない。恐怖と絶望とに眼の前が真っ暗だ。

「フフフ、それじゃ味見といくか」

リーダーがたくましい肉棒をつかんで、正面から由利の身体にまとわりついた。

「ああッ、あなたッ……たすけて、ああ、あなたあッ……」

由利は思わず悲鳴をあげて夫に救いを求める。

それをあざ笑うようにリーダーは由利の腰に手をまわして抱き寄せ、もう一方の手で由利の片方の太腿を持ちあげて抱きこんだ。灼熱が内腿に押しつけられ、さらに股間へともぐりこむ。

「あ……ひッ……ひッ……たすけてッ、ああッ、あなたッ……」

由利の美しい顔が恐怖にひきつり、眸が吊りあがった。

腰をよじって矛先をそらそうとしても、腰はリーダーの手でしっかり抱かれ、後ろからは肛門を深く貫いた医師の指で、杭のようにつなぎとめられている。

灼熱する亀頭がジワジワと割れ目に分け入った。

「あぁッ……あぁ……ひッ、ひいッ……」

由利は悲鳴をあげてのけぞった。

さっきからのいたぶりに由利の媚肉は熱くとろけているのに、引き裂かれるようだ。

「あ、あなたッ……」

由利の叫びはうめき声にしかならない。

引き裂かれるようなたくましさが、由利の柔肉をいっぱいに押しひろげ、巻きこむようにして入ってくる。その感覚に由利はもう息もつけない。

背筋にしびれが走り、身体の芯が熱くうずくのを由利は恐ろしいもののように感じた。変質者に犯されているのに、由利の成熟した性が、ひとりでに反応してしまう。

浣腸されて排泄まで見られた異常さが、由利の感覚をも狂わせるのか。それでなくてもずっといじりまわされ、女の官能を刺激されつづけてきた。

（こんな……こんなことって……）

狼狽が由利をおそい、必死にこらえようとキリキリと歯を噛みしばった。

「ひぃーッ……」

肉棒の頭が子宮口を突きあげ、由利は白眼を剝いてのけぞった。

身体の芯がひきつるような収縮をくりかえし、貫かれた柔肉がひとりでに肉の快美をむさぼるうごめきを見せた。そんな身体の成りゆきが、由利には信じられない。

（す、すごい……）

私もまた、我れを忘れてカメラのシャッターを押しつづけた。息つく間もない衝撃の連続である。

浣腸と排泄もすごかったが、犯される人妻を見るのも写真に撮るのもこれが初めてだ。しゃがみこみ、下からもぐりこむようにして結合部のアップまで撮った。

たくましいリーダーの肉棒が杭のように由利の媚肉に打ちこまれた。精いっぱいという感じで咥えこみ、蜜にまみれて充血した粘膜がきしむ。

そのすぐ後ろには、医師の指が根元まで由利の肛門に押し入れられて、ゆっくりとこねまわしている。

生々しい光景に、私は思わず、生唾を呑みこんだ。

「フフフ、いつでもいいですぜ、先生」

リーダーはぎりぎりまで深く貫き、両手を由利の双臀へまわして臀丘の谷間を割りひろげた。

「ああ……」

なにがいつでもいいのか、由利にはまだわからない。自分を貫いた灼熱のたくましさに圧倒され、ただ泣きうめくばかりだ。

2

由利の肛門から指を抜いた医師は、ニヤニヤとうれしそうに笑ってズボンを脱いだ。剝きだされた肉棒は、リーダーのものに負けぬたくましさで、よく使いこんであることを物語って黒光りしている。

それをムチッと盛りあがった由利の双臀にこすりつけ、医師は後ろからまとわりついた。

「ああ、なにを……」

言いかけて由利の裸身がビクッと硬直した。

灼熱の頭は、割りひろげられた由利の臀丘の谷間へとすべりこんで、その奥の肛門に押し当てられた。

「そ、そこは……ああッ、ちがうッ……」

「ここでいいんだ、奥さん、フフフ、尻の穴に入れて欲しいと言ってみろ」

「…………」

信じられない医師の言葉だ。

前から後ろから二人の男に媚肉と肛門を貫かれる。すぐには声も出なかった。

「……やめて、そんなひどいこと……人間のすることとじゃないわ……」

そう言おうとしても、由利の唇はワナワナとふるえただけだった。膝とハイヒールもガクガクとして、媚肉を深く貫いた肉棒とリーダーの手で身体を支えられていなければ、由利はとてもひとりでは立っていられない。

「由利の尻の穴にも入れて欲しいと言わんか、奥さん」

医師は後ろから由利の耳もとにささやきつつ、肉棒の頭でゆるゆると肛門をこねまわし、今にも押し入れる素振りを見せた。

「ひいッ……いや、そんなこと、いやあッ……ひ、ひどすぎますッ」

由利は恐怖の悲鳴をあげ、美しい顔をひきつらせてかぶりを振った。

「フフフ、奥さんほどいい身体をしてりゃ、二人がかりでねえとものたりねえはずだ」

「肛門セックスというのを、このバージンアナルに教えこんでやる。それもサンドイッチにしてだ、フフフ」

由利の前と後ろでリーダーと医師はせせら笑った。

「いや、いやあッ……たすけてッ」

「そうやっておびえるところは、バージンアナルだな、フフフ、だが人妻なんだから、初めてでも尻の穴に入れて欲しいとおねだりしないか」

「ゆるしてッ……いや、いやッ……ああ、こわいッ……」

押し当てられた肉棒に力が加わり、ジワジワと肛門が押しひろげられていく。由利はひいーッとのけぞった。

「いやあッ……こわい、こわいッ……ひッ、ひいッ……」

たちまち引き裂かれるような苦痛におそわれて、由利は美しい顔をひきつらせて喉を絞った。

指のいたぶりと弛緩剤とでふっくりととろけてはいたが、いっぱいに押しひろげられていく肛門の粘膜が、ミシミシときしむ。

恐怖と苦痛とに思わず肛門を収縮させ、それが無理やり拡張される感覚に、苦痛がいっそう増した。それでなくても媚肉をリーダーに貫かれて圧迫されているのだ。

「う、うむ……たすけて……ひッ、ひッ……」

「自分から尻の穴をひろげて、咥えこむようにするんだ。ほれ、ほれ」

「ひぃーッ……裂けちゃうッ、ううむ……」

もう由利の肛門は限界まで拡張されて、灼熱の頭を呑みこもうとした。

汗でヌラヌラと光る裸身に、さらにあぶら汗が噴きだした。

「あと少しで入るぞ、奥さん。締めつけるのは入れてからだ」

先端を入れると、医師は余裕の笑いさえ浮かべた。よほど女の肛門を犯すことに馴れているらしい。

あせらずに由利の反応を見ながら、一寸刻みに入れては由利の悲鳴と苦悶を楽しんでいる。

「ひッ、ひぃーッ……ううむっ……」

肉棒の頭が潜りこむ瞬間、由利は白眼を剝いてのけぞり、激しく総身を痙攣させた。

あとはスムーズに入っていく。だが、それは薄い粘膜をへだてて前のリーダーの肉棒とこすれ合い、由利にあらたな悲鳴をあげさせた。

「ああッ……ひぃーッ、ひッ……」

「深く入っていくのがわかるだろ。ほうれ、根元まですっかり入ったぞ、奥さん」

「ううむ……た、たすけて……」

とてもじっとしていられない。由利はリーダーと医師との間で半狂乱のように泣き、うめき、悶えた。

「どうです、人妻のバージンアナルの味は、先生、フフフ」

「いいぞ、熱くてクイクイ締めつけてきおる」

「こっちもですよ。先生がアナルに入れたら、オマ×コの締まりが一段ときつくなって、くいちぎられそうだ」

リーダーと医師は由利を間にして、前と後ろとでニヤニヤと笑い合った。

そしてリズムを合わせて、ゆっくりと腰を突きあげはじめる。

「ああッ……たすけてッ、ひッ、ひいッ……死んじゃうッ」

由利はまた、泣き叫んだ。

そんな由利をカメラで覗きながら、私は胴ぶるいがとまらない。

由利の身体が前から後ろからえぐられて、二人の男の間で揉みつぶされるようにギシギシときしんでいる。そして二本の肉棒で突きあげられる媚肉と肛門は、薄い粘膜をへだててきしみ、今にも引き裂かれそうだ。

二人の男に同時に犯される人妻が、こんなにも惨美だとは思わなかった。どんな男でも嗜虐の欲情をそそられずにはいられないだろう。

そして犯されているというのに、由利の股間は前も後ろもしとどに濡れて、ぴっちりと肉棒を咥えた間からジクジクと蜜を溢れさせている。

「ああッ……死ぬッ……あああ……ゆるして……ひッ、ひッ……」

と泣き叫びながらも、由利は恐ろしさと苦悶を肉の快美と交錯させつつ、わけがわからなくなっていくようだ。

いつしかのけぞらせた口から涎れを溢れさせ、由利の手は無意識のうちに正面のリーダーにしがみついた。背徳の暗い快感が次第に恐怖と苦痛を呑みこみ、それに翻弄されて肉という肉がドロドロになっていくのをどうしようもないのだ。

汗でびっしょりの由利の肌が、二人の男の間で匂うような上気の色にくるまれていくのが、カメラからもはっきりとわかった。

人妻の性の貪欲さを見る思いだ。そして女をあつかい馴れた医師とリーダーの技巧に脱帽させられる。

「あ、ああッ……あああッ……」

不意に由利の泣き声が切迫したように昂り、身体中に痙攣が走りはじめた。

「もう気をやりそうなのか、奥さん。人妻なんだからイク時はちゃんと教えるんだぞ」

「フフフ、思いっきり気をやれよ。何度でもイカせてやるからよ」

リズミカルに責めたてつつ医師とリーダーはからかったが、もう由利には聞こえていない。

ひッ、ひいッッと喉を絞ってブルブルとふるえを大きくしたかと思うと、まるで電気でも流されたみたいにガクン、ガクンとのけぞった。

「う、うむむッ……」

悶絶せんばかりのうめき声をあげ、由利は両脚を激しく突っ張らせて総身をキリキリと収縮させた。前も後ろも二本の肉棒をぐいっとくい締めた。

「なんて締まりだ。これじゃ並みの野郎じゃひとたまりもねえぜ」

医師とリーダーは由利のきつい収縮に耐えて、いったん動きをとめてその妖美の感覚を味わった。ここで精を放ってしまうのは、惜しい。

由利はのけぞったまま何度か痙攣をくりかえしてから、ガクッと力が抜けた。あとはグッタリとなったまま、ハァハァとふいごのようにあえぐばかり。

「オマ×コとバージンアナルのサンドイッチで気をやった気分はどうだ、奥さん」

「まだまだこれからだからな、フフフ、気をやる時にはちゃんと教えねえと、いつまでもやめねえぞ」

医師とリーダーは再びゆっくりと由利をえぐりこみはじめた。

「あ……いやッ……あぁッ……」

グッタリとしていることも許されず、由利は悲鳴をあげた。

その時、コックピットのほうでにわかに動きが出た。ジャンボ機への給油をめぐって膠着状態がつづいていたが、給油がはじまったという。

警察は給油の条件として、人質全員の解放を言っていたが、婦女子と老人の釈放でひとまず話がついた。

「これから本格的にお楽しみだって時に、しようがねえな」

リーダーは渋々と由利から離れ、ズボンをはいてコックピットへ向かった。

3

給油が終わると、老人と婦女子の釈放がはじまった。

タラップを使わせると、警察が一気に突入してくる危険があるので、一番後ろの非常口から緊急脱出用のゴムマット滑り台を使って、ひとりひとり放った。

老人と婦女子全員の釈放ということだったが、そのなかに中里由利と赤ん坊、そしてスチュワーデスは含まれていなかった。

スチュワーデスたちは手足を縛られ、口には猿轡を噛まされて、二階デッキの後方にころがされたままだ。そして由利は他の婦女子たちが釈放されたことも知らず、シートに腰をおろした医師の膝に抱かれていた。

「ほれ、もっと気分出さないか、奥さん」

膝に抱いた由利の乳房を後ろからわしづかみにしてタプタプ揉みつつ、医師は由利の耳もとでささやいた。

由利の両脚は医師の両膝をまたいで左右へ大きく開ききり、さっきまでリーダーに貫かれていた媚肉を露わにのぞかせた。それはしとどに濡れそぼり、指をそえなくても充血した肉層を露わにして、ヒクヒクとうごめかせていた。

そのすぐ後ろには、医師の黒々とした肉棒が由利の肛門を貫いたまま、ゆっくりと律動している。肉棒とともに肛門の粘膜が巻きこまれ、めくりだされることをくりかえし、同時に媚肉までがヒクリヒクリとうごめいて、蜜を溢れさせるのが生々しい。

そんな光景を私はしゃがみこんで、カメラのレンズを通してくい入るように覗きこんだ。こんなすごい写真を撮るチャンスは二度とないだろう。

(なんという人妻だ……責められるほどに美しく色っぽくなる……)

まるで男を求めるかのように、ヒクリヒクリとうごめく媚肉を見せられつづけて、もう私のズボンは前が痛いまでに硬くなりっぱなしだった。

私は自分がカメラマンであったことに、改めて感謝したい。そして釈放される婦女子から中里由利がはずされたことを、犯人たちに感謝したい。この先も責め嬲られる由利を見つづけることができるから……。

そればかりか眼の前の由利の媚肉にしゃぶりつき、思いっきり自分の肉棒をぶちこんでみたいという欲望は、ふくれあがるばかりだった。

そんな私の思いを見抜いたように、医師がニヤリと笑った。

「フフフ、このオマ×コを犯りたいか」

私は思わずうなずいた。

「犯りたきゃ写真を撮りつづけることだ。そうすれば、あとでチャンスをやらないこともない」

そう言って医師は、グイグイと由利の肛門を突きあげる動きを激しくした。

ひいーッと由利は、医師の胸のなかへ上体をのけぞらせた。

「ゆるしてッ……も、もう、お尻、こわれちゃう……ああ、ひッ、ひッ……そんなに動かないでッ」

「まだまだ、フフフ、こうやってまたオマ×コに入れてもらい、サンドイッチにされるのを待ってるんだ」

医師は由利の耳もとでささやいて、首筋に唇を這わせた。

不意に赤ん坊がむずかりだした。そろそろおっぱいを与える時間だ。

「ああ、赤ちゃんが……」

由利は狼狽して、両手を赤ん坊のほうへ差しだすしぐさをした。

そうしている間にも、赤ん坊はむずかって泣きだした。

「奥さんに泣いてほしいのに、赤ん坊が泣きだした」

医師は苦笑いをすると、赤ん坊を由利のところへ連れてくるように、私に命じた。

私はカメラを置くと、赤ん坊を抱きあげて由利に渡した。

由利は赤ん坊をしっかりと抱きしめ頬ずりすると、今まで医師にいじられていた乳首を赤ん坊の口に含ませた。たちまち泣き声がやみ、満足げな息づかいに変わった。

だが由利のほうは落ち着くどころではない。肛門を深く貫いた肉棒は、動くのをやめない。

「ああ、ゆるして……赤ちゃんが……ああ、そ、そんなにされたら……」

「奥さんは泣いても、赤ん坊は泣かすんじゃないぞ」

医師は由利の耳もとで、低くドスのきいた声でささやいて、また首筋に唇を押しつけた。

私は夢中でカメラのシャッターを切った。赤ん坊を抱いて乳を与えているだけで、さらに美しさが増した。

赤ん坊に授乳しながら肛門を犯されている若妻、由利のなかの女と母としての本能がせめぎ合い、それが妖しい色気をいっそう感じさせる。

「ああ……そ、そんな……あ、ああ……」

由利は狼狽の声をあげ、赤ん坊をしっかり抱いたまま、頭をグラグラと揺らした。

老人と婦女子を釈放し終わり、緊急脱出用のゴムマット滑り台が切り落とされ、ジャンボ機が滑走路へ向けて動きだしたのも気づかない。

そしてジャンボ機は再び大空へ向けて飛びたった。

ようやくコックピットからもどったリーダーは、医師がまだ由利の肛門を貫いたままなのに気づき、

「先生も好きですねえ、フフフ」

「果報は寝て待てと言うだろ。あせらず女の身体を楽しんでりゃ、いい方向へ向かうもんだよ」

「それが手離しじゃ喜べねえんですよ、先生。相手も相当しぶとくてねえ」

リーダーの話では人質全員を釈放していないので、とりあえず北海道の新千歳空港までの燃料だけの補給で、あとは新千歳空港に着いてからだという。

「あとひと山あるってことか、フフフ、やはり果報は女の身体を楽しんで待てということだよ」

医師は由利の媚肉を指して、リーダーを誘った。このまま由利を再びサンドイッチにしようというのだ。

ちょうどいいことに、乳を与えられて満腹になった赤ん坊は、もう由利の腕のなかで安らかな眠りに落ちていた。

「ああ……もう、かんにんして……これ以上は、ゆるして……」

由利は息も絶えだえにあえいだ。再び二人の男を同時に受け入れさせられ、サンドイッチにされるのだ。

「あ、いやッ……ああ、赤ちゃんをッ……」

いきなりリーダーに赤ん坊を取りあげられて、由利は狼狽の声を高くした。

「赤ん坊を抱いたままでサンドイッチにされたいのか、奥さん」

「そ、それは……」

「さっきは一回気をやらせただけで中途半端になったからな。そのつづきだ、フフフ」

リーダーは赤ん坊を座席に横たえると、ズボンを脱ぎはじめた。

医師は座っているシートの背もたれを後ろへ大きく傾かせ、由利の肛門を貫いたままで、由利もろともあお向けに近い形になった。

由利の股間がリーダーを待ち受けるようにいっそう開き、しとどに濡れた媚肉がさらに露わになった。

「ああ……こんな格好なんて……かんにんして……」

「さあ、つづきだぜ、奥さん。着陸するまでは邪魔も入らねえから、思いっきり楽しめるってもんだ」

「ああッ……いやッ、ああッ……」

グロテスクな肉棒を剝きだしにして、正面から迫ってくるリーダーに、由利は美しい顔をひきつらせた。

だが、ずっと医師に肛門を貫かれていて、由利にはもうあらがう気力もない。

「オマ×コがとろけきってやがる。早く咥えこみたくてヒクヒクしているぜ、奥さん」

リーダーは上から由利にのしかかるようにして、肉棒の頭で媚肉のひろがりをなぞった。

ビクッと由利の身体がふるえ、ひぃーと泣き声が出た。

「フフフ、またオマ×コに入れられるのがうれしいと見えて、尻の穴の締まりが一段とよくなった」

医師は下から由利の腰を前へせりだすように突きあげて、待ちかまえる。

ジワリと肉棒が押し入ってくる感覚に、由利は思わず腰を引こうとしたが、医師が許さずにいっそう前へせりださせられた。

「ああッ……いや、もう、いやあッ……」

かんにんしてッ……前から貫かれながら、由利はのけぞり、悲鳴をあげた。

恐ろしさに気も遠くなりそうなのに、火に油を注がれたように身体が一気に炎にくるまれるのを、由利はどうしようもなかった。貫かれる柔肉が、待ちかねたようにリーダーの肉棒にからみつき、深く引きこもうとざわめいた。

「ああッ……た、たまらないッ……ああ、あうう……死んじゃうッ」

薄い粘膜をへだてて人並み以上の二本がこすれ合う感覚に、由利はわけがわからなくなっていく。

ひいひい喉を絞りながら、身も心も真っ白に灼けつきる瞬間に向けて、汗まみれの女体は暴走していった。

第四章　惨劇　生贄のスチュワーデス

1

さんざん由利を責めたててから、ようやく直腸深く白濁の精を思いっきり放った医師は、フウーと大きく息を吐いた。

「尻の穴のほうはここでひと休みだ。ずっと犯りっぱなしだからな、フフフ」

「俺はつづけさせてもらいますぜ、先生」

リーダーは由利を責めるのをやめようとせず、さらに由利の媚肉を荒々しく突きあげた。

由利の身体を座席にあお向けにして、両脚を左右の肩にかつぎあげ、上から体重をかけて肉棒を打ちこむ。

「あ、あぁッ……もう、ゆるしてッ……ひッ、ひッ、これ以上は……」

由利がまた悲鳴をあげはじめた。

それを横目に見ながら、医師は二階席から下へ降りる階段へ向かった。

「若い者にも楽しませなくちゃな。この先は長くなりそうだし、長期戦に耐えるためにも息抜きは必要だ」

そう言った医師は、私にもカメラを持ってついてくるように言った。

夢中で由利を撮っていた私は、あわてて医師のあとを追い、階段を降りた。

アンダーデッキの座席に、乗客の姿はなかった。

いや、百五十人ほどに減った乗客たちは後方にまとめられて座らされていた。男性ばかりで、それを毒ガスのスプレーを持った若い犯人たちが監視していた。

二階席の由利の悲鳴も、ここまではまったく聞こえない。アンダーデッキでさえ、前方でなにがおこっても、エンジン音にかき消されて、やはり聞こえないだろう。

「フフフ、ここでお楽しみといくか」

アンダーデッキの前方で、医師はニンマリとした。

そして二階席の後方にころがされていたスチュワーデスたちを下へおろした。私もカメラを置いて手伝わされた。

スチュワーデスは六人だった。もっといたはずだが、若い美人ばかり残された感じで、あとのスチュワーデスがどうなったかは、聞くまでもなかった。

手足の縄を解いて猿轡をはずすと、六人のスチュワーデスはたちまちおびえた顔で身を寄せ合った。シクシクとすすり泣いている者もいる。

医師はスチュワーデスたちを見まわして、ニヤリと笑った。

「全部脱いで素っ裸になるんだ」

スチュワーデスたちから小さな悲鳴があがった。

いやいやと頭を振りながら、いっそう互いに身を寄せ合う。

「早くするんだ。グズグズしてると、上の人妻みたいに浣腸してサンドイッチにすることになるぞ」

医師はドスのきいた声を張りあげた。

人妻の由利が責め嬲られるのを見せられていただけに、医師のこの言葉は効いた。

「い、いやッ……」

おびえきった一人が制服のボタンに手をかければ、それがきっかけでスチュワーデスたちは皆、命じられるままに脱ぎはじめた。

一糸まとわぬ全裸の女体が六個もそろうと、迫力満点だ。そこら中にムンムンと女臭が漂う。

人質が殺され投げ捨てられるのを見ていなければ、由利が浣腸されてサンドイッチにされるのを見ていなければ、こうもスムーズに六つの裸はそろわなかっただろう。

私は息を呑んで見とれた。若く美しいピチピチとした女体の群れに、圧倒される。人妻の由利ほど熟しきった官能美あふれるものではないが、そこにははじけるような若さと美しさがあった。

「素直に素っ裸になったほうびをやろう」

医師はニンマリと笑うと、スチュワーデスたちに制服のエプロンをつけることを許した。

双臀は丸見えだが、乳房や下腹の茂みは少しは隠せる。そのエプロンにはそれぞれ名札をつけさせた。

さらに制帽とハイヒール、首のスカーフもつけさせた。これで遠くから見ても、スチュワーデスだとひと目でわかる。

そして全裸よりも、ゾクゾクとさせられる妖しい色気があった。

警備役で呼ばれた若い者四人も、スチュワーデスたちの姿に気づくと、だらしなく笑っていっしょになって、思わず舌なめずりをしていた。

医師はエプロン姿のスチュワーデスたちを一列に並ばせた。その前をゆっくりと歩きながら、医師はニンマリと笑った。

スチュワーデスたちは今にもベソをかかんばかりの表情で、エプロンを手で押さえて肌を隠しながら、ブルブルとふるえていた。そのふるえがおびえによるものだけでないことを、医師は見抜いていた。

スチュワーデスたちはこのジャンボ機に乗ってから、まだ一度もトイレに行くことを許されていない。尿意は相当に高まっているはずだ。

「今からおもしろいゲームをするからな」

ひとりひとりスチュワーデスの顔を覗きこんで、医師はうれしそうに言った。

医師に命じられて、私は機内のあっちこっちから洗面器を六個集めた。それを医師と四人の若い者に渡し、私も一個持った。

そして医師の指示で、私も含めて男たちはそれぞれスチュワーデスの前へしゃがみこんだ。スチュワーデスの片脚を持ちあげ、肩にかけさせた。

「ああ、いや……」

「ゆ、ゆるして……」

「いや……やめてください、ああ……」

ぴったりと閉じ合わせた太腿を開かされる形になって、スチュワーデスたちは異口同音に哀願の声をあげた。

「逆らうんじゃない。逆らう者は上の人妻と同じ目にあわせるぞ」

医師が声を荒らげた。

スチュワーデスたちの声が弱まり、あらがおうとする力が抜けた。

「今から洗面器に小便するんだ。誰が早く出すかのゲームだ。遅い二人には仕置きが待ってるからな」

「そ、そんな……ああ、いや、そんなこと、できない……」

「できなきゃ仕置きだ、フフフ、上の人妻のようにな」

医師はあざ笑うように言った。

そして洗面器を太腿の間にあてがいつつ、もう一方の手で媚肉の割れ目をまさぐりはじめた。

「あ、いやッ……や、やめて……」

「やめて欲しけりゃ、早く出すことだ。小便をする気になるように、いじってるんだからな、フフフ」

「ああ……いや、ああ……」

スチュワーデスは泣きながらかぶりを振った。

それでも仕置きで人妻の由利と同じことをされる恐怖で、逃げようとはしない。

四人の若い者も私も、同じように前のスチュワーデスに洗面器をあてがい、媚肉をいじりはじめる。

「や、やめてッ……」

「ああ……いや……あぁッ……」

「いや、いやッ」

六人のスチュワーデスはいっせいに狼狽し、頭を振って腰をよじった。

若いスチュワーデスにとって、こんなふうに覗かれいじられているのに、排尿などできるわけがない。いくら尿意が高まっても、するものはいなかった。

「しようがないな。浣腸して誰が先に漏らすかのゲームに切り替えてもいいんだぞ」

医師の浣腸という言葉に、スチュワーデスたちはひいッと悲鳴をあげた。

このまま尿を漏らすなど、若い女にとって恐ろしいことだ。だが、浣腸されて排泄を見られるのは、もっと恐ろしかった。

（ああ……どうすればいいの……）

最初に浣腸の恐怖に耐えられなくなって屈服したのは、もっとも尿意の切迫していた香坂紗英という名札をつけたスチュワーデスだった。

「あ、ああッ、いや……見ないでッ……」

悲痛な叫びとともに、チョロチョロと漏れはじめた。

あとは泣き声を高くしながら、勢いを激しくした。

さらに屈服は名倉春香、沢真理子とつづいた。

あてがった洗面器にしぶきをあげながら、泣き声がひろがっていく。

少し遅れて四人目の戸沢和子が屈服した。

だが、森下慶子と川島夏子の二人は、いやッ、いやッと泣きながらも、しようとしない。

森下慶子の前にしゃがみこんでいるのは私だ。

小便をするところを見たいのだが、いくら肉をいじっても屈服せず、私はあせった。

「フフフ、これでゲームの勝負はついたな。負けは森下慶子と川島夏子だ」

医師は若い者に命じて、すばやく慶子と夏子に後ろ手錠をかけさせた。

「ああ……そんなこと、できない……」

「ひ、ひどすぎるわ……ああ……」

夏子と慶子は泣きじゃくった。いくらしようとしても、二人にはできなかった。

「夏子と慶子の二人はここに残して、あとは我々と人質に食事と飲物のサービスをするんだ、フフフ、腹が減ってはろくなことが起こらないからな」

食うこととセックスは人間の基本だと言って、医師はゲラゲラと笑った。

2

紗英と春香、そして真理子と和子の四人のスチュワーデスは、全裸にエプロンという姿で、機内サービスをさせられた。

左右の通路から二人ずつでワゴンを押して入ってきたスチュワーデスに気づくと、人質の乗客は一瞬ギョッとし、やがてざわめいた。

「静かにしねえか。しゃべるんじゃねえ」

「おとなしくしてりゃ、飯も食わせてやるし、眼の保養もさせてやる」

「こんな色っぽい機内サービスは、他じゃ絶対にないぜ。我々に感謝するんだな」

監視役の若い者たちが、人質に向かって大きな声で言った。

言いながら自分たちもスチュワーデスの剝きだしの双臀を見つめ、ニヤニヤと眼で楽しんでいる。

「なんてことをするんだ。彼女たちになにか着せてやれ」

「スチュワーデスに罪はないはずだ」

乗客のなかの二人ほどがそう言って、自分の上衣をスチュワーデスに羽織らせてやろうとしたが、たちまち若い者になぐり倒された。

「ああ、乱暴はやめてください」

春香が若い犯人に言うと、

「あぶないですから、犯人たちに反抗しないでください」

「私たちのことは大丈夫ですから……」

和子や真理子、紗英が今にも泣きだしたいのを必死にこらえ、ざわめく乗客たちをなだめた。エプロンだけのほとんど裸に近い格好で機内サービスをさせられるなど、生きた心地もない。

エプロンの隙間から乳房や下腹、そして太腿や双臀に突き刺さってくる無数の視線を痛いまでに感じる。

ワゴンから飲物や食事を乗客に差しだす時、前かがみになるのでいやでもエプロンの横から乳房が丸見えになり、双臀を後ろへ突きだす格好になり、視線が集中した。

「ああ……」

春香が思わず泣きだしそうになって、その場にうずくまりそうになると、和子が腕をとって支えた。

「しっかりするのよ、名倉さん。ここで負けちゃ駄目よ」

そっとささやく和子の声もふるえた。

機内サービスもできない役立たずは仕置きするから、前へ連れもどせと医師が若い者たちに命じてあるのだ。

スチュワーデスたちの膝とハイヒールが、ガクガクとふるえていた。

そんなスチュワーデスを、私は医師の命令でカメラに撮った。

「ああ……」

ほとんど裸に近い身体を犯人たちや乗客らの眼にさらしているだけでなく、カメラにまで撮られることが、スチュワーデスたちの狼狽を大きくするようだ。

それでも時々、チラッとおびえと抗議の眼でカメラのほうを見はしても、必死に平静を装って機内サービスをつづけていく。

(いい女ばかりだ……さすがにあの医者が残しただけのことはある……)

カメラを通して、私は改めてスチュワーデスたちの美しさと、その身体の素晴らしさに魅了された。そのなかでも戸沢和子は私の好みだった。

他のスチュワーデスに較べて気丈な感じのする顔立ちと、人妻の由利と較べてもひけを取らない双臀の肉づきがそそられるのだ。

医師の好みは紗英と夏子だろうか。由利が二階席へ連れていかれる前に、媚肉を犯されていたのは紗英と夏子だった。

いずれにしろ、スチュワーデスたちは皆、甲乙つけがたい美女ばかりなのだ。

ひと通り撮ったところで、私は医師の命令で前方へ呼びもどされた。

前方では後ろ手錠をかけられた夏子と慶子の白い肌に、若い者がそれぞれしゃぶりついていた。

「いやッ……ああ、いやあ……」

「やめてッ……いや、いやッ……ゆるしてッ」

慶子と夏子は座席に押し倒されて、若い男にのしかかられ、悲鳴をあげてもがいた。

「フフフ、罰として若い者たちの相手をするんだ。若い者は十二人、二人で半分ずつ受け持つとしても六人だ」

これが仕置きだと、医師は慶子と夏子の顔を覗きこんであざ笑った。

ひいッと慶子と夏子は高く泣いた。

だがその泣き声も、若い者の欲情をいっそう昂らせるばかり。エプロンをむしり取って乳房にしゃぶりつき、荒々しく揉みこみながら、早くもつながろうとする。

ひとりが夏子の両脚を肩にかつぎあげ、膝が乳房につかんばかりに二つ折りにしてのしかかれば、もうひとりは慶子をゾロリとうつ伏せにひっくりかえし、両膝をつかせて双臀を高くもたげさせ、後ろからつながろうと慶子の腰を抱きこむ。

「いやあッ……ゆるしてッ……」

「ああ、こんな格好は、いや、いやッ」

夏子と慶子は犯される恐怖に、美しい顔をひきつらせて悲鳴をあげた。

私はあわててカメラをかまえた。美しいスチュワーデスが二人並んで犯されるのだ。

ほとんど同時に、若くたくましい肉棒が、慶子と夏子の媚肉の割れ目に押しつけられた。

「こんな美人とやれるなんて、夢みてえだぜ。たまらねえ」

「俺はレイプするならこのスチュワーデスと決めてたんだ。ついてやがる」

そう言うと二人は、一気に夏子と慶子を貫きにかかった。

「ああッ……」

「い、いやあッ……」

夏子と慶子は灼熱で貫かれながら、ひいーッと絶息するような声を絞りだした。それはすぐにうめき声に変わった。

「くらえッ……ほれ、くらえッ」

「くそッ……いい身体しやがって……」

二人の若者もうなるように言った。

できるだけ深く入れると、自らのめりこんでいくように激しく腰を突き動かしはじめた。

「ひいッ……いやあッ」

夏子が白眼を剝かんばかりに悲鳴をあげて黒髪を振りたくれば、

「やめて、やめてッ、いやあッ」

慶子は泣き叫んで、少しでも逃れようと腰をよじりたてた。

その動きに夏子と慶子の肉が締まり、それが二人の若い者をあおりたてて、いっそう動きを荒々しくさせた。

「フフフ、泣け、いいぞ、もっと泣けい」

見おろしながら、医師はゲラゲラと笑った。

だが、その声はもう慶子と夏子には、そして二人の若い者にも聞こえていなかった。

「たまらねえ……ううッ、天国だぜ」

「そりゃ……そりゃ……」

うなるように言うばかりだ。

「若いな。自分が楽しむことばかり考えてると、すぐに果ててしまうぞ。女を責めることを考えろ」

医師は苦笑いしながら言った。

私はカメラのシャッターを切りながら、じれたようになっていた。私よりずっと年下の若い者でさえ、美しいスチュワーデスの肉体を存分に味わっているというのに、私はさっきからシャッターを切るばかりだ。次々と見せつけられて、じれないほうがおかしい。

医師が私を見て、ニヤリとした。

「犯りたいか、フフフ、君もだいぶ我々の仲間らしくなってきた。もう立派な専属カメラマンだ」

私は医師の言葉にハッと我れにかえった。

自分を守るためとはいえ、人妻の由利をこの男たちに売ったのだ。そして責め嬲られる由利をカメラに撮りながら、すっかり魅せられてしまい、あわよくばつまみ食いしたいと考えてしまった。

今さら良心の呵責に悩むのはおかしい。もうあともどりはできなかった。人妻の由利を犯してみたい。いや、スチュワーデスの戸沢和子でもいい。医師の私への態度からして、本当にチャンスがあるかもしれない。

いつしか慶子と夏子は悲鳴も途切れ、半分気を失ったようになってすすり泣き、うめくだけになった。

そんな慶子と夏子に、二人の若い男が夢中になって荒々しく肉棒を打ちこんでいる。

「どれ、後ろの様子を見てから上へもどるとするか」

いつまでもここにはいられないと、医師は席を立った。

ついてくるように言われて、私は医師のあとにつづいて後部座席へ行った。もう人質の乗客たちへの食事と飲物の機内サービスは、あと数列を残すだけのところまで進んでいた。

時間の経過が雰囲気を微妙に変えた。相変わらず乗客たちの私語は禁止されているものの、スチュワーデスの肌を見る眼が熱を帯び、遠慮がなくなっている。

私の眼は迷わずにまっすぐ戸沢和子の双臀へ向いた。形よく張った和子の双臀はキュウと引き締まって位置が高く、臀丘の谷間も深くてしゃぶりつきたくなるほどの美しさだ。

「フフフ、あのスチュワーデスが好みなのか。戸沢和子とか言ってたな」

医師は私の視線に気づいて言い、意味ありげな笑いを浮かべた。

3

ちょっと様子を見ただけで、医師は二階席へもどった。

由利は座席の上にグッタリとなっていた。両眼を閉じ、ハアハアと肩で息をして、乱れ髪が汗で額や頬にへばりついていた。身体中が、油でもかけられたようにヌルヌルと光っていた。

医師と私がもどってきたのも、由利は気づかない。

そしてリーダーはコックピットの入り口のところにいた。

「なにもかも順調にいっているのに、なにかあったのかな」

医師はリーダーに聞いた。

「それがさっきからやっかいなハエがつきまとってるんだよ、先生」

リーダーが指差す先に、戦闘機が見えた。十五分ほど前から、ずっと左右に一機ずつ並んで飛んでいるという。日の丸が見える。自衛隊機だ。

「気にすることはない。人質がいる限り、なにもできやせんよ、フフフ」

「わかっちゃいるがうるさくてねえ」

リーダーはハエたたきでハエを打つまねをした。

「そう言いながら少し前まで奥さんの身体を楽しんでいたようじゃないか、フフフ」

医師は座席の由利を見て言った。

リーダーは照れ笑いをして、

「あんまりいい味してるんでついつい、フフフ、これだけいいオマ×コをしてる女は、初めてだぜ、先生」

「その調子だと抜かずの三連発、もっとやったかな」

「先生にかかっちゃ、なんでもお見通しだぜ。まいった、まいった」

リーダーと医師は顔を見合わせて、ゲラゲラと笑った。

私はグッタリと半分死んだような由利の身体にカメラを向けた。乳房もなにもかもヌラヌラと光って剝きだしで、太腿も開いたままだ。

その奥の媚肉はティッシュで汚れを拭き取られていたが、肉棒でさんざん荒らされたあとも生々しく、充血した肉襞まで見せていた。それがまだヒクヒクと余韻の痙攣をくりかえしている。女芯もとがったままだ。

私は思わず生唾を呑みこみ、カメラのシャッターを切らずにはいられなかった。

「……ああ……」

やがてピクッと由利の身体が動いたと思うと、オズオズと両脚を閉じ合わせ、両手で肌を隠すようにして、シクシクとすすり泣きはじめた。

「フフフ、うれし泣きか、奥さん。そんなによかったのか」

「たいしたよがりようだったからな。何度気をやったか覚えてるのか」

医師とリーダーがからかうと、由利は弱々しくかぶりを振ってすすり泣く声を高くした。

医師が由利の黒髪をつかんで、ニヤニヤと顔を覗きこんだ。

「まだ終わりじゃないぞ。奥さんのこの尻はな、フフフ、これからだよ」

汗にまみれた由利の双臀をヌルヌルと撫でまわした。

「俺もまだ奥さんのアナルのほうは味わっちゃいねえ」

リーダーも由利の顔を覗きこんで、ニンマリとした。

ああ……と由利は思わず身ぶるいした。

「……い、いや……もう、いやです……ああ……もう、ゆるして……」

凌辱の限りをつくされた身体を、さらに責め嬲られるのだ。

医師とリーダーは首輪の革紐を引きあげて由利を立ちあがらせると、上体を前へ倒して座席の上へ伏せさせた。

「両脚はまっすぐのばしてるんだぞ、奥さん。ほれ、もっと尻を後ろへ突きださんか」

「もっと脚を開かねえか。これじゃ尻の穴をいじれねえぞ」

パシッと由利の双臀をはたく。

「ああ……も、もう、かんにんして……」

由利は膝とハイヒールをガクガクさせながらも、強引に両脚を左右へ開かされ、双臀を後ろへ突きだすポーズをとらされた。

「ああ……ゆるして、これ以上は……」

「これだけいい尻をしてだらしないぞ。この尻はまだまだ大丈夫だ、フフフ」

「い、いや……ああ、お尻はいや……そんなところだけは……」

臀丘の谷間を割りひろげられ、その奥の肛門を覗かれるのを感じて、由利はキリキリと唇を噛みしめてかぶりを振った。

「いい尻の穴だ。いくらいやがっても、尻の穴はなにか咥えたくてヒクヒクしてるぞ」

「フフフ、さっき先生のをぶちこまれて、また一段と尻の穴が色っぽくなったようじゃねえかよ、奥さん」

くい入るように覗きこんで、医師とリーダーはあれこれと由利の肛門を意地悪く批評した。そして私のカメラにも充分に撮らせた。

「ああ……そんなところ、狂ってるわ……」

由利は肛門が男たちの視線とカメラのレンズを受けて火になるようだった。

むず痒く、火照るようで、思わずキュウと引き締まってはフッとゆるんだ。そしてまたキュウとつぼむ。まるで肛門があえいでいるようだ。

充分に覗きこんでカメラに撮らせてから、医師とリーダーは指先に肛門弛緩剤入りの潤滑クリームをすくって、かわるがわる由利の肛門に塗りこみ、マッサージしはじめた。

「あ、ああ……いや、もう、いやッ……」

由利は座席の上で両手をギュウと握りしめて、ブルブルと双臀をふるわせた。

肛門にもぐりこんでくる指が、いやでもさっき医師に肛門を犯された時のことを思いださせる。

「おとなしく尻の穴をいじらせてろよ、奥さん。逆らったり、その姿勢を崩すなよ。赤ん坊が可愛いんだろう」

由利の胸の内を見抜いたように、リーダーが由利の最大の弱点をついた。

「ああ……赤ちゃんにはなにもしないで……」

そう言って由利は必死にこらえる。

医師とリーダーの指が交互に由利の肛門を深く縫い、リズミカルに出入りをくりかえしている。

私はカメラのシャッターを押しながら、さらに由利に魅せられていく自分を感じた。もう医師とリーダーにさんざん犯されたというのに、そのあとでも私を魅了する由利の美しさは本物だ。

リーダーの言うように、かえって一段と色気が増した気さえした。

「フフフ、少しいじってみるか」

不意に医師が私に聞いた。

私は思わずうなずいていた。ちょうどシャッターを切ったところだったので、大きくブレてしまった。

「一分だけだぞ、フフフ」

リーダーはそう言ったが、私にしてみれば一分でも由利の肛門をいじれるなど、天にも昇る気持ちだ。

医師とリーダーの指が退くと、私はふるえる手を由利の双臀へのばした。ムチッと官能味あふれる臀丘を一度撫でまわしてから、指先を由利の肛門へとすべらせた。

肛門の粘膜が指先に吸いつく、なんという柔らかさだ。まるで水分を含んだ真綿のようで、たちまち私の指先は吸いこまれるように沈んだ。

「いや……ああ、いや……」

ブルブルと双臀をふるわせて、由利は泣き声をあげた。私にまでおぞましい排泄器官をいじらせる医師とリーダーのあくどさに、由利はキリキリと歯を噛みしばった。

それをかまわず、私はズブズブと指の付け根まで埋めこんだ。

「ああッ……」

指の根元がきつくくい締められ、ヒクヒクふるえるのがわかった。この世のものとも思えぬ熱くしっとりとした緊縮感。

(こ、これが人妻の尻の穴か……。指がとろけてくい切られるようだ)

私は腹のなかでうなった。

指をまわして直腸をまさぐると、その妖美な感触がぐっと大きくなる。そこにしゃぶりつきたくなる衝動を、私はグッとこらえた。

「そこまでだ」

非情な声がかかり、私は指を引かされた。カメラのところへもどりながら、私はそっとその指を舐めた。

医師とリーダーの二人はズボンを脱いで肉棒を剝きだしにした。とくにリーダーはついさっきまで由利の媚肉を犯していたというのに、もう天を突かんばかりのたくましさを取りもどしていた。

「それじゃ尻の穴も充分とろけたところで、肛門セックスといくか、フフフ」

「その姿勢のままでいろよ。さもねえと奥さんは赤ん坊を失うことになるぜ」

医師とリーダーは活を入れるようにピシッ、ピシッと一度左右の臀丘を平手打ちにした。

「今度は、二人がかりで奥さんの尻の穴を犯るからな。どっちが奥さんの好みか、フフフ」

そう言って、まず医師が由利の後ろに立った。高くもたげた由利の双臀を抱きこむようにして、灼熱を臀丘の谷間へもぐりこませる。

「ああッ、ゆるしてッ……お、お尻は、いやあッ……」

恐怖に声をひきつらせながらも、由利は赤ん坊のことを思うと、あらがうことはできない。

灼熱に肛門の粘膜がいっぱいに押しひろげられ、由利は両手で座席の上をかきむしってひいひい喉を絞った。

それをあざ笑うように、肉棒の頭がさらにめりこんだ。

「う、うむ……ううむッ、ひいーッ……」

苦悶のうめきと悲鳴とともに、由利の肛門は肉棒の頭を受け入れた。ブルブルと身体のなかに痙攣が走り、膝とハイヒールがガクガクと崩れかかる。

「フフフ、二度目とあってさっきよりスムーズに入ったぞ。よく締まるいい尻だ」

根元まで埋めこむと、医師は牝馬を追いたてるようにピシッと双臀をはたき、直腸を深く突きあげはじめた。医師の下腹が由利の双臀に打ちつけられてはずむ。

「ひッ、ひッ……ゆるしてッ……ああ、裂けちゃうッ……」

由利は悲鳴をあげ、泣き叫んだ。

だが、数分もしないうちに不意に医師は動きをとめ、そればかりかスーと引き抜いてしまった。

「ああ……」

由利は一瞬どういうことかわからなかったが、すぐに代わってリーダーが肛門を貫いてきた。

「そ、そんなッ……ひいッ、ひッ……」

「フフフ、二人がかりで犯ると言っただろ。俺と先生とで次々に入れ代わって、尻の穴にぶちこんでやるよ」

そう言ってグイグイと押し入れたリーダーは、すぐに快美の肉の感触にうなった。まさかこれほどとは思っていなかったのだ。

「どうだ、すごいだろうが」

医師はニヤニヤと笑った。

リーダーはすぐに返事をする余裕もない。

空港に近づいて次第に高度をさげはじめたジャンボ機のように、リーダーは由利の肛門の妖美な感触に吸いこまれていく。

第五章　悪夢　おぞましき肛門拡張剤

1

ジャンボ機が着陸すると同時に、リーダーは獣のように吠えて白濁の精を思いっきり中里由利の直腸へ放った。

「ひッ、ひいーッ……」

由利は白眼を剝いてのけぞり、ブルルッと汗まみれの裸身を痙攣させた。肛門がキリキリとリーダーをくい締める。

それを味わいながら、リーダーはゆっくり肉棒を抜き、フウーと大きく息を吐いた。

「まだこれからだってのに着いちまったか。一度中断して、つづきはあとだ」

未練がましくリーダーは由利の双臀を見つめて言った。

そしてリーダーは仲間のハイジャック犯たちに臨戦態勢を指示した。

アンダーデッキでスチュワーデスの森下慶子と川島夏子の身体を楽しんでいた若い者二人も、あわてて持ち場についた。

全裸にエプロンとハイヒール、そして制帽をつけただけのスチュワーデスたちは、全員アンダーデッキの前方へ集められ、手足を縛られ床にころがされた。

それまでの淫らでただれた空気が一変して、機内に緊張感が張りつめた。窓から外を見ると、新千歳空港はまだ夜明け前。遠くに装甲車の警告灯が赤く見え、警察官たちのヘルメットがにぶく光っている。

管制塔は駐機場へ入るように盛んに言ってくる。

「なにかたくらんでやがるな、フフフ」

リーダーは管制塔を無視して、ジャンボ機をいつでも飛びたてるように滑走路の端に停めさせた。

あわてて装甲車が動きだし、ジャンボ機を遠巻きにするのが見えた。警察官の動きもあわただしい。

「あわてることはない、フフフ、給油の話がつくまではまだ時間がかかる」

医師は落ち着いた様子で私に言った。

私は思わずうなずいていた。外の様子が気にならないと言えばウソになるが、それよりも私の関心は眼の前の人妻の由利だ。

由利は医師の上に前向きで乗せられ、後ろ手に縛られた上体をグラグラと揺らしてすすり泣いていた。両脚は医師の膝をまたぎ、さらに座席の肘かけをまたいで開ききっている。

その正面にカメラを持ってしゃがみこんだ私の眼には、由利の開ききった股間がしとどに濡れた媚肉も露わに、そしてドス黒い肉棒が深々と肛門を貫いているのが、はっきりと見えた。

「……もう、かんにんして……ああ、これ以上は……ゆるして……」

由利は焦点の定まらない瞳を宙に漂わせながら、ハァハァとあえいだ。口の端からは涎れを溢れさせ、開ききった媚肉も充血した肉襞をヒクヒクうごめかせ、さらにジクジクと蜜を溢れさせている。

長時間にわたって責められっぱなしだというのに、なおも妖しいまでに反応する由利の身体の貪欲さに、圧倒される。

「ほれ、気分を出さないか、奥さん。まだ終わりじゃないぞ」

医師は由利の腰を両手でつかんで上下に揺さぶり、下からも肉棒で突きあげた。

「ああッ、ゆるしてッ……う、ううむ……死んじゃう……」

「尻の穴はクイクイ締めつけてきて、もっとと言っとるよ、フフフ、ほれ、自分から腰を振らないか」

「ああ……あああ……」

由利は揺さぶられつつ、もうまともに口もきけない。

頭をグラグラと揺らし、泣き声を高めながらハァハァとふいごのように息を吐き、まるで強い麻薬にでもおかされているようだ。

私は思わず、カメラのシャッターを押した。

悩ましい美貌と豊満な乳房、あえぐなめらかな腹部、茂みと開ききった股間に露わな割れ目、そして肉棒に貫かれた肛門のすべてがレンズを覗くとそのなかにある。もちろん由利の美しい顔と開ききった股間のアップも撮った。

「フフフ、こうしたほうがもっとすごい写真が撮れるだろうが」

医師が由利の腰をつかんだ両手を股間へとすべらせ、左右から媚肉の割れ目をつまんで押しひろげた。

充血した肉層がしとどの蜜のなかに露わに剝きだされ、肉の構造がカメラのレンズにさらされた。

ゴクリと生唾を呑みこむと、私はたてつづけにシャッターを切った。カメラを持つ手がふるえそうになるのを必死にこらえる。

「ああ……い、いや……あうう……」

カメラに気づいて由利は弱々しい声をあげたが、あらがいは見せない。肛門を犯されているという異常さにもう気が萎えている。

「あ……ひッ、ひいーッ」

由利は今にも気がいかんばかりに悲鳴をあげた。

「いやッ……ひッ、ひッ……ゆるしてッ」

「フフフ、ここをいじってやると尻穴がよく締まるぞ。くいちぎられそうだ、奥さん」

医師は由利の肉芽をこすり、つまみあげていびり、気持ちよさそうに顔を崩した。

もう由利の腰を揺すりあやつらなくても、肉芽をいじってやるだけでうねり舞う。

自ら肛門をグロテスクな肉棒で深く浅く、また深くと串刺しにされるのだ。ひいーッ、ひいーッと喉を絞って、由利は白眼を剝いてのけぞりっぱなしになった。

「すぐに気をやるぞ、しっかり撮れよ」

医師に言われて私はうなずいた。

由利が絶頂へと昇りつめそうなのは、汗まみれの裸身に走りはじめた痙攣からも、よくわかる。

医師の膝をまたいで左右へ開いた由利の両脚が突っ張り、つま先が内側へ反りかえった。片方のハイヒールが床に落ちた。

「ああッ……ああッ、由利、イッちゃうッ」

ほとんど悲鳴に近い声で叫んだと思うと、由利はガクン、ガクンと腰をはねあげ、総身をキリキリと収縮させた。

すさまじい締まりが医師の肉棒をおそった。医師に耐える気はなく、最後のひと突きを与えると、ドッと精を放った。

「ひッ、ひいーッ」

由利はもう一度大きくガクンとのけぞって激しく痙攣した。灼けるような白濁のほとばしりを直腸に感じて、そのまま眼の前が白くなる。

医師は由利のきつい収縮と痙攣がくりかえされるのをじっくり味わい、それがおさまるのを待ってから、ようやく肉棒を抜いた。

「何度味わっても極上だ、この尻は。フフフ、これだけうまい尻はまず他にあるまい」

医師は満足げに言った。

それから盛んにシャッターを切っていた私を見て、ニンマリと顔を崩した。

「綺麗にしてやれ。尻の穴もオマ×コもな。カメラマンの仕事はひと休みしろ」

思いがけない医師の言葉に、私はゴクリと生唾を呑みこんでうなずいた。

医師やリーダーが楽しんだ後始末をさせられるとはいえ、美しい人妻の媚肉と肛門に触れるのだ。それはさっきから写真を撮るばかりだった私にとって、胴ぶるいがくるほどの好運だ。

私はカメラを置くと、タオルを取って座席の上にグッタリとしていた由利の身体に手をのばした。

両眼を閉じて半開きの唇でハァハァとあえぐ由利の顔は、しとどの汗に洗われて乱れ髪を額や頬にへばりつかせ、まるで初産を終えた新妻みたいに輝いている。後ろ手に縛られた裸身も、汗にヌラヌラと光り、乳房から下腹を波打たせて、まぶしいばかりだ。

そして由利の太腿は閉じる力もなく開いたまま、しとどに濡れそぼった媚肉も生々しく、赤くひろがった肛門からトロリと白濁を吐きだしていた。

（あれだけ犯されたというのに……な、なんて美しいんだ……）

私はまた、ゴクリと喉を鳴らした。

ふるえる手で由利の太腿をさらに開かせ、媚肉の合わせ目をさらにひろげて、ゆっくりとタオルでぬぐった。

「あ……」

由利は小さく声をあげて右に左に頭を揺らしたが、両眼は閉じたままでまったくあらがいは見せない。

私はしとどに濡れた媚肉をタオルでぬぐっては、妖美な肉の構造を確かめるように指先でまさぐった。まだ充血した柔肉がとろけるようで、ヒクヒクと余韻の痙攣を残している。

これがクリトリスか……肉芽を根元まで剝きあげてはもどし、また剝きあげることをくりかえした。これが小便の出る穴で、こっちが膣か……ひとつひとつまさぐってから、指を二本、由利の膣内に沈めた。

「あ……ああ……」

由利の腰がむずかるようにうごめいた。

膣のなかはヌルヌルで、まだ熱くたぎるようだ。その妖しい感触に、私はズボンの前が痛いまでに硬直するのを感じた。

私は由利の媚肉をまさぐりつつも、もう一方の手でタオルの端をつかみ、由利の肛門をそっとぬぐった。

「い、いや……」

由利は小さく叫んで、ブルッと双臀をふるわせた。

同時に肛門がすぼまる動きを見せ、さらにトロリと白濁を吐きだした。タオルで拭いても、あとからあとから出てくる。

由利の肛門はあえいでいるように、すぼまる動きを見せてはフックラとゆるみ、またすぼまるということを何度もくりかえした。私は思わず指先で触れ、ゆるゆると揉みこんだ。

さらに指で人妻の肛門を縫うように、ジワジワと貫いた。とろけるような柔らかさで指が吸いこまれる。

（すごい……）

私は腹のなかでうなった。

これほどの美貌の人妻の媚肉と肛門を同時にいじれるなど、信じられない。

「綺麗にしてやれと言ったんだ。それじゃかえってベトベトにしてしまうぞ」

医師が笑いながら言った。

2

コックピットでは給油を求めるハイジャック犯と、人質の全員解放を主張する警察との交渉がいきづまって膠着状態に陥っていた。

「先生の言った通り、こりゃ時間がかかりそうだ。長期戦になるか……」

リーダーはコックピットからもどってくると、渋い顔で言った。

もう窓の外は朝日が昇りかけて、明るくなりはじめていた。そのなかで遠巻きにしている警察の動きが活発だった。

「やっぱりなにかたくらんでやがるな」

リーダーは鋭く眼を光らせた。ハイジャック犯たちにとっては気の抜けない時間がつづくことになる。

だが、医師だけは相変わらず余裕たっぷりだった。

「あせったら負けだ、フフフ、多少時間がかかっても、予定通りに進めることだよ」

医師の言葉にリーダーは大きくうなずいた。この医師がいなければ、リーダーや若い者たちは浮き足立っていたかもしれない。リーダーが医師を先生と呼んで立てるわけだ。

そしてもうひとり、ピリピリとした緊張感とは無関係の者が、この私である。落ち着いているわけではなく、まわりのことが気にならないほど、人妻の肉に魅せられていた。

もう手をのばすことは許されなかったが、私はくい入るように由利の股間を覗きこみつづけた。そして医師の眼を盗んでは、媚肉や肛門に触れた。

由利はグッタリとして、私が手をのばしても、ピクッと腰を動かしあえぐだけで、ほとんど反応はなかった。

「そんなのに触っても反応がなくておもしろくないだろう、フフフ、それより私についてくるんだ。私の診察バッグを持ってな」

私はあわてて手をひっこめた。そして命じられるままにバッグを持って、医師のあとにつづいた。

医師はアンダーデッキのスチュワーデスたちのところへ行った。

若い者にかわるがわる犯された森下慶子と川島夏子は気を失ったようにグッタリと横になったままだ。

残る四人の香坂紗英と名倉春香、沢真理子、そして戸沢和子は後ろ手に縛られたエプロンだけの裸身を互いに寄せ合っていた。

「フフフ、誰にするかな」

医師はいやらしく笑いながら、ねっとりとスチュワーデスたちを見つめた。

私の眼は戸沢和子に向いた。医師がなにをするにしても、私は戸沢和子が選ばれることを願った。

他のスチュワーデスに較べてどこか気丈な感じのする戸沢和子が、人妻の由利と較べてもひけを取らない見事なその双臀が、医師によって責められるのを見たい。和子が選ばれれば、私にも触るチャンスがあるかもしれない。

「お前にしよう、フフフ、さあ、こっちへ来るんだ」

医師が選んだのは、香坂紗英だった。

和子が選ばれなかったので私はがっかりしたが、紗英もまた医師の好みだけあってすごい美人だ。

「い、いや……ああ、いや……なにをしようというのですか……」

引きだされて紗英はおびえ、声をふるわせた。手足を縛られていては、あらがう術はなかった。

「フフフ、客たちがただ黙って座っているだけで退屈しているからな。スチュワーデスとしてサービスしてやるんだ」

「………」

紗英は声もなく唇をワナワナとふるわせた。

サービスするとはどういうことなのか、なにをさせようというのか、ひとりだけ選ばれたことが、紗英のおびえを大きくする。

医師は私に手伝わせて紗英を抱きあげると、人の姿のない、なかほどの座席まで運んだ。

そこで医師は、私に持たせた診察バッグのなかから注射器を取りだした。

「ひいッ……」

紗英は悲鳴をあげて、美しい顔を恐怖に凍りつかせた。医師に注射されて殺された乗客が、アッパーデッキの非常口から外へ放り投げられるのを見ている。

「あわてるな。殺しやせんよ。こんないい女をな、フフフ、これは発情剤だ」

あざ笑って医師は紗英にすばやく注射した。

「薬が効きだすと色情狂になる。身体が快感を得ることしか考えられんようになるんだ。催眠効果もあるから、私の言いなりだ」

「いや、そんなこと……ああ、いやですッ……あ、ああ……」

泣き声をあげてかぶりを振る紗英だったが、すぐに覚醒剤でもうたれたようにうつろになった。

「あ、あ……ああ……」

悲鳴はすすり泣くようなあえぎに変わり、ブルブルと裸身が小さくふるえだしたかと思うと、たちまち匂うようなピンクにくるまれた。

「フフフ、もう効きはじめた。これで香坂紗英も五、六時間は牝になりきるというわけだ」

医師が手足の縄をほどいても、紗英はあらがおうとも逃げようともしなかった。わずかにエプロンでおおった肌を隠そうともせず、しばしうつろな瞳を宙に向けてハァハァとあえぐばかりだ。

「フフフ、うんといい気持ちにしてやるぞ。オマ×コに太いのを咥えこみたくなるようにな。ほうれ……」

医師は後ろから紗英を抱き、エプロンの下に手をもぐりこませ、両手で形のよい乳房をつかむと、タプタプと揉みはじめた。

「ああ……あ、うう……」

紗英はグラグラと頭を揺らすだけで、あえぎを激しくして、すぐにあられもない声をもらしだした。

乳房を揉む医師の手の上に自分の手を重ねて、悩ましく腰をうねらせることさえしはじめ、さっきまでとは別人だ。

「も、もっと……ああ……」

グラグラと揺れる紗英の美しい顔は、早くも淫らな愉悦にどっぷりとつかった牝そのものだった。

医師の一方の手が腹部へとすべりおりると、紗英は自ら太腿を開いて受け入れようとする。そして医師の手が媚肉をとらえると、白い歯を剝いてよがり声をこぼした。

「い……あう、あうう……いいッ……」

「フフフ、もうオマ×コはビチョビチョだ。本当に牝だな」

医師は愉快でならないというように哄笑する。

私は、あっけにとられて紗英の変わりようを見つめた。注射された薬は単に発情剤といったものではなく、おそらくは覚醒剤に、自白剤と催淫剤などが混じったものだろう。

「どうだ、私の自慢の薬はよく効くだろうが、フフフ」

医師は私を見て得意げに言った。

だが医師自身が女を楽しむ時は、いやがって泣き叫び、抵抗してくれたほうがおもしろいので、ほとんど使わないという。人妻の由利に使わなかったわけだ。

「客たちはこっちのほうを喜ぶ、フフフ、なんといってもスチュワーデスが牝になるんだからな」

医師はピシッと紗英の双臀をはたいた。

ひッと紗英は快美の声をあげた。薬で狂わされた身体は、双臀を打たれることさえ快感につながるようだ。

「ああ……も、もう、して……あうう……」

紗英は焦点の定まらない瞳を宙に漂わせたまま、譫言のように言う。自分でもなにを言っているのかわからないのだろう。

「フフフ、して欲しければ自分からエプロンをはずして、おっぱいと尻を振って踊りながら、オマ×コをもっととろけさせるんだ」

医師は紗英の腕をつかんで引きたてながら、紗英の耳もとに暗示をかけるようにささやいた。

私はあわててあとにつづいた。医師は紗英に人質の乗客たちの前でヌードダンスをさせ、オナニーをさせる気らしい。

後部座席に集められた乗客たちは、犯人たちのきびしい監視下で口をきくことも窓の外を見ることも許されず、不気味なまでの沈黙のなかにいた。

そこへ突然現われたスチュワーデスの紗英に、乗客たちの視線がいっせいに集中した。エプロンをつけただけの裸身に、それまで張りつめていた空気がほぐれた。

乗客たちに見つめられても、紗英はほとんど反応せず、エプロンからのぞく肌も隠そうとしない。ハァハァと火の息を吐いている。

上気した肌はもうじっとりと汗ばんでいた。それがじっとしていられないようにうねった。

「さあ、はじめるんだ。ヌードダンサーになりきって、うんと色っぽく踊って気分を出すんだぞ。そうしたらたくましいのをやるからな、フフフ」

医師は紗英の耳もとにささやいた。

3

あやしげな曲が流れ、紗英は命じられるままに曲に合わせて悩ましげに身体をうねらせる。

一瞬なにがはじまったのかわからずに乗客たちは驚いたが、すぐに紗英の美しさと悩ましさに引きこまれた。

「あ、ああ……」

紗英は悩ましい声をもらし、乗客たちに見られていることもわからず、乳房を揺らし、双臀をうねらせる。本物のヌードダンサーみたいに首から乳房、腰から太腿、そして双臀へと自ら両手でなぞるように這わせ、黒髪をかきあげる。

そうやって踊りながら、まるで見えない糸で医師にあやつられているように、エプロンの紐をほどく。ゆっくりと肌をすべらせるようにエプロンを脱ぐと、紗英はスチュワーデスの制帽にハイヒールをつけただけの全裸になった。

まぶしいばかりに若くピチピチの白い肌に、形のよい乳房となめらかな腹部、そして太腿の付け根に茂みの黒がひときわ鮮やかだ。

それを隠すこともせずに、紗英は一糸まとわぬ裸身をうねらせた。

(も、もう、して……ああ、たまらない……欲しいの……)

そう言わんばかりに紗英は医師にうつろな瞳を向け、唇をワナワナとふるわせた。

まだだ……医師はニヤリと笑って顔で返事をした。

紗英はたまらなくなったようだ。両手で乳房を揉みはじめ、太腿をよじり合わせた。

もう乳首はツンととがり、内股は溢れたものでヌルヌルになって、それがすり合わされる内腿にまでしたたった。腰がうねって背筋がふるえるのをとめられない。

「もっと股を開いて、自分でいじって気分を出してもいいんだぞ」

医師があおるように言った。

「ああ……た、たまらないの……ああ……」

乳房をいじりながら、紗英は両脚を左右へ開きはじめた。

薬を使われていなければ、乗客たちの前でとてもこんな浅ましいまねはできないだろう。紗英の眼には医師だけで、他の者の姿は入っていないのかもしれない。

「あ、ああ……」

大きく両脚を開くと、紗英は乳房をいじっている一方の手を、自ら開いた股間へとすべらせた。

あえぎを昂らせながら、指でしとどに濡れた媚肉を押しひろげ、ゆっくりとまさぐりはじめた。

「ああ、あああ……あう……」

快美の声がこらえきれずにもれ、いっそう官能の炎にくるまれていく。

「し、して……」

さらにジクジクと蜜を溢れさせつつ、紗英は狂おしく腰をうねらせた。

細い指でいじる肉芽は血を噴かんばかりにツンととがり、ジクジクと溢れる蜜はツーと内腿をしたたった。ムンムンと女臭がたち昇る。

状況もわからず緊張感のなかにいただけに、乗客たちはその反動のように紗英に魅せられ、首をのばして身を乗りだしたり、頭を低くして、紗英の股間を覗きこもうとする。

私もまた声もなく見とれた。医師の言った通り、スチュワーデスが本当に牝になっているのだ。人妻や他のスチュワーデスが犯されるところばかり見てきたせいか、妙な新鮮さがあった。

私はもう、人妻の由利のこともスチュワーデスの戸沢和子のことも忘れていた。

「も、もう、して……ああ、お願い……紗英、狂っちゃう……」

紗英はまた狂ったように医師に求めた。乳房を揉み、股間をいじりながら腰をうねらせ、紗英は身体全体で男を求める。

そのあまりの妖艶さに、思わず胴ぶるいする乗客もいた。紗英が薬を使われているとは夢にも思わないだけに、紗英の身悶えと甘いおねだりが、いやでも男の欲情をそそる。

「フフフ、欲しいか」

医師はグロテスクな張型を取りだしてかざすと、紗英と乗客たちにも見せた。紗英はガクガクとうなずき、いっそう身悶えを露わにした。

「……欲しい……ああ……」

乳房をいじっていた手をのばして求める紗英に、乗客たちがざわめいた。グロテスクな張型を求めるスチュワーデスが信じられない。

だが、紗英は張型を握らされると、なんのためらいもなく股間へもっていった。

「ああ……ああ、あうう……」

喜悦の声をあげて、紗英は自らの媚肉を貫きはじめた。しとどに濡れそぼった柔肉が、待ちかねたようにいっせいにざわめき、張型の頭にからみつく。それを巻きこむように、張型の頭はジワジワと沈んだ。

「ああ……あああ……」

紗英の膝とハイヒールとがガクガクして、今にもしゃがみこんでしまいそうだ。

「しゃがんでしまっては、みんなに見えないだろ、フフフ」

医師がすばやく紗英の上体を後ろから抱き支え、まっすぐ立たせた。そしてもっとよく見えるようにと、紗英の片脚を座席の肘かけに乗せあげた。片方の膝を高くあげ、股間を開ききる格好だ。

もう張型はなかばまで入っていた。貫かれた肉襞がヒクヒクとからみつき、さらにジクジクと蜜を溢れさせる。

「ああッ……あぁッ……」

自分がどんな格好をさせられているのかもわからない紗英は、医師の腕のなかでのけぞったまま、張型を底まで埋めた。

張型の先頭が子宮口に達して、紗英はひいッと喉を絞って愉悦に白い歯を剝いた。我れを忘れて張型を動かし、腰を揺する。

「いいッ……ああ、い、いッ……」

のけぞった紗英の美貌が恍惚となって、白い歯を剝く口の端から涎れが溢れて糸を引いた。

こみあげる快感に乳房が波打ち、腰がよじれて膝がガクガクした。紗英は自ら張型でえぐりつつ、もう一方の手で乳房を揉みしだいた。

「あ……もう、あうう……いいッ……」

のたうつ紗英の身体に、細かい痙攣が走りはじめた。もう紗英の身体は、絶頂へ向けて暴走していく。

淫らな愉悦にどっぷりとひたりきった美貌はのけぞりっぱなしだ。

「あぁッ……あぁッ、いくッ」

ガクンと腰をはねあげたかと思うと、紗英は恐ろしいまでに総身をひきつらせ、医師の腕のなかでのたうちまわった。

自ら突きあげる張型をキリキリくい締めて、さらに爆発する肉の快美にひいひい喉を絞って痙攣を激しくした。紗英の両手は自らの黒髪をかきむしり、スチュワーデスの制帽が飛んだ。

「……す、すごい……」

乗客たちのなかから思わず声が出た。

皆、紗英の気のやりようの激しさに圧倒された。

グッタリと身体から力が抜け、医師の腕のなかでハァハァとあえぐだけ。

しかし、それで終わりではない。紗英が、またゆっくりと手を媚肉に咥えたままの張型にのばすと、動かしはじめたのだ。

「あ、あぁ……もっと……」

紗英はまた、悩ましく腰をうねらせ、乳房を揉み、声をあげた。

それは医師が紗英の耳もとで、

「もっとしたいんだろ。何度でもイッていいんだぞ。ほれ、つづけるんだ」

とささやいたせいだけではない。

強力な薬のため、絶頂へ昇りつめたばかりだというのに、身体がさらなる快感を求めてしまう。

グラグラと揺れる紗英の顔は恍惚として、なにもかも忘れた牝そのもの。

「……もっと……ああ……あ、あうう……」

あえぎながら、紗英は自ら張型の動きを激しくしていく。

絶頂感の余韻がおさまる間もなく、再び追いあげられて、紗英はひいひい泣きだした。

「ああ……いいッ……あああ……」

紗英はブルブルと汗まみれの裸身をふるわせ、もう声も出なくなって、まともに息すらできない。

恍惚の表情が苦悶に近くなり、それだけ押し寄せる肉の快美も大きい。

「……も、もう……ああ、紗英、また……」

またイッちゃう……と叫んだと思うと、紗英はひいーッと喉を絞り、キリキリと裸身を収縮させた。

紗英は白眼を剝いて、ガクンガクンとのけぞった。

第六章 激悦 二穴を貪る群狼

1

薬で狂わされた紗英は、張型で快美をむさぼるのをやめられない。四度五度とめくるめく絶頂へ昇りつめ、クタクタになってもなお、自ら責めたてる。

医師が張型を取りあげたのは、二階のコックピットからもどるようにと伝令が来たからだ。事態に動きが出てきたらしい。

「……いや、やめないで……ああ、して、もっと……さ、させて……」

紗英は息も絶えだえにつづけた。

取りあげられたものを求め、狂おしく腰を振りたてる。

そんな紗英を後ろ手に縛った縄尻を天井にひっかけ、まっすぐ立たせて吊り、乗客

るはずだ」

「フフフ、これで乗客たちは紗英に見とれ、少々のことがあってもおとなしくしてい

たちの眼にさらしたまま、医師は私とアッパーデッキへもどった。

医師はニヤリと笑った。

私は紗英が気になってならない。薬で牝にされた紗英がこの先どうなるか、最後まで見たい。薬が切れるまでに、あと三時間はある。

できることなら、紗英に次々と乗客たちの相手をさせてみたい。

ハイジャック犯たちの、とりわけ医師の異常さが私にうつったのかもしれない。

アッパーデッキへもどると、座席でグッタリした人妻の裸身が、再び私を魅了し、あらたな欲情をそそる。

(牝のスチュワーデスもいいが、やっぱり人妻はいい……)

コックピットでは犯人たちの動きがあわただしい。

「相手もなかなかしぶといですぜ、先生」

リーダーは苦笑いをした。

給油の交渉が難航した理由のひとつは、人妻の由利だという。釈放された婦女子のなかに中里由利と赤ん坊が含まれていないことを約束違反だと抗議してきたという。

結局、由利と赤ん坊のことは曖昧なまま、なんとか話がついた。まず人質の乗客を半分釈放し、その後に燃料を補給して、終わりしだい残りの人質を乗務員をのぞいて全員釈放して離陸するというものだ。

「人妻はいないと言ってるんだから、あの女を釈放する必要はねえ」

「半分釈放しても、給油さえさせてしまえばこっちのものだしな」

リーダーと医師は顔を見合わせて、ニンマリと笑った。

私は釈放される人質のなかに人妻とスチュワーデスたちが含まれていないことに、ホッとした。私の頭のなかには人妻とスチュワーデスの妖美な女体のことしかなく、自分自身がどうなるのかはまったく忘れていた。

医師はリーダーとしばらく打ち合わせをしてから、再びアンダーデッキの後方へもどった。そして乗客たちのなかから釈放する半分を選びだした。

どうやら医師はスチュワーデスの紗英を見る乗客の反応を見て、比較的冷静な者を選び、興奮している者ほど残している。

「あ、ああ……して……お願い……少しでいいの……して」

紗英は後ろ手に縛られた裸身をうねらせて、乗客たちに狂おしく求めつづけた。うねる裸身は汗でヌラヌラと光り、開いた内腿には赤く充血した媚肉も露わに、しとどに蜜をしたたらせていた。

「ね、ねえ、して……ああ、せめていじって……紗英、欲しい……」

そんなふうに悩ましく求められ、それでなくても人質として監禁されている異常な状態で、乗客たちは冷静でいられるわけがない。皆、眼の色が変わっていた。

釈放された乗客は約七十人、もちろん男ばかりだ。そのなかからさらに五人を医師は選び、紗英の前へ出させた。

「フフフ、スチュワーデスが欲しがっているから、五人がかりでたっぷり満足させてやるんだ。どんなことをしてもかまわないぞ」

医師はしとどに濡れた紗英の股間を指差した。

思いもしなかった医師の言葉に、前へ出された五人は思わず顔を見合わせた。いくら紗英に魅せられていても、おいそれと手を出すわけにはいかないようだ。

「フフフ、役立たずのインポ野郎なら死んでもらうぞ」

医師は指で首をかっ切るまねをした。

手を出す口実さえ与えてやれば、さっきから欲情を昂らせている五人の乗客は、たちまち紗英の裸身に群がっていく。

「仕方がないんだ。死にたくはないからな」

「こんなことはしたくないんだが……」

ブツブツと言いわけしながら、次第に大胆になっていく。

紗英の乳房が双臀が、そして内腿がひしめき合う男たちの手でもみくちゃにされる。

「あぁッ……あああ……」

ようやく与えられる刺激に、紗英は喜悦の声をあげた。

乳房を揺すり、両脚をさらに開いて腰を振り、男たちのいたぶりを受け入れようとする。男たちの手で触られるだけでも、もう気がいかんばかりだ。

「ああ……いいッ……もっと、もっとッ……あうう……」

そんな紗英の身悶えが、いっそう男たちの淫らな欲情をあおりたてる。

男たちの手は先を争って左右へ開いた内腿の奥へともぐりこみ、しとどに濡れた媚肉をまさぐる。とがらせた口が、紗英の肌にしゃぶりついた。

「し、してッ……ああ、欲しい……もう、もう、入れて……」

紗英は腰を振りたてながら、狂おしく灼熱を求めた。

(す、すごい……)

私は我れを忘れて見とれた。

五人もの男にまとわりつかれ、責めたてられる女は、ハイエナに群がられ、内臓をくい荒らされる牝鹿のようだ。

そして紗英は五人の男にいどみかかるように積極的にふるまう。五人がかりでないと、逆に圧倒されてしまいそうだ。

「入れてッ……ああ、早くッ……」

そんな紗英の叫びにこらえきれなくなったひとりが、ズボンを脱ぎはじめた。それに気づいた他の四人も、あわててズボンを脱ぐ。

一番最初に肉棒を露わにした男が、正面から紗英にまとわりついて、片脚を持ちあげてかかえこむ。男は一気に紗英に押し入ろうとした。

だが、横から別の肉棒が割りこもうとする。

もう紗英の媚肉はあきらめ、天井から吊った縄をゆるめて押し倒し、紗英の口でしゃぶらせようとする者もいた。

「フフフ、いいぞ。それこそ人間の本当の姿だ」

医師は愉快でならないようだ。

紗英の裸身が男たちのなかでもつれ合うようにして倒れた。

「ああッ……い、いッ……ああ……ひッ、ひいーッ」

男の肉棒に貫かれた瞬間、紗英は激しく昇りつめ、喉を絞った。

その喉を別の肉棒がガボッとふさぎ、紗英の悲鳴はくぐもったうめき声に変わった。

「うむ、うぐ……ううむ……」

紗英はいっぱいにふさがれた口の端から涎れを溢れさせつつ白眼を剝いた。

残る三人は、紗英の乳房や太腿に灼熱を押しつけ、こすりつける。紗英の身体は五人に串刺しにされ、もみくちゃにされる。

「うむ……うむ……」

ふさがれた喉の奥で声を絞り、紗英は狂ったように身悶え、五人の男をリードするかのようだ。

そんな紗英を乗客たちは、息を呑んで見つめた。ギラギラと欲情を剝きだしにして、医師の命令があればすぐにでも紗英におそいかからんばかり。

半分の人質を釈放した時、興奮の度合いの高い者を残しただけのことはあった。

「フフフ、こうなったら五人ずつ全員に楽しませないと、不公平になるな」

医師はそう言ってまた、愉快でならないというように笑った。

いつまでも見ていてもしようがないと、医師は見張りの若い者にまかせ、後部座席をあとにした。

2

私はいつまでも見ていたかったが、医師についていくしかなかった。

「七十人近い男の相手するのは、いくらなんでも紗英ひとりじゃな」

もうひとり出すか……医師はそんなことを言い、前方のスチュワーデスを監禁しているところへ行った。

スチュワーデスのなかから沢真理子を選び、紗英と同じように発情剤の注射をうって、若い者に乗客たちのところへ連れていかせた。

「いや、いやッ……たすけて……あ、あ……」

泣き叫ぶ真理子の声が遠ざかっていく。

真理子もまた紗英と同じように牝にされるのは時間の問題だろう。そして紗英と二人で、それぞれ三十人以上の男の相手をさせられることになる。私はますます後部座席のほうが気になった。

それに気づいた医師はニヤリとした。

「後ろへもどりたいのか。それとも私の楽しみに付き合うか」

医師に聞かれて私はハッとした。

私の眼はひとりでに、身を寄せ合っているスチュワーデスのなかの戸沢和子に向いていた。

「あのスチュワーデスが好みだったな、フフフ、それじゃお楽しみといくか」

医師は戸沢和子に手をかけると、強引に引きずりだした。

「ああ、いやですッ……やめてッ、なにをするの……い、いやッ」

手足を縛られたエプロンだけの裸身をこわばらせ、ひきずられまいとする。

医師が戸沢和子を選んだことで、私は背筋がゾクゾクと興奮を覚え、思わず胴ぶるいした。いよいよ和子を責め嬲る番が来た。

「見てないで手伝え」

私はあわてて和子に手をのばし、縛られた両脚を抱きあげた。

二人がかりで和子を、ジャンボ機の中央部の空席がひろがるところへ運んだ。

「いや、いやですッ……」

和子の美しい顔がベソをかかんばかりになった。なにをされるのかという恐怖と不安におののいている。

その表情がたまらず私は夢中でカメラをかまえ、シャッターを切った。

「カメラはあとだ、フフフ、楽しませてやるぞ。この戸沢和子のことが気になっていたんだろ」

医師の言葉に私は思わずうなずいていた。

楽しませてやる……そう言われるのをどんなに待っていたことか。

「や、やめて……変なことはしないで……」

和子の声がふるえた。座席の上に押しつけられた美しい顔に不安をいっぱいにして、後ろの医師を振りかえる。

エプロンをつけただけの裸身で、後ろからではふせぎようがない。それが和子の不安と恐怖を、いっそうふくれあがらせた。

「その変なことがしたいんだ、フフフ」

医師は不意に和子の双臀へ手をのばしてひと撫でしたと思うと、臀丘の谷間を割りひろげた。

「ひいッ」

和子は悲鳴をあげて腰をよじり、逃げようとした。

「押さえるんだッ」

医師に怒鳴られ、私はあわてて和子の腰をつかんで押さえつけた。双臀のほうを向いて和子の腰を脇にかかえこみ、上体も起こせないようにする。

医師はニヤニヤと笑いながら、さらにいっぱいに和子の臀丘の谷間を割り開いてひろげた。

ムチッと半球のように形よい双臀だけに、臀丘の谷間は深く、その奥に可憐なまでの蕾がのぞいていた。

「可愛いもんじゃないか。これは間違いなくバージンアナルだな、フフフ」

医師の言葉に、私はゴクリと生唾を呑んでうなずいた。

ひっそりとすぼまった和子の肛門は、医師と私の視線におびえるように、キュッ、キュッとさらにすぼまる動きを見せた。

「いや、いやあッ……そ、そんなとこ、見ないでッ……」

「いやでもここを楽しませてもらうぞ、フフフ、可愛い尻の穴だ。そそられるじゃないか、なあ」

「ひいッ……」

医師がおぞましい排泄器官を嬲る気だと知って、和子は悲鳴をあげた。

二階席で人妻の由利が肛門に指を入れられたり浣腸されたり、あげくは肛門まで犯されるのを見せられただけに、恐怖も大きい。

そんな和子のおびえをあざ笑うように、医師は指先に和子の肛門をとらえ、ゆるゆると揉みほぐしにかかった。

「いやあッ……そこ、いやッ……ああッ、ひッ、ひッ……」

押さえつけられた双臀を振りたてようとしながら、和子は泣きだした。揉みこまれる感覚に、ひッ、ひッと泣き声が悲鳴になる。

「フフフ、尻の穴に触られるのは、初めてみたいだな」

「やめて、やめてッ……触らないで、そんなところッ……い、いやあ……」

「いやだからおもしろいんじゃないか、フフフ、薬を使うのもいいが、やっぱり女はこうやって泣き叫んでくれたほうがおもしろいもんだ」

医師は和子が泣き叫ぶたびにキュンとすぼまり、肛門の粘膜が指に吸いつくような感触を楽しんだ。私の眼にもじっくりと見せてくれる。

そして和子の肛門が次第にほぐれ、フックラととろけるような柔らかさを見せはじめると、

「フフフ、触ってみろ。熱くてとろけるみたいだぞ」

医師は指を引いて、ニヤニヤと笑いながら私にうながした。

私はゴクリと喉を鳴らし、手をのばした。水分を含んだ真綿のような柔らかさ。それが指先でヒクヒクうごめくのは、胴ぶるいがくるほどの色っぽさだ。

私は指先でゆっくりと円を描くように、和子の肛門を揉みこんだ。時々、キュッとすぼまるうごめきに、指先が吸いこまれる。

「……なんて妖しいんだ……」

私は思わずつぶやいていた。

そして吸いこまれるような感覚に指をゆだね、ジワジワと沈めた。

「あッ……そんな、いや、いやあッ……」

和子の悲鳴が高くなり、ひいーッと喉を絞って背筋から双臀をブルブルふるわせた。

私の指はとろけるような柔らかさのなかへ、根元まで入った。すぐにえもいえぬしっとりとした収縮が、私の指を締めつけてくる。

「いや、いや……指を取って……ああ、ゆるして……ああッ……」

(黙っていじってないで、なにか言ってやれよ。うんといやらしいことでも、からかってもいいんだ)

私のなかの悪魔がささやくが、妖美の感触に圧倒され声が出ない。無言のままゆっくりと指をまわし、奥をまさぐった。

「う、うむ……ゆるして……ああ、ひッ、ひッ、いやあ……」

肛門を深く縫ってうごめく指に、和子は腰をガクガク揺すってうめき、次にはこらえきれないように悲鳴をあげた。

その間に、医師はなにやらゴソゴソと準備をはじめた。

まずガラス容器を取りだし、それを天井から吊るす。ガラス容器はちょうど一升瓶を逆さにした形で、下の口のところからはゴム管が垂れていた。ゴム管の先端には人差し指ほどのノズルが取りつけられていて、ガラス容器の金具にひっかけられていた。

「これがなにか知ってるか」

医師はうれしそうに私と和子に問い、天井から吊ったガラス容器のなかへ、ドロドロした液体を流しこんだ。

液体の入った瓶には、グリセリンというラベルがはってある。

和子の肛門に夢中だった私は、この時初めてガラス容器に気づいた。一瞬、ギョッとする不気味さがあったのは、それに医療器具特有の冷たさがあるせいか。

「イルリガートル浣腸器だ。大量浣腸用でこれを尻の穴に入れれば、ひとりでにどんどん入っていく、フフフ」

医師はノズルをつかみ、栓を少し開いて先端から薬液をピュッと飛ばして見せた。

イルリガートル浣腸器など見るのは、私は初めてだ。

和子は泣き声も途切れて美しい顔をひきつらせ、唇をワナワナとふるわせた。

「ひッ、ひいーッ……いやあッ」

絶叫を噴きあげた。なにか言おうとするのだが、悲鳴になって言葉にならない。

「まずは浣腸からだ、フフフ、戸沢和子が浣腸されるのを見たかったんだろ。すごいのを見せてやるぞ」

医師は私に向かって言うと、ニンマリと顔を崩した。

3

私の指が抜かれるのと入れ代わる形で、ノズルが深く和子の肛門を縫った。

「やめてッ……そんなこと、やめてッ……いや、いやあッ……」

ノズルが貫いた瞬間、和子はひいッと悲鳴をあげた。

浣腸されていた由利の姿が、和子は自分に重なり、恐ろしさに狂乱している。

いくらもがいても、腰は私の手でしっかり押さえられ、ノズルは深々と肛門を貫いている。

医師はノズルを動かして、ゆっくりと和子の肛門をこねまわして楽しみ、すぐには薬液を入れようとしない。

「ああッ……いやッ……あ、ひッ、ひッ……」

と和子が悲鳴をあげ、おびえるのが医師を楽しませる。

今にも流入しそうな薬液を押しとどめようと、肛門がキュッとノズルをくい締めてくる感じもたまらなかった。

和子をさんざんおびえさせ、悲鳴を絞り取ってから、

「さあ、戸沢和子。うんといい声で、泣いてくれよ」

医師はノズルをできるだけ深く沈め、栓を少し開いた。

「いやあッ……」

ビクンと腰がふるえ硬直したかと思うと、ドクドクと薬液が流れこんでいく感覚に、和子はひいいと喉を絞りたてた。

いくら肛門を引き締めて腰をよじっても、ゴム管が揺れただけで入ってくる薬液をとめることはできない。ドクドクと生きものみたいに入ってくる得体の知れない感覚に、和子は総毛立った。

「あ……いや……あむ……」

「フフフ、じっくり味わうんだ。たっぷりと時間をかけて入れてやるからな」

「や、やめて……あ、あむむ……入れないで……ああッ……いやぁ……」

和子は歯を噛みしばってうめき、次には泣き声をあげ、それでもつづくおぞましさに耐えきれないように悲鳴をあげた。

「いい声だ、フフフ、そそられるぞ」

医師はノズルから手を離した。もう放っておいても一滴残らず和子のなかへ流れこんでいくはずだ。

そして医師は、ノズルを咥えこんだ肛門のわずか下、和子の媚肉をいじりはじめた。媚肉の合わせ目をつまんでひろげ、肉層を露わにする。色といい形といいバージンと見まがう初々しさで、少しも崩れていない。

綺麗なピンクの肉襞は、じっとりとしているが濡れているというほどではなく、見事なまでの肉の構造を見せた。

「綺麗なもんだ。恋人だけで男遊びはしていないというところか。尻の穴もオマ×コも見事なもんだし、いい女に眼をつけたじゃないか」

私は返事をする余裕も失った。

ノズルを咥えた肛門と医師の指でひろげられた媚肉とを、私は交互に覗きこむばかりだった。

ドクドクと入ってくる薬液に肛門がキュッとうごめき、そのたびにひろげられた媚肉までがヒクヒクとうごめく。

今にも涎れが溢れそうになって、私はあわててすすりあげた。

「がっつかなくても、楽しませてやる」

医師はゲラゲラと笑った。

「もっと気持ちよくして、オマ×コをビチョビチョにしてやるか、フフフ、おっぱいを揉んでやれ」

医師はゆっくりと和子の媚肉をその構造を確かめるようにまさぐり、私は和子の乳房に手をのばして、タプタプと揉みこんだ。

「ああ、いや……ああッ……やめてッ……」

「フフフ、浣腸されてるんで、オマ×コがビンビンに感じるだろ。今にたくましいものを咥えたくなる」

「そんな……いや、いや……ああ……」

「ほうれ、もうオマ×コがいい色になってヒクヒクしはじめたし、声の感じも変わってきたじゃないか」

「い、いや……」

和子は狼狽した。

こんなあくどいいたぶりを受けているというのに、まさぐられる媚肉は熱くなってしびれだし、そのしびれはうずきに変わる。剝きあげられた肉芽も、ヒクヒクとむずかるようにうごめきだした。

揉みこまれる乳房もうずきだし、乳首が硬くとがり、身体中に汗がにじみだした。

「ああ……あああ……」

こらえきれずに声が出て、和子はハァハァとあえいだ。

そして身体の奥から熱いものがくだって、ジクジクと溢れはじめる。

（こんな……ああ、こんなことって……）

和子は自分の身体の反応が信じられない。

「いい反応だ。もうオマ×コが濡れてきて洪水だぞ、戸沢和子」

「ひいッ」

医師に恥ずかしい反応を知られ、和子は悲鳴をあげた。

そして灼けるように熱くとろけだした媚肉は外気にさらされ、ドクドクと絶え間なく入ってくる薬液はおぞましい。

「……ゆるして……もう、もう、いや……」

どんなに和子がいやだと思っても、一度反応してしまった身体はおさまりようもなく、いっそう男の指を感じてしまう。

そして溢れる蜜は、堰を切ったようにとめどもなかった。

「これだけオマ×コがとろければ、もう充分だろう、フフフ、楽しむか」

医師が私に聞いた。

私ははじけるようにうなずいた。

どうやら医師は、和子に浣腸したままで私に犯させる気らしい。

ガラス容器の薬液は、まだ三分の一しか減っていない。それもおもしろいと思った。

私はもう和子を犯りたい欲情を抑えきれなくなった。

そんなことをされるとも知らず、和子はもうしとどの汗のなかに、息もたえだえにあえいでいた。

「ああ……ゆ、ゆるして……ああ、も、もう……ああ……」

エプロンが汗で肌にへばりつき、あえぎ波打つ肌はくるめきにまばゆいばかりに色づいていた。

それも時々おそってくる便意に小さなふるえが入り混じった。

「このまま後ろから犯ってやれ、フフフ」

医師がまさぐる媚肉を指で貫くまねをして、私に言った。

もう私は我れを忘れてズボンをさげ、双臀を高くもたげた和子の後ろに立った。

ずっと見せつけられるばかりだった私の肉棒は、ようやく押し入ることのできる喜びに、脈打っていた。

「ほう、立派なものを持ってるじゃないか。こりゃ和子も喜ぶな」

医師は私を見直したように言った。

だが、そんなことは私にはどうでもよかった。戸沢和子を犯ることに私のすべてが集中していた。

医師がノズルが抜けないように持ち、和子の腰をつかんで待ちかまえた。

私は肉棒をつかむと、一度和子の双臀にこすりつけてから、媚肉のひろがりにそって這わせた。

「ああ……なにを……」

その時になって、和子はなにをされるのか気づいたようだ。

「……そ、そんな……」

浣腸されている途中だというのに、犯されるなど信じられないといった顔をしたが、それはすぐに戦慄に変わった。

「い、いやあ……そんなこと、いやッ……ゆるしてッ」

和子は悲鳴をあげ、泣き叫んだ。

それも今となっては、かえって私の欲情をあおることにしかならない。

「戸沢和子……和子ッ……」

名前を呼んでから、私はジワジワと和子に分け入った。

「ああ……いやッ……ああッ……う、うむ」

悲鳴をあげて腰をよじろうとした和子だったが、たちまちうめき声に変わって、ううむと腰を揉み絞った。

熱くとろけきった柔肉が、ざわめきつつ私にからみついてくる。のめりこむとそのまま果てそうだ。

私はゆっくりとできるだけ深く入れた。

ズンと子宮口を突くと、和子はひいーッと白眼を剝いた。

「見事に串刺しだ、フフフ、立派なのを持ってるんだから、出すのはスチュワーデスを四、五回はイカせてからだぞ」

医師はニヤニヤしながら私に言うと、次には和子の顔を覗きこんで、

「どうだ、浣腸されながらオマ×コを犯られる気分は、フフフ、何度でも気をやっていいんだぞ」

からかっても、もう和子には聞こえていない。

後ろから肉棒に突きあげられ、ドクドクと入ってくる薬液に、ヒイヒイと泣くばかりだ。

第七章　悲憤　昼下がりの公開凌辱

1

スチュワーデスの戸沢和子を犯してしまえば、あとで警察に釈明できなくなる。強姦罪となれば犯人たちの仲間ということになりかねない。わかってはいても、私は淫らな欲望を抑えることができなかった。

(なんていい味をしているんだ……これがスチュワーデスの……)

和子の媚肉がねっとりとからみついて、ヒクヒク締めつけてくるのがなんともいえぬ。イルリガートル浣腸をされているせいか、時折り恐ろしいばかりの収縮と痙攣がおそってくる。

私は両手で和子の乳房をつかんで荒々しく腰を突き動かし、今にも巻きこまれてドッと果てそうになってはグッとこらえ、さらに責めたてた。これほどの美肉をじっくりと味わわなくてはもったいない。それに医師がもう一度楽しませてくれるとは限らないのだ。

「立派なのを持ってるんだから、簡単に出すなよ。浣腸が終わるまでは我慢しろ」

医師はニヤニヤと覗きながら、そう言っている。

そして、その浣腸はイルリガートル浣腸器の栓を少ししか開けていないこともあって、もうかなりの時間になるのに天井から吊りさげられたガラス容器の半分ちょっとしか、薬液は減っていなかった。

最後までもつだろうか。私にとって女を犯すのはこれが初めて、しかも浣腸されているスチュワーデスだ。

「やめてッ……いや、いやあッ」

泣き叫び、逃れようと腰を振りたててひいひい喉を絞っていた和子も、今では満足に口もきけず、すすり泣くばかりになった。

もうエプロン一枚つけただけの和子の裸身は、汗でヌラヌラと光って匂うような色にくるまれていた。乳首はツンと硬くとがり、腹部は激しくあえぎ波打ち、高くもたげさせた白い双臀は突きあげてやるたびにうねり、熱くたぎった肉が締まる。

「あ、ああ……もう……あうう……」

和子はシートに伏せた美しい顔を右に左に振ってなにか言おうとするが、泣き声にあえぎが入り混じって言葉にならない。

「フフフ、もうイキたいんだろうが。遠慮せずに思いっきり気をやるんだ」

医師は和子の黒髪をつかんで顔を覗きこんで言うと、もう一方の手で和子の肛門のノズルをつかんでゆっくりと抽送しはじめた。

「ここらで一度スチュワーデスに気をやらせるんだ、フフフ、負けるんじゃないぞ」

ノズルで和子の肛門をこねまわしながら、医師は私をあおった。私にもっと責めたてろと言うように、ノズルの抽送を激しくする。

そのリズムに合わせ、私も激しく腰を突き動かして、和子の媚肉をえぐった。

「あ……そんなッ……ひッ、ひッ……あああッ……ああッ……」

和子はたちまち息もまともにできなくなって、ブルブルとふるえる双臀をのたうたせて、ひいひい喉を絞った。

「ああッ……あう、ああッ……」

泣き声がひときわ高くなった。和子のシートに伏せた顔がのけぞり、背中が反りかえった。

さっきからのいたぶりで、和子の身体はもうひとたまりもない。のけぞった和子の美貌は、おそってくる肉の快美に口もとからは涎れを溢れさせ、ほとんど苦悶に近い。

「ひいッ……ひいーッ」

悲鳴とともに和子の汗まみれの裸身が、恐ろしいばかりに収縮した。肉がキリキリと締まって、私の肉棒も肛門のノズルもくい切られんばかりに絞りたてられた。

「イキおったぞ、フフフ、どうだ、気をやる時の締まり具合いは」

医師に聞かれても、私は返事をするどころではなかった。

歯を噛みしばって顔を真っ赤にしてうめき、和子の肉のきつい収縮に耐えるのがやっとだった。

「まだまだこれから、フフフ、ここでスチュワーデスを休ませてはおもしろくない」

さらに責めつづけろと医師は私をあおったが、私には余裕がなかった。きつい収縮のなかで突きあげつづければ、こらえきれずに爆発してしまう。

私は和子の媚肉を深く貫いたまま、じっとしているしかなかった。

「修行がたりねえな、フフフ」

やはり素人だと医師はあざ笑い、和子の肛門のノズルだけをさらに抽送しつづける。

そしてノズルの先端からは、薬液がドクドクと流入しつづけた。

「あ……も、もう……ゆるしてッ……」

グッタリと余韻に沈むことも許されず、和子は狼狽の声をあげた。

「もう、取って……ああ……」

「まだまだ、フフフ、オマ×コだって精を注いでやっていないし、尻の穴だって浣腸は終わっていないんだ」

医師は嗜虐の欲情を剝きだしにして、ニヤニヤと笑った。

「い、いやあ……」

和子は泣き声を高くしてかぶりを振ったが、それまでだった。

ようやくひと息ついた私が、再びゆっくりと突きあげはじめると、ひいッと泣いたもののあとはまともに口もきけず、しとどの汗のなかにのたうちまわる。

余韻が完全におさまらぬうちに再び膣のなかで動きだした肉棒、絶えず入ってくる薬液と抽送されるノズル、そして次第に荒々しくふくれあがりはじめる便意、和子はたちまち半狂乱になる。

「ああ……ひッ、ひッ、死んじゃう……あうッ、あああ……」

「いい声じゃないか、フフフ、そんなにいいのか。よしよし、もっとよくしてやるからな、戸沢和子」

意地悪く言った医師はノズルを抽送しつつ、不意にノズルの栓を全開にした。

それまで少しずつ流れこんでいた薬液が、一気に激流となって和子の腸内へと流入した。

「ああッ……ひいーッ」

和子は悲鳴をあげてガクガクとのけぞった。

媚肉を犯され突きあげられているので、激しく肛門から流入する薬液が、おびただしい白濁のほとばしりを思わせる。それが和子を、再びめくるめく絶頂へと追いあげる。

「あ、あ……また……ああッ……」

「またイクのか、フフフ、どんどん気をやっていいんだぞ」

医師はあざ笑った。

もうその声も聞こえない、和子は背筋を反らせて双臀をブルブルと激しく痙攣させた。

「い、イッちゃうッ」

ひいーと絶息するような悲鳴が、和子の喉に噴きあがった。

くい切らんばかりの収縮がおそって、私は今度もまた歯を嚙みしばった。きつい収縮は痙攣となって三度四度とおそってきた。

「思ったより頑張るじゃないか」

医師は必死にこらえる私に言った。

そしてなにを思ったのか、和子の片方の足首をつかむと、もう一方の足首にくっつけるようにして、うつ伏せで両膝を立てた姿勢から横向きへと変える。それをさらにあお向けへと媚肉を貫いた私の肉棒を軸に回転させ、和子の両脚を私の腰にからみつかせた。

「ひッ、ひいッ……」

まだ痙攣の走る身体の姿勢を変えられ、媚肉で回転する肉棒に和子はさらに喉を絞って白眼を剝いた。

私もその心地よさにうめいた。和子があお向けになったことで、美しい顔も乳房も眼の前に見ることができて、それが淫らな欲情をいっそうそそった。

和子の身体は、下半身はほとんどシートからはみだして、媚肉を貫いた私の肉棒と私の腰に巻きついた和子の両脚だけで宙に支えられている。

「フフフ、戸沢和子をしっかりと抱っこしてやるんだ」

医師に命じられて、私は和子の上体に両手をのばして抱き起こすと、さらに深く腰をかかえこんで抱きあげた。

「あ、ああッ……う、ううむ……」

宙に抱きあげられたことで自分の身体の重みでさらに結合が深くなり、和子は顔をのけぞらせて黒髪を振りたくった。後ろ手に縛られた両手が、まるで私に抱きつこうとするかのようにうごめいた。

「素人にしては上出来だ。そのまましっかり抱っこしてるんだぞ」

医師は和子の後ろへまわると、再び肛門のノズルをゆっくりと抽送しはじめた。ノズルで和子の肛門をこねまわしつつ、潤滑クリームを塗りこんでいく。

「ああ……いや……もう、うむ……うッ、ゆるして……」

和子の泣き声にうめきが入り混じり、次第に大きくなっていく。それだけ荒々しい便意がふくれあがって、肉の快美さえ呑みこみはじめた。

ノズルの栓を全開にしているので薬液はどんどんと流入して、たちまち天井から吊りさげられたガラス容器は空になった。

「フフフ、全部入ったぞ。二度も気をやったというのに途中で漏らさないとは、さすがにスチュワーデスは行儀がいいな」

ゆっくりとノズルを抜きながら、医師はニヤニヤと笑った。

潤滑クリームにまみれた和子の肛門が、ヒクヒクわなないてキュウとすぼまるのがそそられる。その少し前の媚肉が私の肉棒で串刺しにされているので、余計に肛門の妖しさが際立った。

「尻の穴がヒクヒクしてるが、なにか咥えたがっているのか、フフフ、こうなったら尻の穴にも入れてやらないと」

ニヤリとした医師はズボンの前からたくましい肉棒をつかみだした。

「そ、そんなッ……いや、いやあッ」

なにをされるのか知った和子は、魂消えるような悲鳴をほとばしらせた。

「いやッ……そんなこと、いやあッ……」

後ろからまとわりついてくる医師に、和子は腰をよじって逃げようとしたが、身体は媚肉の肉棒で杭のように宙につなぎとめられている。

そのうえ、私にしっかりと抱きあげられて、和子は黒髪を振りたくることしかできなかった。恐怖と絶望が和子をおそった。

「た、たすけてッ……」

「スチュワーデスのバージンアナルはどんな味かな、フフフ」

「いや。ゆるしてッ……こわいッ」

「そうやってこわがるところがいい。できるだけ深く入れてやるからな」

医師はうれしそうに言って、灼熱の先端を和子の肛門へ押し当てていった。

2

必死に引き締めていた肛門がジワジワと押しひろげられ、和子の口に絶叫がほとばしった。

「ひッ、ひッ……裂けちゃうッ……」

汗に光る肌にさらにあぶら汗が噴きだし、硬直した双臀がブルブルと痙攣した。

和子の肛門はいっぱいにひきはだけられ、ドッとほとばしろうとする便を医師の肉棒が栓となって押しとどめ、さらに逆流させながら入っていく。

「う、うむ……ひッ、ひぃッ……ううむ……」

和子の眼の前が暗くなる。

和子は浣腸されて排泄することも許されず、媚肉も肉棒でふさがれている。

信じられないのは私も同じだ。自分がスチュワーデスをサンドイッチにする片棒をかつぐことになろうとは。

薄い粘膜をへだてて医師の肉棒が直腸に入ってくるのが、私にもはっきりとわかった。

「ひいーッ……ひいッ……」

和子は白眼を剝いて、私と医師との間でのけぞった。

唇をキリキリ噛んでうめき、次には口をパクパクさせて泣き、そして耐えられないようにひいッと喉を絞る。硬直した双臀はブルブルとふるえっぱなしで、とてもじっとしていられない。

「バージンアナルの割には、思ったよりスムーズに入ったな。いい締まりだ、フフフ、サンドイッチにしたんで、オマ×コもズンと締まりがよくなっただろ」

医師に聞かれて、私は快美のうめきをもらしながらうなずいた。

それでなくてもサンドイッチで締まりがきつくなった肉が、和子がとてもじっとしていられずに私と医師の間で悶えるたびに、さらにきつく引き締まった。和子の両脚もダラリとさがったかと思うと、私の腰にからみついて締めつけてくる。

グルル……和子の腹部が鳴った。出口を失った便意が猛烈にあばれる。

「お、お腹が……」

和子はなにか言おうとしたが、苦悶のうめき声にしかならなかった。

それにもかまわず、医師はゆっくりと和子の肛門を突きあげはじめた。

「私に合わせるんだ、フフフ、そっちが負けてしまわないように、ゆっくりとしてやる」

サンドイッチにしたばかりなのに私に負けられてはかなわないと、医師は笑いながら言った。

私には医師と話をする余裕はなかったが、なんとか医師に合わせて和子の媚肉を突きあげはじめた。

「あ、ああッ……ううむ……ひいーッ……」

たちまち和子は悲鳴をあげ、泣き声とうめきとを噴きこぼした。

薄い粘膜をへだてて二本の肉棒が前と後ろとでこすれ合い、火のようになった身体のなかを、さらに灼けただれるような火花が走った。

「た、たすけて……死んじゃう……ああッ、ひッ、ひッ……死ぬッ……」

私と医師との間で身悶えつつ、和子は半狂乱に泣きわめいた。

便意と引き裂かれるような苦痛、そして灼けただれるような肉の愉悦とがからまり合って、和子をわけもわからなくしていく。

のけぞらせてグラグラ揺れる美貌は、苦悶とも恍惚ともつかず、泣きあえぎ、うめく口端からは涎れが糸を引いた。

「たいした悦びようだな。クイクイ締めつけて、サンドイッチがそんなにいいのか、戸沢和子」

医師がからかっても、和子には聞こえていない。

前と後ろから突きあげられるままに、和子はひいひい泣いた。

そこへハイジャック犯のリーダーの使いが来た。サンドイッチにされているスチュワーデスに気づくと、一瞬ギョッとしたが、

「なにかあったのか」

医師に言われて、使いはあわててリーダーの伝言を口にした。

ジャンボ機への給油は終わったが、警察が装甲車を滑走路に停めて飛びたてないようにした。残りの人質とスチュワーデス、そして人妻の中里由利とその赤ん坊の釈放を要求しているという。

「フフフ、やはりそう簡単にはだませないようだな」

医師は和子の肛門を突きあげつつ笑った。

給油が終わったら、すぐさま人質を乗せたまま飛びたとうと滑走路の端にジャンボ

機を停めたが、警察に見やぶられている。

「どうしますか、先生。人質を何人か殺して見せますか」

「待て待て。どうせ見せつけるなら、もっとおもしろいことを見せつけてやろうじゃないか」

医師は血の気の多い若者を抑えて、意味ありげに笑った。

和子の媚肉の妖美な感触に酔い痴れている私には、気にする余裕はなかった。さっきから今にも爆ぜそうな精をこらえて、いつまでもつか時間の問題だった。

医師に何事か耳打ちされた若者がニヤリと笑って、アッパーデッキへ戻っていくと、

「フフフ、思いっきり気をやらせるぞ。今度は出してもいいからな」

医師は猛烈とスパートをかけた。

それにあおられて、私も激しく腰を突きあげ没頭する。

「ああッ……う、うむ……」

たちまち和子は追いあげられて、しとどの汗にまみれ裸身に痙攣が走りはじめた。

和子の身体は私と医師の間で揉みつぶされギシギシときしみ、薄い粘膜をへだててこすれ合う二本の肉棒に、バチバチと火花が散って肉という肉が灼きつくされていく。

ひいッ、ひいッと喉を絞り、不意にブルルッと激しい痙攣を身体中に走らせ、両脚

を突っ張らせた。声にならない絶叫が、のけぞった喉に噴きあがった。

そして、くい切られるような収縮が二本の肉棒をおそった。

私は我れを忘れてうめき、それまで抑えていたものを放った。自分でも驚くほどの白濁の精がドッとほとばしり、

「ひいーッ」

和子は白眼を剝いてさらにのけぞった。

それを感じてから、医師も最後のひと突きを与え、獣のように吠えて果てた。

「ひいーッ……ひいーッ……」

悶絶せんばかりに喉を絞り、和子はそのまま失神した。

フウーと私は腹の底から息を吐いた。たっぷりと精を放って、和子から離れても私はしばらく体に力が入らない。

これほどのすごい快感と充実感は経験したことがない。心地よい満足感が私をおおった。

「たいした気のやりようだ。のびてしまうほどよかったというわけだ、フフフ」

医師はそんなことを言いながら、和子の肛門から肉棒を抜くと、便が漏れないようにすばやくキュウリを挿入して栓をした。

そこへさっきの若者が、さらに二人の仲間を連れてもどってきた。手には縄の束と釣り糸を持っている。医師のやろうとしていることに、リーダーのゴーサインが出たのだ。

三人はすぐに医師の命令に従って、気を失った和子をあお向けにすると、後ろ手縛りの縄を解いて、右手首に右足首、左手首に左足首というように左右でそれぞれ縛った。

汗で肌にへばりついたエプロンもはずし、制帽とハイヒールだけの全裸にする。

そして釣り糸の先に小さな輪をつくると、左右の乳首と肉芽にそれぞれはめてキュッと絞った。

そんなことをされても、和子はグッタリと気を失ったままだ。身体中どこも汗で湯あがりみたいだ。

乱れ髪が汗で額や頬にへばりつき、半開きの唇であえぐ和子の美貌は、気を失っていてもゾクゾクするほどの美しさである。

「さてと、ショータイムのはじまりだ。眼をさまさないか、戸沢和子。いつまでのびているんだ」

医師は和子を揺り動かし、気つけ薬を嗅がせた。

「う、ううッ」

和子はうめきつつ、うつろに眼を開いた。

3

なにがはじまるのかと見つめていた私は、医師に命じられて、あわてて機内のテレビのスイッチを入れた。

どのチャンネルもハイジャックの実況中継で、画面にジャンボ機を映しだしていた。

「フフフ、日本中の注目の的だな。こりゃおもしろいことになる」

医師はうれしそうに笑った。

そして医師の合図で、若い者の一人がジャンボ機のドアのひとつを開けた。

たちまちテレビが騒がしくなって、ジャンボ機前方の開いたドアにカメラが集中して、大写しになった。若い者がひとりニヤニヤ笑っているのまではっきり見える。

「スターにしてやるぜ、戸沢和子」

医師は和子の黒髪をつかんで、テレビを見せた。

和子はなにを言われているのか、すぐにはわからない。意識がもどると同時によみがえってきた猛烈な便意が、和子の思考をさまたげる。キュウリで肛門に栓をされたまま、和子は荒れ狂う便意にガタガタふるえ、まともに口もきけない。

美しい顔は乱れ髪を汗でへばりつかせ、眦をひきつらせて唇を噛みしばり、すさまじい便意の苦痛に血の気を失っていた。

「わからないのか。せっかくだから美人スチュワーデスがひりだすところを、テレビ中継でみんなにも見せてやろうというんだ」

和子の顔を覗きこんで、医師は意地悪く言った。

信じられない言葉に、和子は総身が凍りついて、声も出ない。荒れ狂う便意も一瞬どこかへ消し飛ぶ。

「そ、そんな……そんな恐ろしいことって……い、いや……」

唇がワナワナとふるえて、まともに言葉にならない。

そんな和子をあざ笑うように、若い者二人が左右から手をのばした。和子を抱きあげて開いたドアのところへ連れていくと、左右で手足を縛った縄で和子を外へ吊りさげはじめた。

「いや。いやあッ」

和子は悲鳴をあげて、狂ったように宙に悶えた。

テレビの画面に和子の裸身がはっきりと映しだされ、陽光を浴びて汗がキラキラと光った。スチュワーデスが全裸で吊られ、しかも股間を露わに開かれて肛門にキュウリまでつっこまれているのがわかる。

中継のワイドショーのリポーターが平静さを失っている。テレビの画面も乱れて、カメラマンも動揺している。

「ひいーッ……いや、いやあッ」

ジャンボ機のドアの外で、あお向けに手足を開いて吊られた和子の裸身がうねり、悲鳴と号泣が噴きあがる。

あわててテレビカメラが和子の裸身の拡大画面から引いたが遅かった。もう日本中に和子の開ききった股間が、しとどに濡れそぼって白濁を垂らす媚肉とキュウリで貫かれた肛門が、はっきりとテレビ画面に映しだされた。

そして和子が宙に身悶えるはずみで、肛門のキュウリがはじけるように抜け、耐える限界を超えた便がピューッとほとばしるのも、はっきりと見えた。

「いやあッ……」

和子はいくら押しとどめようとしても、一度堰を切ったものは押しとどめようがなかった。ピューッと宙空に噴出しつづけ、あとはピュッ、ピュッとほとばしり、ウネウネとひりでた。

「テレビ中継されているというのに、派手にひりだすじゃないか。いったい何人の人が見てると思ってるんだ」

医師は愉快でならないというように、ゲラゲラと笑った。そればかりか、和子の乳首と肉芽を縛った釣り糸を上でひっぱりはじめる。

「ひッ、ひいッ……いやあッ……いっそ、殺してッ……」

あとからあとから絞りだしながら、和子はまるで釣り糸にあやつられる肉の人形だ。宙にはねて、のたうち、身悶えた。

とくに肉芽の釣り糸をクイクイひっぱってやると、和子はひいッと宙にのけぞって今にも気がいかんばかりだ。思わず肉が締まるのか、ほとばしるのが一度途切れ、またドッと噴きでた。

「………」

私はさっきから息を呑んで見つめるばかりだ。

サンドイッチにして犯しただけでは飽きたらず、テレビカメラの前で排泄行為までさせるとは、医師のあまりの行為に驚かされるばかりだ。

これで戸沢和子はたとえ救出されたとしても、一生立ち直れないだろう。

さすがにもうテレビ画面からは和子の裸身は消えていた。

信じられない、とても人間のすることではない、なんと卑劣な……リポーターからそんな言葉が何度も飛びだした。

追いつめられた犯人たちが狂った変質者集団に変化したと、もっともらしいことを言う評論家や心理学者もいた。

もうテレビに和子の裸身は映っていなかったが、ジャンボ機の前には警察の車が移動してきていたし、遠巻きにする記者やカメラマンの姿は無数にあった。

その眼からは和子の開ききった股間は逃げられない。

ようやく絞りきった和子はグッタリと気を失ったようになったが、それを医師は許さなかった。乳首や肉芽の釣り糸をクイクイと引いて、和子に悲鳴をあげさせる。

「これですっかり有名になったな、戸沢和子。派手にひりだすところをテレビで全国に見せてしまったんだから」

医師が意地悪くからかうと、和子の泣き声が高くなった。

もう和子は固く両眼を閉じ、弱々しくかぶりを振るばかり。いっそこのまま気を失ってしまったほうが、どんなにか楽だろう。

「フフフ。警察やマスコミ連中がどこを見てるかわかるだろ。そのままじっくりとオマ×コと尻の穴を見てもらうんだ」

医師はあざ笑った。

そして和子をドアから外へ吊ったままにして、若い者三人に見張らせ、医師はアッパーデッキへと向かった。私はついてくるよう言われた。

「あちらさんの反応はどうかな」

アッパーデッキへあがると、医師はリーダーに聞いた。

「相当びっくりしてるぜ、先生。さっきからスチュワーデスに手を出すなとしつこく言ってきてる」

リーダーはニンマリと笑った。

スチュワーデスに手を出すなと言ってくる管制塔と滑走路の車をどかすのが先だという犯人たちとの間で、激しいやりとりがくりかえされている。

「あちらさんもしぶといぜ、先生、俺たちを飛ばすまいと、あれやこれや言ってきやがる」

「ならば一時間後にもうひとりスチュワーデスのヌードを見せてやると言ってやればいいんだ」

「一時間にヌードがひとつずつ増えるってわけか。おもしろいかもな」

た。

リーダーはニンマリとうなずいた。いずれにしろ長期戦は覚悟のうえだ。

医師とリーダーがそんなことを話している間、私はじっと人妻の中里由利を見ていた。

由利は全裸のままシートの上で赤ん坊を抱き、乳首を赤ん坊の口に含ませていた。医師があがってきたことには気づいているはずだが、見ようともしない。医師から顔をそむけるようにして、じっと赤ん坊を見つめている。

(いい女だ……)

私はゾクゾクとした。

スチュワーデスの戸沢和子を犯したばかりだというのに、私は人妻の由利への淫らな欲情がふくれあがるのを感じた。

どこも肉はムチムチと熟しきって、人妻の匂うような色香があった。若い和子の肉がピチピチとして輪郭がくっきりしているのに対し、人妻の由利の肉はムンムンとして輪郭がボウとけぶる。

和子の若い媚肉は味わったので、人妻の由利のその色気のかたまりのような双臀の奥の肛門を味わってみたい、私はそんなことを考えていた。

医師とリーダーに肛門を犯されてよがり狂った由利の姿が、私の脳裡によみがえってくる。私もまた、あんなふうに由利の肛門を犯して、よがり狂わせてみたい。

「勝手に手を出すんじゃないぞ、フフフ」

私の胸の内を見抜いた医師が言った。

不意に声をかけられ私はあわてて、そんな気はないとかぶりを振った。

医師はニヤリとすると、由利の首にはめた大型犬用の首輪をつかんだ。首輪には二メートルほどの革紐がついていて、医師はその先端を私に握らせた。

「いそがしくなりそうだから、奥さんを逃がさないように見張りをしろ」

意外な命令だ。

だが、人妻の由利の見張り役をさせられるとは、なんという好運だ。肛門を犯すことはできなくても、触るぐらいのチャンスはあるだろう。

私は昂る感情を抑えて、大きくうなずいた。

第八章　飛翔　哀しき機内奴隷

1

たっぷりと乳を飲んだ赤ん坊が眠りに落ちると、由利は赤ん坊を窓側のシートにそっと横たえた。上から毛布をかけてやり、由利はホッとした様子だ。

そんな由利の双臀を、私は首輪の革紐を持ったまま、後ろからじっと見た。ムチッと張った双臀は半球のように形がよく、臀丘の谷間も深く、思わずしゃぶりつきたくなる。

ながめているうちに、私は淫らな欲望を抑えきれなくなった。幸いに医師はアンダーデッキへおりているし、リーダーはコックピットの入り口で、管制塔との交渉の指揮にあたっている。

私は思わず手をのばして、後ろから由利の双臀を撫でた。

「あ……やめて……もう、いやです……」

由利は腰をよじり、私の手を払いのけようとした。

「じっとしてるんだ、奥さん。逆らうと触るだけじゃすまなくなるぞ」

自分でも信じられない言葉が出た。

「ああ……」

由利は唇を噛みしめ、おとなしくなった。

私はじっくりと由利の双臀の肉づきと形のよさを味わった。豊かな肉づきに指先がはじかれる。それでいてしっとりとした肌に指が吸いつく。

太腿との境目から尻肉をすくいあげるようにして揺さぶってやると、ブルンとその見事な肉量が際立った。さらに手いっぱいにつかむように指をくいこませて揺すり、次にはそっと撫でまわし、私はたっぷりとその肉の感触を味わった。

「もっと尻をこっちへ突きだすようにしろ。尻の穴を見るからな」

私は首輪の革紐をクイクイと引いた。

「ああ……」

由利の口から今にも泣きださんばかりの声が出て、白い双臀がブルブルとふるえながら私のほうへ突きだされた。

「自分から両手で尻を開いて、尻の穴を見せるんだ、奥さん」

自分でも信じられないくらいに言葉が出た。

由利は弱々しくかぶりを振る。

「いや、そんなこと……も、もう、かんにんして……」

「早くしろ」

私は馬の手綱をあやつるように、グィと首輪の革紐を引いた。

由利はキリキリと唇を噛んでかぶりを振ったが、もうあらがいの気力はない。

震える両手を自分の双臀へまわすと、由利は自ら臀丘の谷間を割りひろげはじめた。

「ああ、こんなことって……ああ……」

今にも泣きださんばかりの声で、萎えそうな気力を振り絞り、由利は両手に力を入れた。

もうさんざん見られ嬲られたとはいえ、自らおぞましい排泄器官をさらしていく恥ずかしさに、由利は首筋まで真っ赤になって、美しい顔はベソをかかんばかり。

「もう……ゆるして……」

「まだだ。もっと思いきりひろげないと、奥さんの尻の穴は見えないよ」

「ああ……」

由利はさらに指先に力を入れて、自ら臀丘の谷間を割りひろげた。

秘められた谷間に外気がしのびこみ、私の視線がもぐりこんでくる感覚に、ブルブルと由利のふるえが大きくなった。

深い谷間の奥に由利の肛門がのぞいた。それは医師とリーダーにさんざん犯されたのがウソのように、ひっそりと可憐につぼまっていた。

「可愛い尻の穴だ。そこがあんなに太いのを咥えこんでいたなんて、信じられないよ、奥さん」

「いや……み、見ないで……」

「そのままひろげてるんだ。今さら、恥ずかしがっても遅いよ。こっちは写真にたっぷり撮ってるんだ」

「ああ……」

どうしてそんなところばかり……由利はシクシクと泣きだした。

どこを見られているのか、痛いまでにわかる。自ら剝きだした肛門が火になって、その火が身体中にひろがっていく。

「中里由利の尻の穴……肛門……」

私はくい入るように覗きこんだ。何度見てもゾクゾクと胴ぶるいがくる。

欲望のおもむくままに手をのばして、由利の肛門に触れた。

ひいッと声をあげて、由利は指先をそらそうと腰を振りたてた。

「いや……そこはいやです……もう、もう、いや……」

「浣腸させて男まで咥えたくせに、指がいやなのか。じっとしていないと赤ん坊がどうなっても知らないぞ」

「やめてッ……赤ちゃんだけは……」

「だったらもっと尻をこっちへ突きだして、尻の穴を剝きだすんだ」

由利の妖しい美しさが私をおかしくする。

動きがとまり、双臀がさらに私のほうへ突きだされた。細い指もふるえながら、臀丘の谷間を割りひろげる。

「それでいいんだ、奥さん。そのままじっとしてるんだぞ」

私は由利の肛門を指先でゆるゆる揉みこんだ。おびえるようにキュウとすぼまり、粘膜が指先に吸いつく。

「あ、あ……うむ……」

由利はブルブルとふるえ、唇を嚙みしめて必死にこらえる。肛門もおののくようにヒクヒクしては、キュウとすぼまることをくりかえした。

私は一度あたりを見まわし、犯人たちの誰も気づいていないことを確かめると、指先に媚肉のぬめりをすくい取ってから、ジワジワと指で由利の肛門を貫きにかかった。

「ひッ……ああッ……あ、あむ……」

顔をのけぞらせ、次にはシートの上に顔を伏した。

「や、やめて……ああ、入れないで……」

泣き声をあげながらも、自ら後ろへ突きだし高くもたげた双臀を両手でひろげる姿勢を崩さないのは、赤ん坊のことがあるからだ。どうやら由利は私を犯人の仲間と思っている。

たちまち私の指は、付け根まで由利の肛門を縫った。奥は指がとろけるような熱さで、指の根元にはくい切られるようなきつい締まりがおそってくる。

「クイクイ締めつけてくる。尻の穴に指を入れられてるのがいいのか、奥さん」

「い、いやらしいだけです……ああ、かんにんして、もう……ああ」

「まだ入れたばかりだよ」

私は由利の肛門の妖美な感触を味わいつつ、ゆっくりと指をまわして直腸をまさぐり、抽送した。

そのたびに由利の双臀がブルッとふるえ、こらえられないように声が出た。

「あうッ……いや、ああ……」

「指じゃ細くてものたりないんじゃないのか。アナルセックスを知ったこの尻には」

からかってやると由利のすすり泣く声が大きくなった。

指でものたりないのは、この私のほうだ。由利の肛門を犯してみたい、この熱くきつい締まりの禁断の器官を味わってみたい、私の淫らな欲望はふくれあがるばかりだ。

スチュワーデスの和子を犯したことが、私を大胆にした。

私は由利の首輪の革紐をグイと引いて、

「さあ、トイレへ行くんだ。指よりずっと太いのをごちそうしてやるからな、奥さん」

由利の肛門を指で貫いたまま、奥のトイレへと追いたてた。

「かんにんして……ああ、それだけは、もう……ゆるして……」

肛門を犯されると知って、由利は狼狽の声をあげた。

両脚を突っ張って歩くまいとするが、肛門に指を入れられていては力が入らない。強引に狭いトイレのなかへ押しこまれた。

私は背中でトイレのドアを閉めると、由利の両手を便器のフタの上につかせて上体を前へ倒し、両脚をピンとのばさせて双臀を高くもたげさせた。

「ゆるして……もう、お尻は……」

由利はすすり泣きながらも、観念したようにじっとしていた。それでもブルブルとふるえているのが、由利の肛門を縫っている私の指にもわかった。

「さっき尻の穴をやられた時みたいに、うんと気分出すんだぞ、奥さん」

私は指で由利の肛門をこねまわしつつ、ズボンの前から肉棒をつかみだした。

スチュワーデスの和子を犯したばかりだというのに、いよいよ人妻の肛門に押し入れる興奮に、天を突かんばかりに屹立し、脈打っていた。

私はそれをゆっくりと高くもたげた由利の双臀にこすりつけた。ひッ、ひッとおびえる声があがるのがたまらない。

「ゆるして……ああ、かんにんして……お尻なんて、いや……」

由利が後ろを振りかえって哀願するのもかまわず、私は肛門の指を抜くと、入れ代わるように灼熱の頭を押しつけた。

「ああッ……う、うむ……い、いやあ……ううむ……ひいい……」

ジワジワと肉棒の頭が沈み、おそってくる引き裂かれるような感覚に、由利はのけぞり、喉を絞りたてた。総身をキリキリと揉み絞って、激しく双臀を痙攣させる。

たちまち由利の裸身にドッと生汗が噴きこぼれた。

「うッ、ううッ」

私もうめいた。

きつい締まりだが、思ったよりもスムーズに入っていく。私はほとんど恍惚となって、根元まで押しこんだ。

2

私が狭いトイレのなかで由利の肛門を犯している間に、アッパーデッキの前方のドアでは、吊りさげられるスチュワーデスの裸身が増えていた。

名倉春香と沢真理子の二人である。二人とも和子と同じように全裸のまま手足を左右で縛られ、股間を開ききったポーズでドアから宙に並んで吊られた。

もうかなりの時間吊るされているポーズの和子は、グッタリと気を失ったようになって、春香はあまりのショックに少女のようにすすり泣くばかりだ。発情剤の注射をされて客たちの相手をさせられた真理子は、

「ああ、して……もっと……ああ、たまらない……欲しいッ……」

そこがどこかもわからないのだ。狂おしく求めて宙に身悶える。開ききった真理子

の股間からは、溢れでる蜜と白濁が糸を引いて宙に垂れていた。

「フフフ、こうやって三人吊るすと見ごたえがあるな」

医師はうれしそうに笑って、乳首と肉芽を絞った釣り糸をピンとはじいた。

「ああッ……」

「ひッ、ひッ……いいッ……」

「ううむ……」

春香と真理子、そして和子の口からそれぞれ微妙に異なった音色の泣き声があがる。

それがまた医師や若い者たちを楽しませた。

「俺はあの清純そうな春香というスチュワーデスが好みだな、フフフ」

「俺は真理子だ。あの牝丸出しがたまらねえぜ。見ろ、あんなに尻振ってよ」

「やっぱり和子だよ。あの尻のたまらねえこと、へへへ」

若い者三人は口々に言って舌なめずりしては、ゲラゲラと笑った。

春香も真理子も和子も、いずれも甲乙つけがたい美貌と見事なプロポーションをしている。若い者の好みが割れるのは当然だ。

おそらくは取り囲んでいる警察やマスコミ関係者にとっても、これほどの女体を三つも見せつけられては、さぞかしたまらないことだろう。

「フフフ、これで少し動きが出るかな」

医師はつぶやくと、その場を若い者たちにまかせて、後部座席の人質の乗客たちのところへ向かった。

後部座席はただれた空気が充満して、ムンムンと熱気にむせかえった。

人質の乗客は五人一組になって、順番に紗英を犯していた。皆、淫らな欲情を剝きだしにして眼の色が変わり、紗英に群がる姿は死肉をあさるハイエナだ。

紗英は男の上に乗せられて下から媚肉を犯され、上からはもうひとりがおおいかぶさって肛門に押し入っている。そんな紗英に、さらに左右から二人の男がまとわりつき、乳房をいじり、肌に唇を押しつけた。紗英の手には二人の肉棒が握られている。

「ああッ、あうう……い、いいッ……」

紗英は肉の愉悦にどっぷりとつかった美貌をのけぞらせ、白い歯を剝いてよがり狂った。

その紗英の口に、もうひとりが肉棒をガボッと押しこんでしまう。

「こりゃすごいな、フフフ」

医師は思わず舌なめずりした。

さっきまで真理子にも手伝わせていたとはいえ、紗英はもう五組、合計で二十五人もの男の相手をしている。いくら発情剤を注射しているとしても、まだ自分から男たちに挑みかかっていくように反応する紗英の身体に、さすがの医師も舌を巻く思いだ。このまま紗英は本当に狂ってしまうかもしれない。医師はそれもおもしろいと思った。

「早くしろよ。まだか」

次の組の五人がじれたように声をかける。紗英の牝の匂いにすっかり巻きこまれ、昂る欲情を抑えきれないのだ。

紗英の身体が二人の男の間で激しくはね、痙攣するのが医師の眼にもわかった。まだそれだけの気のやりようを見せる紗英に、医師はあきれはてた。

これは当分終わりそうもない。ここは外の出来事とは無関係の別世界だ。これで仮に釈放しても、正気にもどった乗客たちは罪の意識に口が重くなって、余計なことはしゃべらないにちがいない。

男たちが入れ代わり、またあらたによがり声をあげる紗英をしばらく見物してから、医師は今度はアッパーデッキへ向かった。

アッパーデッキでリーダーから状況を聞いて打ち合わせをした医師は、その時になって初めて人妻の由利の姿がないことに気づいた。シートに赤ん坊が寝ているので、逃げたのではないことはわかった。

「どこへ行ったんだ。しっかり見張ってろと言ったのに、しようがないな」

あたりを見まわした医師は、奥のトイレになにか気配を感じたようだ。

近づくとトイレのなかから由利のあえぎと艶めいた泣き声が聞こえてくる。

不意にトイレのドアを開けられ、私はあわてた。有無を言わさず首筋をつかまれ、引きずりだされた。

「ああ……あうう……」

由利はめくるめく官能の渦に翻弄されていたのが、不意に肛門から抜けだしてしまった肉棒に、

「ああッ……」

どうして……といわんばかりに後ろを振りかえって、初めて医師に気づいた。いきなり由利は医師にパシッと双臀をはたかれた。

「ふざけたまねをしおってッ」

医師が怒鳴ったのは私ではなく由利のほうだった。

「ちょっと眼を離すとすぐに男を咥えこむとは。そんな淫らな尻にはきつい仕置きが必要だな」

医師はまた由利の双臀をピシッ、ピシッとたてつづけにはたいた。

「ああ……」

ちがうと言うように、由利はかぶりを振った。だが肛門セックスをされていた途中で、由利にはまともに弁解できる余裕もない。

「縄を持ってくるんだ。それと私の診察カバンもな」

医師は私に言った。

怒鳴られもせず拍子抜けだった私は、あわててズボンをなおすと、縄の束と診察バッグを医師のところへ持っていった。

縄を受け取った医師は、由利をトイレのなかに入れたまま、両手を背中で縛った。

さらに縄尻を豊満な乳房の上下へもまわして絞る。

そうしておいて由利の上体を便器のフタの上へ倒して双臀を高くもたげさせ、両脚を左右へ大きく開かせた。

「あ、ああ……なにを……」

まだ肛門セックスの余韻を残す美貌に、おびえの色が走った。

「じっとしてろ。逆らうと仕置きがきつくなるだけだぞ、奥さん」

ピシッと医師の手が由利の双臀にはじけた。

医師は診察バッグからなにやらゴソゴソと取りだして、準備をはじめた。

「フフフ、最後まで楽しめなくて残念だったな」

医師は私に皮肉を言ったが、私はなにも言えない。

あとひと息というところで中断されたのはなんともつらい。が盗み食いを不問にされ、すべて由利の責任にされたことは救いだった。

医師が取りだしたのは、金属のくちばしのような医療器具だった。ハンドルの部分を握りしめると、金属のくちばしがジワジワと開いていく。

「フフフ、赤ん坊を産んでるんだから、これに似たのは使われたことがあるだろ」

医師は金属のくちばしをパクパクさせて由利に見せつけた。

「……いや……そんなもの、使わないで……」

由利の声がふるえた。医師は膣をひろげるクスコのことを言っているのか。

「フフフ、これは女の身体を開くもの、といっても開くところは尻の穴でねえ」

医師の言葉に上気していた由利の美貌が、一瞬にして凍りついた。

肛門を開かれるなど、由利は今まで考えてもみなかった。背筋に悪寒が走り、歯がガチガチと鳴りだす。

「い、いや……そんなひどいこと、かんにんして……」

あまりのことに由利は言葉がつづかない。

「男を咥えこんだ尻の穴の奥までひろげて見る、奥さんの仕置きにはぴったりだ」

「………」

「それに今まで男を咥えていたんだから、奥さんの尻の穴はゆるんでいる。開きやすい、フフフ、思いっきり開けるぞ」

「い、いやあッ」

恐怖が悲鳴となって、由利の喉に噴きあがった。

それをあざ笑うように医師は由利の腰をつかまえ、冷たい金属のくちばしの先を肛門に突き刺した。

3

医師が指摘した通り、つい今まで私に貫かれていた由利の肛門は、腫れぼったくふくれてゆるみ、腸襞まで生々しくのぞかせ、ヒクヒクうごめいていた。

それを金属のくちばしがジワジワ貫いていく。まるで解剖でもしているみたいだ。

「カメラだ。人妻の尻の穴を開くところなどめったに撮れんぞ」

医師に言われて、私はあわてて カメラを取ると、たてつづけにシャッターを切った。

「ゆるしてッ……ああ、いや……そんなこと、やめてッ……」

由利は泣きながら悲鳴をあげる。

氷のように冷たい金属のくちばしで貫かれるのが、いっそう恐怖を呼ぶ。それでも由利の肛門は、恐怖とは裏腹にとろけるような柔らかさで、受け入れていく。

「根元まで入ったぞ、奥さん。たまらないのはこれからだ、フフフ、どこまで奥さんの尻の穴は開くかな」

医師はすぐには開こうとはせず、意地悪く言った。そして金属のくちばしを咥えこんだ由利の肛門を、たっぷりとカメラに撮らせた。

「いや、いやッ……ああ、ゆるして……」

もう逃れられないと知った由利は、ブルブルとふるえながら、おびえに泣きじゃくった。

医師が肛門拡張器のハンドルを握りしめて力を入れると、ビクッと由利の双臀が硬直し、泣き声も一瞬途切れた。

次の瞬間、由利はひぃーッと悲鳴をあげて、狂ったように黒髪を振りたくった。金属のくちばしが、ジワジワと由利の肛門を内から押しひろげはじめたのだ。

「いやあッ」

由利が悲鳴をあげるのをうれしそうに聞きながら、医師はジワジワと開いていく。

「裂けちゃうッ……うむ……ああッ……」

「自分からも尻の穴を開くようにすればいいんだ、フフフ」

「いや……いやッ……たすけてッ……」

由利は唇を噛みしばって狂ったようにかぶりを振り、唇の端から耐えられないようにひーッ、ひいーッと悲鳴を絞りだした。

金属のくちばしが肛門の粘膜をいっぱいに押しひろげ、押しかえそうとする力がからみつく。もう由利の肛門はのびきったゴムみたいに、生々しく口を開いた。

「フフフ、ようやく尻の穴のなかが見えはじめたよ、奥さん。どうかな、尻の穴を開かれていく気分は」

「……く、くるしい……ううむ……」

もう由利はまともに口もきけない。はじけんばかりに拡張を強いられた肛門は、自分の身体でないようだ。

そこまで開くと、あとはハンドルではなく、根元のネジをまわしてミリ単位で開いていく。

のびきった由利の肛門がミシミシときしむ。由利は美しい顔を歪め、苦しげにハアハアと背中をあえがせた。ブルブルとふるえる双臀には、小さな痙攣が何度も走った。

「……たすけて……裂けちゃう……」

「これだけいい尻をして、裂けやしないよ、フフフ、調教すればまだまだ開くようになるぞ、奥さん」

「いや……うむ、ううむ……」

「仕置きだからな。このまま尻の穴を開いたままにしてやるぞ」

医師はあざ笑って、ようやくネジをまわす手をとめた。

写真を撮りながら、私は何度も生唾を呑みこんだ。由利の肛門が可憐にすぼまっていたことなど想像できない。今は生々しく開口している。

女の肛門がこんなにも開くことが私には驚きだった。さっきのきつい締まりからは想像もできない。そして肛門拡張器の金属のくちばしで肛門を開かれている女の尻が、こんなにも嗜虐の欲情をそそるとは。

「……ああ……ゆるして……もう、はずして……お願い……」

由利はあえぎうめきつつ、すすり泣く声で哀願した。

肛門をいっぱいに開かれて、前に倒した上体を起こすことも、後ろを振りかえることもできない。左右へ開いた両脚を閉じ合わせることすらできない。

医師は懐中電灯を取りだすと、生々しく開いた肛門の奥を照らしだした。ヌラヌラと光るピンクの腸襞が見え、それを金属のくちばしが奥までひろげる。ヒクリ、ヒクリと腸襞がまるで生きもののように蠕動して、いやでも医師と私の眼を引き寄せる。

「いい女は尻の穴のなかまで綺麗だ。そそられるじゃないか、フフフ、しっかり奥まで写真を撮っておけよ」

医師に言われるまでもなく、私はもうたてつづけにシャッターを切った。

「こうなったらオマ×コのほうも奥まで見てやるとするか。淫らな尻の穴だけじゃなくて、オマ×コもだ」

医師は診察バッグから、今度はクスコといわれる膣拡張器を取りだした。金属のくちばしの部分が肛門拡張器よりも幅広なだけで、あとはほとんど形が同じだった。

「そ、そんな……もう、ゆるして……」

肛門拡張器だけでは飽きたらず、膣拡張器まで使おうとする医師のあくどさに、由利は戦慄する。

「かんにんして……」

無駄とわかっても、哀願せずにはいられない。

医師の手が媚肉にものびた。さっきからのいたぶりでしとどに濡れて熱くたぎっていた。医師の指を感じてざわめき、ジクジクと蜜が溢れる。

「尻の穴に勝手に男を咥えこんで、オマ×コをベトベトにしていたのか、フフフ」

医師はクスコの金属のくちばしをヌルリと由利の媚肉へ沈めた。

「ああッ……いや、いやですッ……」

由利は悲鳴をあげたが、肛門を拡張されていては、それが枷になって動けない。弱々しくかぶりを振るのがやっとだ。

由利の柔肉のなかで、ジワジワと金属のくちばしが開きはじめた。

「あ、ああッ……しないでッ……ああッ……」

肛門をいっぱいに拡張されていることで、媚肉は狭くなっている。それをジワジワ押しひろげられて、薄い粘膜をへだてて金属のくちばしが前と後ろとでこすれ合う。ハンドルの部分も、クスコと肛門拡張器がカチカチと触れ合った。

感覚がただれるようなうずきを呼び、肛門と媚肉だけでなく内臓全体が火になる。

「あ、あ……うむ……や、やめて……う、ううむ……」

由利は、満足に息すらできなくなる。

「どうだ、奥さん。尻の穴もオマ×コも開かれた気分は。これで仕置きらしくなっただろうが」

医師にからかわれても、由利は返事をする余裕もなかった。

医師がさらによく覗きこもうと懐中電灯でクスコの奥を照らしだそうとした時、

「先生ッ」

リーダーの呼ぶ声がした。

コックピットのほうがあわただしく、なんらかの動きがあったようだ。

「あちらさんが妥協案を出してきたぜ。こっちが外に吊るしたスチュワーデスを降ろせば、滑走路の車をどかすと言ってきた」

リーダーはそう言った。さらに乗客たちを釈放すれば飛行を認めると言ってきているという。

「どうします、先生」

「乗客は釈放するが、スチュワーデスは人質として残すと言ってやればいい、フフフ」

「もう言ってあるよ、先生。あちらさんは渋々認めた」

「なら決まりだ」

事態は急展開した。

ドアから吊られていたスチュワーデスは機内へと引きあげられ、滑走路をふさいだ装甲車が移動した。

そして次は乗客たちの釈放だ。そのなかに私も含まれていた。

「ついてきたければいっしょに来てもいいんだぞ、フフフ、ここを飛びたてばあとは犯り放題の極楽のお楽しみだ」

医師は私にそう言ったが、私にはついていく勇気はなかった。

人妻の由利とスチュワーデスの和子に、激しい未練があったことは事実だ。その誘惑に負けて残れば、もう一生日本へは帰ってこられなくなるだろう。ハイジャック犯というレッテルは快楽の代償としては大きすぎた。

私は中里由利と戸沢和子を撮ったフィルムの何本かを、医師に気づかれぬようにポケットにしのばせる。

そして乗客たちが釈放されて滑走路を走りはじめた。もう誰もとめることはできない。

ジャンボ機は機首をあげて飛びあがった。どんどんと高度をあげ、夕陽に赤く染まった空へ消えていくのを、私は放心したようにいつまでも見つめた。

（完）

本作は『人妻と飢狼』『人妻とスチュワーデス』（結城彩雨文庫）
を修正・再構成し、改題の上、刊行した。

フランス書院文庫X

人妻《ひとづま》 肛姦籠城《こうかんろうじょう》

著　者　結城彩雨（ゆうき・さいう）
発行所　株式会社フランス書院
東京都千代田区飯田橋３－３－１　〒102-0072
電話　03-5226-5744（営業）
　　　03-5226-5741（編集）
URL　http://www.france.jp
印刷　誠宏印刷
製本　若林製本工場

ISBN978-4-8296-7662-2 C0193